人民共和國文化與文學叢書

五 編

李 怡 主編

第 13 冊

迷茫的跋涉者
——中國當代知識分子的心靈歷程（1976～1994）（上）

張 志 忠 著

花木蘭文化事業有限公司

國家圖書館出版品預行編目資料

迷茫的跋涉者——中國當代知識分子的心靈歷程（1976～1994）
（上）／張志忠 著 — 初版 — 新北市：花木蘭文化事業有限公司，
2017〔民106〕
序6+ 目 4+162 面；19×26 公分
（人民共和國文化與文學叢書 五編；第 13 冊）
ISBN 978-986-485-084-6（精裝）
1. 中國當代文學 2. 文學評論
820.8　　　　　　　　　　　　　　　　106013286

特邀編委（以姓氏筆畫為序）：

ISBN-978-986-485-084-6

9 789864 850846

吳義勤　孟繁華　張　檸

張志忠　張清華　陳思和

陳曉明　程光煒　劉福春

（臺灣）宋如珊

（日本）岩佐昌暲

（新西蘭）王一燕

（澳大利亞）鄭　怡

人民共和國文化與文學叢書
五　編　第十三冊　　　　ISBN：978-986-485-084-6

迷茫的跋涉者
——中國當代知識分子的心靈歷程（1976～1994）（上）

作　　者　張志忠
主　　編　李　怡
企　　劃　北京師範大學民國歷史文化與文學研究中心
　　　　　四川大學現代中國文化與文學研究中心
總 編 輯　杜潔祥
副總編輯　楊嘉樂
編　　輯　許郁翎、王　筑　美術編輯　陳逸婷
印　　刷　普羅文化出版廣告事業
出　　版　花木蘭文化事業有限公司
社　　長　高小娟
聯絡地址　235 新北市中和區中安街七二號十三樓
　　　　　電話：02-2923-1455／傳真：02-2923-1452
網　　址　http://www.huamulan.tw 信箱 hml 810518@gmail.com
初　　版　2017 年 9 月
全書字數　311621 字
定　　價　五編30 冊（精裝）台幣56,000 元　　　版權所有·請勿翻印

迷茫的跋涉者

——中國當代知識分子的心靈歷程（1976～1994）（上）

張志忠　著

作者簡介

張志忠（1953～），文學碩士，曾任解放軍藝術學院文學系主任、教授，現為首都師範大學文學院教授，博士生導師，中央廣播電視大學主講教授，香港浸會大學、臺北教育大學和美國聖疊戈州立大學訪問教授。從事中國現當代文學研究和教學，出版《莫言論》、《中國當代文學藝術主潮》、《迷茫的跋涉者》、《1993：世紀末的喧嘩》、《華麗轉身——現代性理論與中國現當代文學研究轉型》、《中國當代文學60年》、《在場的魅力——中國現當代文學研究論集》等學術論著、教材、譯著多部。中國新文學學會副會長，中國當代文學研究會副會長，北京文藝學會副會長，第八屆、第九屆茅盾文學獎評委。2013年度國家社科基金重大招標項目「世界性與本土性交匯：莫言文學道路與中國文學的變革研究」首席專家，項目主持人。

提　要

　　在1976～1994年間，中國大陸經歷了兩次重大的轉型：一是走出文化大革命的夢魘，進入改革開放的新時期，確立以經濟建設為中心的新政，二是從計劃經濟轉向市場經濟，在激發出普泛的物質佔有欲望的同時給社會發展帶來新的活力——因此決定了此後至今的歷史走向，也讓以天下為己任的中國知識分子經歷了再一次的心靈激蕩和艱難選擇，從喚起民眾喚醒社會的啟蒙主義「文化英雄」逐漸邊緣化為被放逐的精神流浪者。本書作者以親歷者的在場經驗為背景，梳理大陸學人在這一時段進行的精神探索和思想論爭，揭示其與傳統文化、外來文化、與土地和人民、與革命的致命糾纏與進退維谷的四組悖論；解析其對文化大革命沉痛教訓的袒露與追問，在新的思想啟蒙運動中所進行的不同路徑選擇，在文化激進主義與文化保守主義之間朝秦暮楚難以皈依，在市場化浪潮洶湧激蕩之際對人文精神是否存在危機的激烈論戰與立場分化。今日回望，這也是中國的學人從傳統的修齊治平使命自覺的擔當者轉向邊緣守望的觀察者的大轉折中至為重要的一環。關於文化大革命教訓的反思，則一直延伸到當下猶未完結，而且呈現新的激烈化狀態。以是觀之，它的歷史意義遠遠超出其自身。本書以翔實資料和冷靜思辨，回望和復現這一歷程，把握其中脈象，涵詠個中情味，為中國當代知識分子的精神進路做一面影的勾勒，為歷史作證詞。

當代的意識與現代的質地——
《人民共和國文化與文學叢書》第五編引言

李 怡

　　我們對當代批評有一個理所當然的期待：當代意識。甚至這個需要已經流行開來，成爲其他時期文學研究的一個追求目標：民國時期的文學乃至古代文學都不斷聲稱要體現「當代意識」。

　　這沒有問題。但是當代意識究竟是什麼？有時候卻含混不清。比如，當代意識是對當代特徵的維護和強調嗎？是不是應該體現出對當代歷史與當代生存方式本身的反省和批判？前些年德國漢學家顧彬對中國當代文學的批評引發了中國批評家的不滿——中國當代文學怎麼能夠被稱作「垃圾」呢？怎麼能夠用作家是否熟悉外語作爲文學才能的衡量標準呢？

　　顧彬的論證似乎有它不夠周全之處，尤其經過媒體的渲染與刻意擴大之後，本來的意義不大能夠看清楚了。但是，批評家們的自我辯護卻有更多值得懷疑之處——顧彬說現代文學是五糧液，當代文學是二鍋頭，我們的當代學者不以爲然，竭力證明當代文學已經發酵成爲五糧液了！其實，引起顧彬批評的重要緣由他說得很清楚：一大批當代作家「爲錢寫作」，利欲薰心。有時候，爭奪名分比創作更重要，有時候，在沒有任何作品的時候已經構思如何進入文學史了！我們不妨想一想，顧彬所論是不是大家心知肚明的事實呢？

　　不僅當代創作界存在嚴重的問題，我們當代評論界的「紅包批評」也已然是公開的事實。當代文學創作已經被各級組織納入到行政目標之中，以雄厚的資本保駕護航，向魯迅文學獎、茅盾文學獎發起一輪又一輪的衝鋒，各

級組織攜帶大筆資金到北京、上海，與中國作協、中國文聯合辦「作品研討會」，批評家魚貫入場，首先簽到，領取數量可觀的車馬費，忙碌不堪的批評家甚至已經來不及看完作品，聲稱太忙，在出租車上翻了翻書，然後盛讚封面設計就很好，作品的取名也相當棒！

當代造成這樣的局面都與我們的怯弱和欲望有關，有很多的禁忌我們不敢觸碰，我們是一個意識形態規則嚴厲的社會，也是一個人情網絡嚴密的社會，我們都在為此設立充足的理由：我本人無所謂，但是我還有老婆孩子呀！此理開路，還有什麼是不可以理解的呢！一切的讓步、妥協，一切的怯弱和圓滑，都有了「正常展開」的程序，最後，種種原本用來批評他人的墮落故事其實每個人都有份了。當然，我這裡並不是批評他人，同樣是在反省自己，更重要的是提醒一個不能忽略的事實：

> 中國當代文學技巧上的發達了，成熟了，據說現代漢語到這個時代已經前所未有的成型，但這樣的「發達」也伴隨著作家精神世界的模糊與自我偽飾。而且這種模糊、虛偽不是個別的、少數的，而是有相當面積的。所謂「當代意識」的批評不能不正視這一點，甚至我覺得承認這個基本現實應當是當代文學批評的首要前提。

因為當代文學藝術的這種「成熟」，我們往往會看輕民國時期現代作家的粗糙和蹣跚，其實要從當代詩歌語言藝術的角度取笑胡適的放腳詩是容易的，批評現代小說的文白夾雜也不難，甚至發現魯迅式的外文翻譯完全已經被今天的翻譯文學界所超越也有充足的理由。但是，平心而論，所有現代作家的這些缺陷和遺憾都不能掩飾他們精神世界的光彩——他們遠比當代作家更尊重自己的精神理想，也更敢於維護自己的信仰，體驗穿梭於人情世故之間，他們更習慣於堅守自己倔強的個性，總之，現代是質樸的，有時候也是簡單的，但是質樸與簡單的背後卻有著某種可以更多信賴的精神，這才是中國知識分子進入現代世界之後的更為健康的精神形式，我將之稱作「現代質地」，當代生活在現代漢語「前所未有」的成熟之外，更有「前所未有」的歷史境遇——包括思想改造、文攻武衛、市場經濟，我們似乎已經承受不起如此駁雜的歷史變遷，猶如賈平凹《廢都》中的莊之蝶，早已經離棄了「知識分子」的靈魂，換上了遊刃有餘的「文人」的外套，顧炎武引前人語：「一為文人，便不足觀」，林語堂也說：「做文可，做人亦可，做文人不可。」但問題是，我們都不得不身陷這麼一個「莊之蝶時代」，在這裡，從「知識分子」

演變爲「文人」恰恰是可能順理成章的。

在這個意義上，今天談論所謂「當代性」，這不能不引起更深一層的複雜思考，特別是反省；同樣，以逝去了的民國爲典型的「現代」，也並非離我們「當代」如此遙遠，與大家無關，至少還能夠提供某種自我精神的借鏡。在今天，所謂的批評的「當代意識」，就是應該理直氣壯地增加對當代的反思和批判，同時，也需要認同、銜接、和再造「現代的質地」。回到「現代」，才可能有眞正健康的「當代」。

人民共和國文學研究，我以爲這應當是一個思想的基礎。

臺灣版序言

　　《迷茫的跋涉者——中國當代知識分子的心靈歷程（1976～1994）》在我的寫作史上，是我非常看重的一部著作。

　　自從於 1980 年代之初進入學界，以中國當代文學研究為自己的主業，就一直是被中國當代人文學術思潮所吸引，而其時的狂飆突進的文學浪潮，因為時代語境的關係，也在在顯示出它作為思想界的重要一翼，闖入一個個思想領域的禁區和社會情感的痛點——1980 年代，一方面是剛剛走出「文化大革命」時期的夢魘，思想解放的大潮激蕩，中國的學界迸發出空前的探索熱情和能量，對於擺脫歷史困境、探索中國道路的新走向有著充沛的信念和勇氣，他們的視野空前開闊，思想空前活躍；一方面則是，由於輿論空間的操控和「清除精神污染」、「反對資產階級自由化」的運動接二連三（嚴格地說是隔一年一次，逢雙則氛圍較為寬鬆，逢單則是「運動年」，1983 年發生「清除精神污染」，1985 年和 1987 年分別有「反對資產階級自由化」的運動，此外還隔三岔五地有針對某位學者、作家的批判，如批判白樺《苦戀》，批判葉楠《鴿子樹》等），因此在舊的思想禁區尚未破除之際，又屢屢出現新的限制和打壓。比之於哲學、歷史和社會學等學科之清晰而準確的理性語言的論述，文學的豐富而蘊藉的情感表述，人物性格的感性豐盈和闡釋差異，顯然是富有更多的解讀的彈性，而且，在一個新潮跌宕的時代，作家和詩人往往能夠得風氣之先，以其敏銳的感覺得以「春江水暖鴨先知」，並且迫不及待地訴諸讀者。這從 1980 年代的文學在享有時代先驅的盛譽的同時又屢屢成為政治批判首當其衝的目標即可以見出。

　　在這樣的語境中，我自己也是自覺或者半自覺地選取了一條兼顧思想探

索與文學創新兩個向度的路子。說來有趣，我發表的第一篇比較重要的學術論文，不是文學研究，而是討論馬克思的《1844 年經濟學哲學手稿》的，受到其時關於人性、人道主義和異化問題激烈論爭的影響（此論爭發展到後來變成胡喬木對周揚的粗暴批判），從早期馬克思的論著中尋找理論資源，從革命的老祖宗那裏講起，闡明人性論、人道主義與異化理論的合理性和合法性。該文題爲《〈1844 年經濟學哲學手稿〉中關於人的本質的論述》，發表在我的母校《山西大學學報》1983 年第 2 期，還被《中國人民大學報刊複印資料》全文轉載。說起來，我只不過是那個年代思想解放大潮的不甚勇敢的追隨者，也目睹了立在潮頭的弄潮兒的精彩的或者不很精彩的表演（這裡使用的「表演」一詞不含貶義）。作爲大時代的在場者，我不僅見證了 1980 年代以來浪潮洶湧的文學進程，也始終地保持了對思想界英姿雄發的精神風貌的熱切關注。其原因也是雙重的。一來是說，文學和思想具有共同的話語空間，一損俱損，一榮俱榮；二來，正當一個除舊布新的時代，文學研究在掙脫蘇聯的話語模式和本土的極左教條束縛的同時，不僅是要直接應對文學創作新潮迭起的挑戰，還要從思想文化的諸多領域的變革中汲取理論資源，獲得建構新的價值觀和方法論的資源和動力。當然，核心的問題在於，波瀾起伏的文學思潮也罷，前仆後繼的思想探索也罷，它的指向性非常明確，是要以思想文化的力量，把握現實的罕見機遇，拓展歷史發展的開闊界面，也爲知識分子爭取盡可能廣闊的話語空間。以致於後來有人評價說，1980 年代是有思想而無學術，1990 年代以後是有學術而無思想，也有人說，1980 年代的風氣是爲思想而學術。這樣的評價，確實很犀利，擊中了 1980 年代思想文化界的軟肋，但是，當年那種意氣風發、放言天下的雄遒，畢竟體現了一代學人的博大襟懷和「位卑未敢忘憂國」的憂患意識。學界和作家們的擔當與探索，竟爲新奇，眾語喧嘩，在此前此後的數十年間，都是絕無僅有的。也難怪許多過來人在反觀那一段時期時，「卻顧所來徑，蒼蒼橫翠微」，會充滿了一種豪情不再的感歎（具體的例證，可以看看查建英編的《八十年代訪談錄》，當年的「文化英雄」的自述）。

當然，因爲是「有思想而無學術」，思想的淩空蹈虛，自由翱翔，也無法及於理想的雲霄，相反地，常常見出其捉襟見肘的困窘。《河殤》可以看作是一個標誌性的事件。這部政論式電視專題片，集中了當時被認爲是最爲新銳的思想者，也確實凝聚了 1980 年代思想界的新的思考。一方面，它的縱橫捭

闊、放論古今中外的氣勢和豪華的學者團隊、盛世危言的警醒，高屋建瓴，風靡一時，一方面，它的激情大於理性和思想的貧乏，也彰顯出 1980 年代思想進程的內傷；一方面，它因為遭遇到政治高層如王震等的憤怒抨擊而承受莫大壓力，一方面，因為趙紫陽的明確支持，它得以起死回生，而且在中央電視臺的黃金時段反覆播出，廣泛傳播。今日看來，這可以稱作是中國當代知識分子的「最後的狂歡」了——思想與激情，言說與幻象，自認為真理在握，萬眾追隨，具有決定時代前行之路徑選擇的莫大神力。

接下來的事情始料不及。2008 年的環球經濟危機爆發之後，英國的伊麗莎白女王曾經質詢英國的經濟學家，為什麼沒有一個人對此作出預測？1989 年的風波過後，似乎沒有人向曾經活躍異常的學人和作家們提出這樣的問題，但是，我想，每個有理性反思能力的文化人，恐怕都曾經捫心自問，而羞愧難當，而痛心疾首。曾經自以為高瞻遠矚，全局在胸，卻沒有想到也有「思路轟毀」（魯迅使用過的詞語）的一刻。隨後的事情再一次令人震撼。1992 年春季的鄧小平南巡談話，給低迷黯淡的中國大陸再次鼓起了希望，反擊極左思潮，則讓徘徊數年的文化人再度活躍起來。市場經濟的強大衝擊波，給社會帶來了新的活力，也引發了關於「人文精神」、「躲避崇高」和「抵抗投降」，以及「最是文人不自由」抑或「最是文人有自由」等相互關聯的激烈論爭。由此而造成了知識分子和作家們價值立場選擇的分化，並且延及至今，影響至今。

於是，從 1976 年到 1994 年，本書所描述的近 20 年間，中國的人文學界，經歷了兩次巨大的精神轉型：

從 1970 年代後期開始的思想解放運動，以啟蒙主義為旗幟，力求醫治「文化大革命」的社會心理創傷，根除「文化大革命」產生的思想的和社會的土壤，進而形成聲勢浩大的文化尋根--文化批判大潮，其批判的指向卻互相悖反，一極指向被認作是在「文革」中達到登峰造極的封建專制主義和蒙昧主義之根源的傳統文化，一極指向被認為是「文革」的激進主義和毀滅傳統文化之預演的五四新文化運動。各家診斷的病源不同，開出的藥方也各有千秋，人道主義和民主政治是一種，海洋文明藍色文明取代內陸文明黃土地文明是一種，新權威主義是一種藥方，海外新儒家回歸本土也引發了連鎖性的反應⋯⋯

如果說，1970～80 年代的思潮激蕩，是要為療救社會弊端、醫治「文革」

創傷和確定新的發展路徑而思考和吶喊，那麼，1990 年代前期，中國知識分子所要面對的，是一個新的課題，是市場化時代帶來的新的挑戰。市場化時代的出現，對經濟學界的專家學者來說也許會有所預測，對人文知識分子來說，卻是再一次地始料不及。市場化和消費社會的到來，以物質和金錢作爲其巨大的誘惑，向人們發出迷人的召喚，而無需知識分子指引前進的方向；世俗化欲望化的喚醒和驅動，就像衝出了所羅門王的瓶子裏的魔鬼一般自由放縱，而將精神性的高蹈淩虛棄之如敝履。中國知識分子面對來自政治方面的壓迫，尚且能夠有所應對，甚至在對抗中感覺到自身的悲壯，而市場化和世俗化大潮，卻對知識分子的存在茫然無視，呼嘯而去。或許，這就是鮑曼所言，在時代的轉換中，知識分子從現代的立法者變作了後現代的闡釋者，其身份和地位都發生了極大的變化。更爲不堪的是，失去了精神優勢之後，在那些搶得頭籌淘到第一桶金的富人們的比照下，中國的文人學士們紛紛發現了自身的貧寒酸腐，精神的貧困加之物質的貧困。「拿手術刀的不如拿剃頭刀的，搞原子彈的不如賣茶葉蛋的」，成爲其時一種典型的描述方式。在此困境下，中國知識分子面對市場化時代的到來，做出了不同的選擇：有的力求將知識和文化投入市場進行流通，以便從市場化浪潮中分一杯羹；有的將精神勞動與物質生產相混同，認之爲都是養家糊口的特定手段；有的看到了人文精神遭遇的新的危機，將其描述爲「曠野上的廢墟」，乃至高舉「抵抗投降」的旗幟，向拜金主義和人欲橫流宣戰；有人強調治學爲本，重建學術規範，「學院派」由此而興；也有人將孫子兵法應用於商戰，以儒家誠信爲救正大面積的市場欺詐行爲的良藥；操後現代主義之武器者則無奈地感歎現實生活的去中心、碎片化和淺表化。

短短不到 20 年，連續發生兩次劇烈轉折。比之於歐美的思想界，第一次轉折如同走出中世紀，進入文藝復興和啓蒙主義的時代；第二次轉折則類似於工業社會與後工業社會交替時的現代性與後現代性之爭，而以強烈的政治化爲其中國特色。儘管說，這些年來在學界（包括我自己在內），「去政治化」的呼籲聲聲切切，但是，正像莫言在《天堂蒜薹之歌》中所言，小說家總是想遠離政治，小說卻自己逼近了政治。遠在拉丁美洲的馬爾克斯則這樣說：「從某種程度上說，迫使我在政治方面腳踩大地的是現實本身，是相信至少在拉丁美洲，一切終將都是政治。改變那個社會的任務是如此緊迫，以致誰也不能逃避政治工作。而且我的政治志趣很可能和文學志趣都從同樣的源泉汲取

營養：即對人，對我周圍的世界，對社會生活本身的關心」（對此話題在此無法展開，請讀者見諒）。時代的跨度如此之大，卻又密集於我們這一代人的成長和成熟期的生命中，此亦人生之大幸也。

李賀詩云：黃塵清水三山下，更變千年如走馬。遙望齊州九點煙，一泓海水杯中瀉。正是在這樣的滄海橫流波濤漫湧之際，我在 1993～1994 年間，清理中國知識分子從「文化大革命」結束以來至市場化時代到來的思想進路，勾勒其基本輪廓，揭示其精神困惑，以一種自省和自我批判的眼光，對其中的若干關節點予以必要的闡發。1995 年 12 月，它以《迷茫的跋涉者——中國當代知識分子心態錄》為名，作為時在中國社會科學院工作的許明教授主編的「中國知識分子叢書」之一種由河南人民出版社出版。

時隔 20 年，時光荏苒，但竊以為它仍然有其再度印行的價值。其一，它作為對那一特定時段中國當代知識分子的精神歷程進行研究的重要論著之一，給那個大時代留下了在場者的見證和思考，有助於人們理解中國當代知識分子和當代思想文化的歷史命題。其二，它提出的若干重要思考，知識分子與傳統文化，知識分子與外來文化，知識分子與土地和民眾，知識分子與革命，可以說是基本上展現出中國現當代知識分子的精神框架與內在矛盾，具有建構性的意義。其三，在本書中佔據了中心位置的關於「文革」之反思的反思，在建構「『文革』學」方面用力甚勤，其基本論點在今天看來仍然是處於思想前沿的，尤其是當下的中國社會，當下的分配不公兩極分化、官商勾結腐敗盛行，被看作是由於背離了毛澤東的「無產階級專政下的繼續革命」理論所致，無論是學界的「新左派」，還是對歷史往事所知甚少的青年人，為「文革」招魂、呼喚其捲土重來的喧囂隨處可聞，「文革」中遭受殘酷清剿的「走資派」今天被改寫為「資改派」，仍然在接受無情批判，反過來，對此荒誕現象做出的具有一定理論高度的強有力反擊卻非常稀缺，這使得本書具有鮮明的現實針對性。此外，本書論及的關於五四新文化運動與激進主義的關係，關於知識分子的精神家園的尋覓等，也仍然是處於「正在進行時」，仍然有其相當的現實意義。

此次為了因應本書在臺灣出版，在文字上略作修訂，同時增補了「補編」中的幾篇文章——它們是我在寫完本書後的幾年間，對相關問題的持續關注與思考，文中也及時地補充了學界和文學界的許多新的信息，有助於深化本書的基本命題。

還有一點要強調的是，本書的許多論點，受到李澤厚、錢理群、洪子誠、

黃子平、許子東、季紅眞、董之林和樊星等學人的相關論著的影響，我從他們那裏獲益匪淺。這是在本書初版時未能明確指出的。同時，臺灣版的出版，得到北京師範大學李怡教授的熱情相助。在此一併感謝。

2016 年 2 月，「文化大革命」發動 50 週年，結束 40 週年之際。

目次

緒　論

　　考察當代知識分子的精神歷程，對我是一個思慮數年並自以爲有所心得的
課題。然而，當我落筆把自己的思索寫下來的時候，卻又是充滿了新的困惑。

　　首先，便是對於知識分子的界定問題，即我是在何種意義上爲我的全部
論述設定考察對象和本書的思維空間。對於知識分子的定義問題，又恰恰是
歧義紛生的。有從學歷上劃分的，即是指具有大學本科或者大專以上畢業文
憑者；有從勞動特徵上劃分的，即是指以生產和傳播知識（使用知識不包括
在內）爲謀生手段的人；在 1993 年出版的一部社會分層與流動的社會學專著
中，作者所舉出的各種定義，有將知識分子定義爲精英的，有將其定義爲專
業技術人員的，有將其定義爲腦力勞動者的，也有從知識活動的特徵方面去
界定的……〔註1〕此外，還有各家各派的，馬克思、列寧、葛蘭西、毛澤東、
希爾斯、韋伯、熊彼特、曼海姆，都在被今人頻頻引用。

　　結合中國國情和當今關於文化、關於人文精神討論中的普遍傾向，我在
本書中所闡述的知識分子的定義，係從余英時的《士與中國文化》中借引而
來——余英時概括了西方學術界的普遍理解；他說：「今天西方人常常稱知識
分子爲『社會的良心』，認爲他們是人類的基本價值（如理性、自由、公平等）
的維護者。知識分子一方面根據這些基本價值來批判社會上一切不合理的現
象，另一方面則努力推動這些價值的充分實現……這種特殊含義的『知識分
子』首先也必須是以某種知識技能爲專業的人；他可以是教師、新聞工作者、
律師、藝術家、文學家、工程師、科學家或任何其他行業的腦力勞動者。但

〔註1〕　李強《當代中國社會分層與流動》第 6 章「中外知識分子理論」。中國經濟出
　　　　版社 1993 年版。

是如果他的全部興趣始終限於職業範圍之內，那麼他仍然沒有具備『知識分子』的充足條件。根據西方學術界的一般理解，所謂『知識分子』，除了獻身於專業工作以外，同時還必須深切地關懷著國家、社會、以至世界上一切有關公共利害之事，而且這種關懷又必須是超越於個人（包括個人所屬的小團體）的私利之上的。所以有人指出，『知識分子』事實上具有一種宗教承擔的精神。」〔註2〕

余英時所介紹的這一定義，與他對中國古代的士的品質相吻合，而且在大陸學人中引起較多的響應，人們在各自的表述中，直接或間接地表示出相當的認同。1988 年春天，由北京社會經濟科學研究所和中國文化報邀請京滬兩地部分學者座談知識分子的有關理論問題。關於知識分子的定義，汪天山認為知識分子是一個民族理性的代表；鄭也夫指出具有批判精神是其核心；閻步克闡釋了希爾斯的觀點，即知識分子是這樣一種人，他們比較關注人、自然、社會、宇宙一般最本質的問題，通過色彩、音響、語言、形體等符號，使人與上述諸領域保持真、善、美的關係；黃萬盛指出，知識社會學認為：知識分子是最具有歷史使命感的那種人，代表了社會的良心；陳子明指出，知識分子具有三種功能：技術功能、價值功能和認識功能〔註3〕。這裡的提法多種多樣，其共同之處則是指出知識分子的社會責任、歷史使命感和批判精神。1993 年夏開始進行的關於文學和人文精神危機的討論、關於文人與自由的辨析，論者也大多強調知識分子要持有對世界的終極關懷，要充當社會的良心，儘管在商品化時代，知識分子仍然不能放棄精神的追求。〔註4〕而且，在這一討論中所出現的紛爭，在很大程度上，是由對知識分子的內在規定性以及由此後退而重新選擇所引起的，比如說，在關於文學和人文精神危機的論爭中，文學評論家大多堅持社會良心和終極關懷的立場，作家們卻寧願把寫作認作是一種職業，是與經商、做工等沒有多大差別的謀生手段，實際上是把寫作從堅守知識分子的情操轉換為養家糊口的手藝；再比如陳平原的引起學人關注的文章《學者的人間情懷》〔註5〕，似乎是在對知識分子做出新的界定——如前所述，歷史使命感和社會良心，近乎於宗教承擔，是無從選擇

〔註2〕 余英時《士與中國文化》「自序」。上海人民出版社 1987 年版。
〔註3〕 見陳小雅《關於知識分子理論的幾個問題》。1988 年 3 月 17 日《光明日報》。
〔註4〕 詳見本書中《危機、選擇與自由》一節。
〔註5〕 陳平原《學者的人間情懷》載於《讀書》1993 年第 5 期。

無從逃避的，只要你把自己放在知識分子的行列中，你就會必然如此。陳平原卻希望把這種不容置疑的角色規定轉換爲個人的自由行爲，以「學者」的概念替代「知識分子」一詞，而學者是以治學爲本，是否要入世，要對人間事務發言，則可以聽君自便，不必以社會良心自許和自勵。

因此，取余英時引述的知識分子定義，既有理論上的依據，又關乎今年的有關討論；當然，最重要的，乃是我自己的思考，在今天，講歷史使命，講社會良心，講終極關懷，講人文精神，似乎不合時宜，似乎過於迂腐和傳統，但我仍然願意去和那些執拗地堅守這最後一道心靈防線的同志（志同道合者）把它大書在我們的旗幟上──儘管我們也有世俗和卑微的一面，但我們也渴望以此獲得拯救。

因此而來的，是又一重困惑。任何一種學科研究，所要求的都是冷靜而嚴謹的學術態度，要求遵循一定的操作規範。而且，近些年來，隨著自省意識的增強，人文知識分子紛紛提出，要清理學科的內在理路，要講求嚴肅的治學態度，要以對學業的精進和深化作爲立足的基石，眞正要做到學有專攻，而不能只憑華而不實，譁衆取寵的花拳繡腿，或者以學術研究作爲敲門磚，去敲開仕宦或致富的阿里巴巴山洞。然而，人文科學，包括我正在撰寫的這些文字，畢竟難以通過實證性的、客觀性的實驗手段，或者憑藉嚴格的抽樣調查、問卷回收等去盡可能地做到精確和普遍覆蓋；人文科學本身便是以價值判斷爲其依據的，尤其是文學、哲學和歷史，它們不是以統計平均數爲其長，而是考察其獨創性和個性化，往往是取其一點而不及其餘的。與之相關的，是評價的準則問題。它無法訴諸公式和實驗模型，無法取得一致的公認，而是因研究者和評價者的主觀性選擇而發生形變，融入研究和評價者的思想情感傾向。甚至，就連評述的語言，都不能不帶上濃重的感情色彩，──對於我自己，在此前寫成的一部《中國當代文學藝術主潮》問世後，就聽到我的一位學生批評說，治史宜冷峻客觀，不應滲入主觀的情感因素；我覺得此言很有道理，但是，眞正要落實下來，又談何容易。積習難改，我多年的思維和寫作習慣，豈是輕而易舉便能改除的。至於主觀評價，更是在所難免。70 年代末以來的思想文化歷程，我自己不只是一個親歷者，還投入了非常大的精力，爲之付出許多的思考和情感；雖然卑無高論，但回顧既往，總會情不自禁地牽動情感的記憶。直言之，即便是我在本書中傾訴的關於當代知識分子心靈歷程的有關思考，也是在 80 年代中期思想文化潮流的湧蕩中萌生，

又在這潮流中去展開和驗證的；如果沒有捫心自問，沒有主觀情感的促迫，我也不會去觸動這樣一個混沌而錯綜的命題的。做研究應該保持冷靜的科學的態度，但是，排除了情感因素，我就不會秉筆爲文，我要做的，首先是對自己所屬的當代知識分子的命運和心靈的反思。因此，我只能是儘量提醒自己，盡可能借助有關的思想資料，追求客觀性和學術性；但是，一個頑強的情感的自我，又總會不時地跳出來現身說法，或直抒情志，我已經將這種痕跡抹了又抹，但是卻無法如願，除非我放棄這一選題。

當代知識分子的精神歷程，我在時間上將其限定於 70 年代末期至此書殺青時的 1994 年 3 月。從客觀上講，這是歷史的轉型期，它是中國大陸從十年動亂和左傾思想的籠罩下掙脫開來，尋找醫治民族創傷、振興中華的自強之路，思想解放運動、改革開放大潮，洪波出閘，激流勇進，直到 90 年代中期，確立市場經濟體制，經濟和商業活動成爲社會的中心，使中國由封閉的政治型的社會轉化爲開放的商業型的社會。這期間，知識分子尤其是人文知識分子，爲了尋找變革現實的思想文化的動力，爲了建立適應新時代的價值體系，爲了在除舊布新、繼往開來中給自己覓得心靈的寓所，付出了艱辛的努力，創造了中華人民共和國建立以來、也是繼「五四」新文化運動以來的新的思想文化高峰，廣泛而深刻地表達了他們對時代的思考，也深切地展示出這一代知識分子的心靈世界和精神歷程；他們對於現實的評判、對歷史的回顧和對未來的追求，他們對自身使命的確認和對文化的叩詢，他們面對商品化大潮和拜金主義的衝擊下所展示的惶惑、痛苦和奮發，以及他們的傳承，他們從民族傳統文化和 20 世紀現代文化以及歷史進程中所承襲下來的某種稟賦和性格特徵。這一特殊的歷史時期，它的上端承續了「五四」新文化運動乃至鴉片戰爭以來的近代化現代化的歷史所提出的重大課題，在尋找中國的富強之路和振奮民族精神文化方面所作出的新的努力和巨大轉折；它的下端則是對於跨世紀的中國，對於在市場經濟體制下繼續前進的 21 世紀的中國，將在精神面貌和思想文化上產生無可替代、無可選擇的深遠影響。

通常的歷史分期，是把中華人民共和國的建立作爲中國當代史的開端的，研究中國當代知識分子問題，也應當以此爲起點。而且，從建國初期至「文革」前夕，思想文化和知識分子的浮浮沉沉進進退退，也是相當豐富和富有啓示性的，「文革」中的風雲變幻、思潮起伏，和知識分子一方面飽經摧殘、一方面又最大程度地分化和最痛切地思考，亦是一個空前絕後的思想文

化的標本。然而，要建構起從 1949 年至今天的幾近半個世紀的研究框架，縱覽如此宏大的思想文化命題，我自知才學淺薄，無法勝任。還是讓我從最熟悉的部分、從自以爲能把握其一二的時期作起，效綿薄之力，盡拳拳之心，做引玉之磚吧。

由於研究的是一個全新的課題，既沒有多少可以借鑒的既有成果，亦無法借助他人的研究方法和思路，只能靠盲人摸象，一個部分一個部分地摸索，並盡可能地捕捉其本身的內涵。這種平地起高樓的工程，自然應該格外地求其堅實，讓客觀材料說話。但是，磚瓦木石可以現實地搬運過來，但這施工圖紙卻沒有成品可以照用不誤的，仍然要靠研究者的主觀認知模式去支撐它。於是，一方面，我是遵依「大膽地假設，小心地求證」的方式，著述此書的；當然，這假設，仍然是從對原始資料和個人體驗思考中歸納、提煉出來的，仍然是有所本的。另一方面，我又常常是「述而不作」，大量的摘引編抄有關的諸家著述，力求保留其基本的歷史風貌，連篇累牘，幾近於「文抄公」。我想，天馬行空，一無依傍的自由創造，永遠令人崇敬和嚮往，不過，哪怕是資料彙編或者準彙編，亦自有其價值和存在的理由的。

目前的這種模樣，我不敢說已經完整地把握了這一特定歷史時期有關知識分子的諸多論題；有一些我自己有所思考的問題，如當代知識分子的「理不勝情」，即情感因素壓倒理性思索所造成的心理失衡和被情感蒙蔽，還有因爲長期以來的「不破不立」、「破字當頭」，及文化歷史原因所造成的長於批判拙於建設，乃至惡性發展成一種破壞性的惰性心理等，未曾在本書中加以論述。種種缺憾，筆者自覺的和有待於讀者校正的，都表明思想的稚弱和蒼白，也表明前路方長，敢不常常自省和自責，以期有所進步乎？

第一編　尋找角色的劇中人
——命運與特性 [註1]

> 曾歔欷之嗟嗟兮，獨隱伏而思慮。
>
> 涕泣交而淒淒兮，思不眠以至曙；
>
> 終長夜之曼曼兮，掩此哀而不去。
>
> 寤從容以周流兮，聊逍遙以自恃；
>
> 傷太息之愍憐兮，氣於邑而不可止。
>
> 糺思心以為纕兮，編愁苦以為膺。
>
> 折若木以蔽光兮，隨飄風之所仍。
>
> 存髣髴而不見兮，心踊躍其若湯；
>
> 撫珮衽以案志兮，超惘惘而遂行。

屈原《九章·悲回風》

縱觀 20 世紀，從古老中華的最後一個帝國的崩潰，到世紀末的今天，中國的知識分子，在這風雲變幻的世紀舞臺上，尋找自己的角色，他們在這個世紀的或有形或無形的操縱者面前，講述著自己的往事，傾訴著自己的情感，並且又時時在試圖糾正這操縱者對他們的塑造和規範，爭取著一方屬於自己的表演天地。他們曾經一次又一次地被這操縱者所輕慢所誤解，但他們即使被打翻在地的時候，他們都不願退下場去，仍然在頑強地思索和掙扎，以便堅持到最後，看看誰是那最後微笑的人。

〔註1〕　諾貝爾文學獎得主、意大利劇作家皮蘭德婁有一部著名作品《六個尋找角色的劇中人》。此處轉用以描述中國當代知識分子的自我尋找與定位。

　　這個操縱者，我們叫它——歷史。

　　爲了展開我們對當代知識分子的思考，我們首先要回溯一番既往，對他們如何步履艱難地走到今天，做一些粗略的考察。當然，這種回溯，由於它是粗線條的，由果溯因的，我們並不宣稱，這就是 20 世紀中國知識分子的全面而客觀的總結：無論我們如何努力地去接近歷史，我們也總是帶有今天的思考和情緒的印記，是從今天踏入以往。而且，我們的本意，是要對當代知識分子的現實困境和心靈惶惑，以及這種困窘中的思考和跋涉作出某種程度的評析，在反觀歷史的時候，便自然受到這種視野的限制，而有所側重有所忽略。這也是必然如此的。

第一章　存在之謎

　　中國當代知識分子，是歷史演進的產物，它的心理性格特徵，它的自我確認和社會要求，都具有歷史的延續和傳承；對它的存在之謎的求解，也都會自然而然地求索到既往。

　　為了不使這種回顧漫無邊際，讓我們從這樣的判定出發：中國現當代知識分子，在承繼了中國傳統的士所面臨的歷史難題的同時，又面對著20世紀中國的歷史任務——民族現代化所賦予他們的重大使命；正是這雙重的纏繞，使他們力不能支，心有餘而力不足，如譚嗣同所言，有心報國，無力迴天。但這僅僅是現實的一個方面。另一重困難在於，他們又面臨著雙重的斷裂，即思想文化與社會現狀之間在現代化進程中的不同步現象，所造成的知識分子與社會現實之間的斷裂，以及外力壓迫下知識分子的內心斷裂。

　　這樣的命題，恐怕仍有汗漫而不加節制之虞。我們所能做到的，便是在保持我們的個性化思考的同時，盡可能地充實以翔實的資料，以求在一定程度上能夠自圓其說。我們在進行心靈的冒險，戰戰兢兢，如履薄冰，也許是必要的，可是，耳邊卻又有「大膽地往前走」催喚。

　　無論如何，讓我們出發。

並不輕鬆的遺產

　　余英時在他那部影響很大的著作《士與中國文化》的「自序」中指出，西方的知識分子，只是近代的產物，其出現的時代大概不能早於18世紀；與西方學人所刻畫的「知識分子」基本性格極為相似的中國的「士」，卻是源遠流長。「孔子所最先揭示的『士志於道』便已規定了『士不可以不弘毅，任重

而道遠，仁以爲己任，不亦重乎？死而後已，不亦遠乎？』這一原始教義對後世的『士』發生了深遠的影響，而且愈是在『天下無道』的時代也愈顯出它的力量。所以漢末黨錮領袖如李膺，史言其『高自標持，欲以天下風教是非爲己任』，又如陳蕃、范滂則皆『有澄清天下之志』。北宋承五代之澆漓，范仲淹起而提倡『士當先天下之憂而憂，後天下之樂而樂』，終於激動了一代讀書人的理想和豪情。晚明東林人物的『事事關心』一直到最近還能震動現代中國知識分子的心弦。如果根據西方的標準，『士』作爲一個承擔著文化使命的特殊階層，自始便在中國史上發揮著『知識分子』的功用。」〔註1〕

如果以這樣的方式考察20世紀中國知識分子的心路歷程，那麼，我們不能不承認，這種對傳統的士的價值觀的自動認同，對文化使命的承擔，身無分文、心憂天下的廣闊襟懷，以及由此激發的道德自律和犧牲精神，一直是從古至今綿延不絕的。今人研究中國現代知識分子與傳統士人的關係，大多注重於二者的差異之所在，著意明確二者之間的界限；近年來，由於受到海外華人學者對「五四」「全盤性反傳統」的批評的影響，更習慣於把二者決然對立起來，並且對所謂「激進主義」的批評不絕於耳。然而，歷史不容割裂，其本身的發展也並不像今人所認爲的出現了「『五四』文化斷裂帶」（鄭義語）。

就以「全盤性反傳統」論的首創者林毓生先生所言，「五四」一代人陳獨秀、胡適、魯迅等都是「借思想文化以解決問題」，而這一意念又是從宋明理學——心學那裏繼承延續下來的；那麼，不妨這樣說，依林毓生所言，陳獨秀們所持是以傳統的思想方式去反對和否定傳統的思想內容的，那麼，這不仍然給傳統保留了相當的地盤，甚至是主要的地盤嗎？須知，改變某些具體的觀念，要比改變根本的思維方式，畢竟要容易許多吧。

其實，從魯迅寫於世紀之交的自題小像詩，「靈臺無計逃神矢，風雨如磐暗故園，寄意寒星荃不察，我以吾血薦軒轅」，到他20年代聲稱肩著黑暗的閘門，放青年人到光明的地方去（這個比喻都是中國傳統式的，令人想到《說唐》中「雄闊海力舉千斤閘」），都浸潤著中國傳統士人的道德承擔。胡適談到他在康乃爾大學求學時期從農科改爲文科的原由時說，其基本的原因之一，就是他對農科不感興趣，而對中國哲學和史學有興趣，「中國古代哲學的基本著作，及比較近代的宋明諸儒的論述，我在幼年時，差不多都已讀過。

〔註1〕 余英時《士與中國文化》，自序第3頁。上海人民出版社1987年版。

我對這些學科的基本興趣，也就是我個人的文化背景。」〔註2〕掀動「五四」新文化運動大潮的那一代人，陳獨秀、胡適、李大釗、吳虞、魯迅、錢玄同、茅盾，都是出身於士紳或官宦人家，從小在私塾中經受中國傳統文化的啓蒙，正像西方的孩子在幼年就跟著父母念禱詞上教堂一樣，早在他們具有自覺的選擇能力之前，傳統文化已經滲入他們的心靈和氣質，成爲他們的文化背景。有人就從魯迅、茅盾等生長在父親早逝、家道中衰的家庭中，過早承受家庭生活重負的「長子意識」的角度，去討論對家庭的責任與對民族的使命的內在同構性，還有人從峻切、老辣的文風上發現魯迅與紹興師爺的人文地理學聯繫。即便是在教會學校中成長的林語堂，在上海聖約翰大學畢業之後，任教於清華學校期間，都曾經致力於中國文化典籍，並研究漢字索引制的改革；而且，正是這位被譽爲「兩腳踏中西文化」的林語堂，從《紅牡丹》、《京華煙雲》（即《瞬息京華》）、《豪門》到《風聲鶴唳》，不但描繪出近代以來中國的歷史風雲，還熱烈地謳歌正在進行著的全民族抗戰（《風聲鶴唳》出版於1940年）。

　　1980年代的文學和文化進程，同樣表明，這種憂國憂民的道德承擔，仍然是知識分子的思考之中心。名重一時的李存葆的中篇小說《高山下的花環》，把陸游詩句「位卑未敢忘憂國」引作題記，他是把文學用以承擔宏偉的歷史使命的，「正像我們每一個作家時時不可忘記的藝術追求一樣，同時也更不應該忘記自己的社會責任感。一個真正的作家，應該是面對社會，面對人生，面對整個全人類的……面對當前波瀾壯闊的火熱生活，面對勵精圖治的十億同胞，我們能不經常掂一掂肩上的責任嗎？難道還要把今天我們應該完成的文學使命全留給後人嗎？」〔註3〕在理論家筆下，從傳統文化中繼承下來的憂患意識也被賦予現代意義，「藝術家的憂國憂民，不管他的『憂』，對社會能起多大的影響和作用，他的這種『憂』，就不是什麼『病』，不是什麼『文藝憂慮症』，而是作家正常的生命機制。因此，我很贊成這樣的說法，作家的現代意識，應該包括他們對國家、對人民、對民族的『憂患意識』，是純真的、崇高的。我相信，一個對民族、對人民具有『憂患意識』的作家，也就有可能創作出純真的藝術。」〔註4〕進入90年代，責任感、使命感、憂患意識似

〔註2〕 唐德剛著《胡適口述自傳》第42頁，華文出版社1992年版。
〔註3〕 李存葆《我的一點思考》，1985年12月4日《光明日報》。
〔註4〕 繆俊傑《憂慮症、使命感與藝術》，《創作平譚》1988年第2期。

乎提得少了，但當前正在開展的「文學與人文精神危機」的討論，同樣是知識分子的使命感和憂患意識在新的社會條件下的突出顯示。〔註5〕

　　20 世紀中國知識分子對歷史文化的傳承，還表現在他們從傳統中汲取思維方式和精神價值的合理因素方面。魯迅稱贊司馬遷的《史記》是「史家之絕唱，無韻之《離騷》」，褒揚《紅樓夢》把傳統的思想和寫法都打破了；他的《理水》、《鑄劍》對墨家的利民和俠義精神進行了現代的改造。孫中山確定政治體制的制衡原則，如論者所言，「不只是受孟德斯鳩三權分立說的啓發，也是以孔子『中庸』思想為依據的。『不偏之為中，不易之謂庸，中者天下之正道，庸者天下之定理。』中庸是一種和諧的政治關係。孫中山在人民與政府之間以全能相分，也就是求兩者政治關係上的平衡，而不是以一方犧牲一方。在中國傳統的政治文化裏，還可以找到人民制衡君權的思想，如儒家認為民心即天意，以約束皇帝即天子的權利。維護人民利益的主張，是一條不成文的法規，對於無道之君，有廢除處分之權，此即謂『湯武革命』。孫中山說道，『唐虞之揖讓，湯武之革命，其垂為學說者，有所謂天視自我民視，天聽自我民聽，有所謂聞誅一夫紂未聞弒君，有所謂民為貴，君為輕，此不可謂夫民權思想矣！』」〔註6〕郭沫若在抗日戰爭期間，一氣創作了《屈原》、《虎符》、《孔雀膽》等 6 部歷史劇，從歷史中汲取激勵民族戰爭、鞭撻黑暗現實的創作素材和鬥爭勇氣。80 年代，先有李澤厚的《美的歷程》，揭示中華民族的藝術和審美理想的民族特性，後有「文化熱」，以及學術界回歸乾嘉學派的努力，都是表現出這一未曾中斷的思想趨向的。無論是在西學東漸的時期，在「五四」新文化運動中，在民族危亡之際，還是改革開放的歲月裏，中華本土的知識分子，畢竟有他的根系所在，畢竟有他的血脈所承；民族傳統文化的親和力，和它的滲透性、本初性，都是無可動搖的，「西化」得再徹底，那也是後天的、理智的選擇，是屬於第二位的。那配上了東洋樂曲而演唱的《三大紀律八項注意》，從井岡山時代傳唱至今，究其淵源，也仍然是從曾國藩治軍時編就的《保守平安歌》、《愛民歌》、《營規》等脫胎而來，「三軍個個仔細聽，行軍先要愛百姓。」「第一紮營要端詳」，「第二打仗要細思」，「第七不可搶賊贓」……何其相似乃爾！〔註7〕

〔註5〕　對這一討論，本書在後文做了較為詳盡的評述。
〔註6〕　張志孚《文化的選擇》第 245 頁，遼寧教育出版社 1988 年版。
〔註7〕　轉引自袁偉時《晚清大變局中的思潮與人物》第 247 頁，海天出版社 1992 年版。

　　然而，從歷史中承襲的，並非全是積極的價值，它還有自身的困擾和無可排解的死結。所謂「修齊治平」，所謂以天下為己任，都是一種絕對的、無可懷疑、無可逃避的使命，然而，這種使命，是如何付諸現實、開闢可行性道路的呢？如果說，在孔墨老莊乃其弟子孟荀韓李的時代，他們可以周遊列國、遊說諸侯，並且在數代人的努力之中，出為卿相，貫徹自己的政治思想，而建立起第一個大一統的封建帝國；如果說，漢楚相爭和三國割據，是在這大一統的總體模式尚屬初建、未能完善和良好地運轉的時期，召喚出大批知識分子，以匡正天下，修正政治機制，先有張良、韓信、董仲舒之輩，後有諸葛亮、魯肅、周瑜、司馬懿等人，受命於危難之際，執任於多事之時，一展聰明智慧；那麼，在唐承隋制，既克服了南北朝時期的少數民族入主中原所形成的民族矛盾，又奠定了完整的社會格局──從漢代至於六朝的士族門閥勢力，在連續的戰亂中被消弱和毀滅，科舉選士，既克服了「上品無寒門，下品無士族」的選士用人惟血統門第是論的弊端，為庶民子弟打開「朝為田舍郎，暮登天子堂」的道路，刺激了文化繁榮，又以此增強了全社會的凝聚力和向心力。然而，歷史的悖論正在這裡，科舉選士制度第一次把中國的文人完全納入社會──政治體制之中，在眾多的學子發奮讀書以求進取的時候，的確如唐太宗所言，「天下英雄，入吾彀中矣。」一旦納入常規，莘莘學子的自由思想的天地和無拘無束的創造力，他們對社會政治和政制的批評和構想，便都受到相當的制約，他們的社會理想和修齊治平之夢，放縱不羈之才，也不得不循規蹈矩地接受一場又一場的考試──這對朝廷選拔文官是甚為有效的，但對於知識分子中的矯矯不群者，卻無疑是對靈性和個性的扼殺。雖然當時的科舉制度還不像後來那樣愈來愈嚴密愈僵化刻板，向當政要人呈送詩文辭賦乃至傳奇小說都可以為進身之階，只要有執政大員的賞識和推薦，都可以入仕，正所謂「生不用封萬戶侯，但願一識韓荊州」的民諺所表現的那樣；但由孔子莊子諸葛亮和魏晉六朝文人那裏延續下來的「為帝王師」的構想和浪漫狂放的生活態度，卻仍然促使人們做最後的努力去反叛這種把文人士子由「體制外」納入「體制內」的巨大轉折（由「體制外」向「體制內」的變化，也許正可以說明為什麼從許由、伯夷、叔齊到諸葛亮和「竹林七賢」的避世隱居，至唐而衰；諸葛亮先隱後仕，陶淵明先仕後隱，都是發乎本然，唐代卻以隱為「終南捷徑」；唐代文人達者唯高適一人，終身不仕者也只有吟誦「不才明主棄，多病故人疏」而見罪於皇家的孟浩然；唐代以降，幾乎沒有什麼著名隱士）。這便是李白的凌虛高蹈，任俠遊仙，和那些

嚮往和歌吟在邊塞征戰中博取功名的「邊塞詩」所隱含的另一種信息。然而，個人的有限的反叛畢竟難以抵抗強大的社會體制和政治權威，更何況，日臻完善的封建制度，由創造期進入鞏固乃至隨之而至的僵化，盛極而衰，這一強大的歷史趨向，又如何能予以抗拒呢？

正是從唐代起，古代士人的命運發生了戲劇性轉折。企圖超越於社會等級和秩序之外的「飲中八仙」，以在物質上和精神上對魏晉名士的繼承，縱酒與狂放，終結了它的無望的努力。「力士脫靴」、「貴妃捧硯」的傳說，仍然掩蓋不住王家清客的寒傖。有宋一代，文官政治消弱了武人擅權的危險，文化事業的鼎盛，哲學、歷史學、書畫藝術、科學技術的發展都是空前的；然而，超逸出社會規範之外的匡時濟世之志，卻進一步成為畫餅。范仲淹的「憂」和歐陽修的「醉」，都是在體制之內、宦途之中；另一方面，「滅人欲，存天理」也罷，「格物致知」、「致知格物」也罷，心學也罷，理學也罷，都是把個人的意志和道德置於絕對的、過份誇張的地位，內聖而外王，以個人的道德修養去追求崇高的政治理想，卻未曾看到二者間存在的巨大的幾乎是無可逾越的深淵。文化聖人也好，道德偶像也好，固然可以贏得人們的尊敬，乃至產生一定的感召力，但這並不意味著帝王會降尊紆貴地虛席以待，師禮相敬，更不會有助其實現名臣賢相、兼濟天下的宏願。它只不過激起修身者自我的道德滿足感而已。

時至現代中國，這一深淵仍然成為眾多知識分子的「滑鐵盧」，就個人道德而言，那些在痛苦的個人婚姻中掙扎的靈魂，除了激起我們的同情，也發人深省。孫中山與宋慶齡相愛之後，遭到黨內同志的反對，但孫先生毅然決然地宣稱，作為一個革命者，如果連自己的愛情和婚姻的自由都不敢去爭取，談何解放全民族？他不惜以辭去黨內領袖職務為代價，執意要解除舊婚約，與宋慶齡正式結婚──這是影視作品中的一個片段，未曾考證過它與事實之間的異同。但是，在魯迅、朱安、許廣平的婚姻與愛情的苦鬥之中，在胡適那雖然試圖反抗，卻最終無力沖決包辦婚姻枷鎖的悲哀之中，從那因與結髮妻子相敬如賓而備受時人和今人推崇、并在藝術作品中得以鋪張地表現的李大釗的身上（李雪健就曾經談到他主演的電視劇《李大釗》中如何處理這種亦妻亦母式的夫妻關係），我們都不難察覺其中的隱含意味。時至 80 年代，在中年作家張潔的《愛，是不能忘記的》和《祖母綠》中，在青年作家陳可雄、陸星兒的《杜鵑啼歸》中，以及現實中的內心禁閉和外部壓力所導致的知識分子的婚戀悲劇之中，都可以感到這種沉重和悲涼。另一方面，則是在

革命與道德的關係之間，建立起一種同構關係。論者指出，「中國馬克思主義批判地繼承了古代儒家理性主義的傳統，即強調道德的自覺品格。如毛澤東相信德行可以通過教育獲得，通過實踐培養，他總是強調通過教育和紀律以及人的自我反省等來造就新型的人。又如劉少奇在《論共產黨員的修養》中對『忠恕之道』、『慎獨』、『吾日三省吾身』等古代儒家的修養之道在實踐論的基礎上作了新的發揮。但是從總體上看，他們對正統儒家的理性專制制度和道德宿命論缺少足夠的警惕和判別。」「這同下列現象幾乎是共生的：後來中國馬克思主義對資本主義文化的核心內容之一的『自由』一向持批判態度，哲學教科書幾乎完全不承認意志自由特別是選擇自由。由此構成了當代倫理學的特殊文化──哲學背景：強調道德行為的理性自覺、忽略意志意願這一舊儒學的傳統，竟獲得了某種程度的復歸。」〔註8〕這種高度道德化、倫理化的理性自覺，被視為通向革命目標的必由之路。它又從外在的和內在的兩個方面，規範和指導了現代知識分子的言行。

中國的舊文人和新知識分子，基本上都是出身於官宦和鄉紳人家，且都帶有封建色彩；民主革命的對象，啟蒙主義的目標，都不能不牽涉到他們自己所屬的家庭和階層。蔣光慈寫《田野的風》，已經是土地革命年代，階級鬥爭激化，短兵相接，農民運動的組織者、知識分子李傑，在農民火燒他自己的家宅李家樓的時候，痛苦而又克制，「讓他們燒去罷！我是很痛苦的，我究竟是一個人⋯⋯但是我可以忍受⋯⋯只要於我們的事業有益，一切的痛苦我都可以忍受⋯⋯」。殷夫在他的《再見吧，哥哥》中，以詩的形式宣佈了與他出身的階級決裂，與撫養他長大的兄長決裂，並預言要在階級鬥爭的決戰中與其在敵對的塹壕中兵刃相見。但是，歷史並沒有為此而稱贊他們的犧牲。相反地，鬥爭愈殘酷，人們就愈是追求個人品質的純潔，在 30 年代，這種與舊家庭的決裂，尚且是令人痛苦之中有欣慰的，到延安時代，革命者與其家庭的決裂，已經成為了審查工作之一項。〔註9〕時至 80 年代，張賢亮在寫作《綠化樹》的時候，仍然無法擺脫曾經是那樣沉重、一直滯留不去的「血統

〔註8〕 高瑞泉《天命的沒落──中國近代唯意志論思潮研究》第 233、234 頁，上海人民出版社 1991 年版。

〔註9〕 在李銳的《廬山會議實錄》中，就講到他在延安受審查時，康生誣他有殺父之仇，即指他的父親是被紅軍殺死，是李六如出面作證辯誣的。到廬山會議時期，康生又舊話重提，再次整他。見該書第 295～296 頁。春秋出版社、湖南教育出版社 1988 年版。

論」的魔影，兀自感歎「我雖然沒有資產，血液中卻已經溶入資產階級的種種習性」，「我所屬的階級覆滅了，我不下地獄誰下地獄？」在陳凱歌的《少年凱歌》、梁衡的《文革之子》中，也都傾訴過出身於有各種「污點」的知識分子家庭的子輩與父輩那種戰戰兢兢的生存狀況。

　　如果說，這種血緣的、家庭出身的陰影，使知識分子承受著深深的痛悔，那麼，他們的又一重道德自省，則是由於他們所承受的文化之罪惡。在魯迅那一代人，是爲他們所承受的封建文化傳統而沉痛自責，在《狂人日記》中，他就讓「狂人」反省，他也是吃過人肉的，骨子裏有毒；在《祝福》中，「我」對於祥林嫂的死，同樣是充當了一個袖手旁觀的看客；在《野草》中，他直抒胸臆，傾訴了自己在歷史與未來、黑暗與光明間的彷徨和誘惑。瞿秋白在回顧自己一生的《多餘的話》中說：「而馬克思主義是什麼？是無產階級的宇宙觀和人生觀。這同我潛伏的紳士意識，中國式的士大夫意識，以及後來蛻變出來的小資產階級或者市儈式的意識，完全處於敵對的地位。沒落的中國紳士階級意識之中，有些這樣的成分：例如假惺惺的仁慈禮讓、避免鬥爭……以及寄生蟲式的隱士思想。完全破產的紳士往往變成城市的波西美亞──高等遊民，頹廢的、脆弱的、浪漫的，甚至狂妄的人物。說得實在些，是廢物。我想，這兩種意識在我內心裏不斷的鬥爭，也就侵蝕了我極大部分的精力。」〔註10〕

　　無獨有偶，1959 年，當李銳──曾任水電部副部長和毛澤東兼職秘書──因贊同彭德懷的意見信而遭受批判的時候，他挖掘自己犯錯誤的根源說，「我這一次動搖，根本的問題是：我雖入黨時間比較長，但我是一個未經過很好改造，地主家庭出身的知識分子，特別是沒有經過群眾運動的鍛鍊。不要說在廣大群眾中，就是在這次會議上，也沒有站在大多數人的立場上，同左派同志呼吸與共。」〔註11〕

　　因此，在從延安時期到後來的歷次政治運動中，才會有一次又一次地知識分子或者自願或者違心地批判自己，譴責同伴，爲了他們心目中的崇高目標，不惜犧牲和蛻變自我，以爲這樣會對革命有利，對時代和對人民有益，同時，對於自我也是有著根本的利益的。直到「文革」中，時時鬥私，處處批修──最矛盾的例子也許是要數郭沫若了，他自己的兒子郭世英在動亂中

〔註10〕 瞿秋白《多餘的話》，引自劉福勤《心憂書〈多餘的話〉》第 209 頁，上海社會科學出版社 1988 年版。
〔註11〕 李銳《廬山會議實錄》第 307 頁，春秋出版社、湖南教育出版社 1989 年版。

死於非命；他卻不得不時時地表現出爲「史無前例」大唱讚歌的姿態來。我們沒有更深入的資料去顯示這位老知識分子在動亂歲月中的眞實心態，但痛失愛子的悲哀，尤其是老年喪子，給他留下的無法癒合的創巨痛深，從他後來一筆一劃地抄錄郭世英日記的舉動中，我們總可以揣測一二。然而，作爲一個追隨革命、生怕落在時代之後的眞誠的知識分子來說，他又不得不勉爲其難地趨時奉勢。新近披露的一份資料說，「周揚在郭沫若去世前 9 天和他有過一次頗有意味的會晤。周揚以『您是新中國的歌德』頌揚他。他報以微笑，但心情頗爲複雜。『文革』前，郭沫若與自己心愛的弟子有過一次涉及歌德的談話。大意是：現在，我們兩個人在一起談話，是有什麼談什麼，你也不會作戲。可是一轉眼，我跟別的人，往往就不得不逢場作戲了。這是很悲哀的。凡是逢場作戲的人，寫出來的東西，都會遭到後人的嘲笑。歌德最痛苦的，是理想的不能實現，實現的不是理想。如今有人說我是中國的歌德，這實際上是在罵我在打我耳光，而我還要謙虛地說『我哪比得上歌德』。」〔註12〕

竊火者的悲愴

　　20 世紀中國知識分子的另一重困惑和悲愴是由他們所承受的外來文化影響所引起的，從魯迅的那個著名的比喻，從別國竊得火來，煮自己的肉，便可以見出。他們並不是因竊天火而遭天譴的普羅米修斯，雖然被釘在高加索的山崖下，日日承受禿鷹的啄食，心中卻謹守著一個足以置宙斯於死地的關於未來的預見，在苦難中穩操勝券；他們也不是俄羅斯傳說中的丹柯，能夠高舉自己的心作燃燒的火炬，引導人們走向黑暗和泥濘。恰恰相反，現代文明的衝擊，在點燃希望的時候，徑一周三，往往會帶來更多的失望；人們在接受這衝擊的時候，除了感受這一新鮮而開闊的新氣息，還要爲它尋找合適的安置，實現心靈的裂變，完成舊我與新我的調諧，或者是舊我向新我的蛻變，這種調諧和蛻變，又遠遠不是像紙面上寫的幾行字那樣輕鬆。

　　困難首先在於，中國知識分子所自覺承受的使命，過份沉重。日本當代政治學家丸山眞男描述世界的近代化進程時，採用了這樣的區分，「如果用列寧的用語『自然成長性』和『目的意識性』來表達，那麼，相對『後進』的國家的近代化可以稱作是『目的意識』的近代化……越是『後進』國，越具有目的意識。因爲在那裏，事先有了近代化的模式，只是以其爲目標來推進

〔註12〕馮錫剛《雲水茫茫未得珠》，《傳紀文學》1992 年第 3 期。

近代化。由於是『目的意識性』的，所以當然會帶上較強的意識形態性格，亦即是某種意識形態指導下的近代化。」〔註 13〕丸山真男把英國視作「自然成長」進入近代國家的典範，他指出，越是在近代化的序列中居於後面的國度，其意識形態性就越強，美國獨立革命比諸英國革命、法國大革命比諸美國獨立革命，其意識形態性日漸增強。

近代化以工業革命為推動力，生產力發達的國家，率先改變它的國家形式和意識形態，進入近代化時代，也給那些生產水平相對落後的國家以影響和衝擊。在「自然成長性」國家，其經濟基礎與上層建築、生產力與生產關係、思想文化和意識形態，是大致協調的；在後進的「目的意識性」國家，卻是思想觀念先行，並以思想文化的變革為中介，為槓桿，去推動社會的全面進步的。或許正是由於這種「目的意識性」，由於這種意識形態性日益增強，才可以解釋，為什麼在社會的經濟狀況和政治制度都非常落後的情況下，卻會有從「狂飆突進」運動到黑格爾、費爾巴哈這延續數十年的德意志思想文化、文學藝術高峰，卻會有從普希金到陀思妥耶夫斯基，從赫爾岑到別、車、杜的俄羅斯文化繁榮，才會更好地理解馬克思主義經典作家所闡明的經濟狀況和思想文化發展的不平衡規律。

而且，正是在動盪和巨變的俄羅斯的知識分子為爭取民族的進步和富強而奮起反抗沙皇專制和農奴制度的鬥爭中，形成了「知識分子」之概念。據考證，「知識分子」這一概念，是 1860 年，由俄國作家彼得‧鮑保雷金創造出來的，即 Intelligentsia。這個詞由俄文傳到其他語言中去。《簡明不列顛百科全書》對「知識分子」這一條目的解釋如下，「19 世紀末期俄國知識分子，是中產階級的一部分，他們受現代教育及西方思潮的影響，經常對國家落後狀況產生不滿，知識分子由於對社會、政治、思想有強烈興趣，而沙皇政權的專制獨裁和殘酷鎮壓機構使他們感到沮喪，於是在法律界、醫務界、教育界、工程技術界建立了自己的核心，但包括了官僚、地主和軍官，正如陀思妥耶夫斯基、屠格涅夫及其他作家，在他們的作品中生動描述的那樣，這個階層為 20 世紀早期的俄國革命運動奠定了領導基礎。」〔註 14〕

〔註 13〕 丸山真男《幕末維新的知識分子》。丸山真男著，區建英譯《福澤諭吉與日本近代化》第 17 頁，學林出版社 1992 年版。

〔註 14〕 《簡明不列顛百科全書》第 9 卷第 423 頁，中國大百科全書出版社，1986 年版。

　　在進一步的研究中，西方學者還列舉出近代俄國知識階層的五項特徵：「一、深切地關懷一切有關公共利益之事；二、對於國家及一切公益之事，知識分子都視之爲他們個人的責任；三、傾向於把政治、社會問題視爲道德問題；四、有一種義務感，要不顧一切代價追求終極的邏輯結論；五、深信事物不合理，須努力加以改正。」〔註15〕

　　這樣，中國近現代知識分子的形成和崛起，不管他們自覺與否，他們都是宿命地被罩在這種爲了「目的意識性」的近代化，現代化的獻祭之中，要以意識形態的力量，去推進國家的歷史進程。更何況，如余英時所言，以上五項特徵，第四項之求眞精神，是西方知識分子的一般特徵，其餘四項則在以天下爲己任的中國傳統知識分子的身上都同樣找得到清楚的痕跡。〔註16〕道義感，使命感，倫理化的確是士人的重要精神特徵。在近現代知識分子身上，它們同樣鮮明，只不過是把追求的目標，由早先的堯舜之世，文武之道，代之以現代化的設定，由朦朧而浪漫的戀古情緒，轉換爲現實的異邦之嚮往。

　　西風東漸，對國家現代化的追求，由德國、俄國、日本而及於中國，以英日爲範例的「戊戌變法」，以美法爲榜樣的辛亥革命，以俄爲師的新民主主義革命，此起彼伏，交相激宕，掀起一次又一次的變革浪潮。與此同時，中國的近現代歷史，還始終伴隨著民族衝突和救亡運動，滿清政府的民族歧視，鴉片戰爭到八國聯軍的強敵入侵，北洋政府的喪權辱國與巴黎和會，30年代的日本侵華戰爭，直至80年代關於「球籍」的思考……複雜多變的國際形勢，更加劇了近現代中國知識分子的肩頭重負。向現代化起步越晚的國家，其落後程度就越嚴重，它與現代國家之間的距離就越大，它的現代化進程中「意識形態性」的因素就越是重要。更何況還有它所獨有的民族危機——

　　俄國是在1812年的衛國戰爭中擊敗拿破崙，進軍巴黎之後，以佔領者的身份感受到法蘭西革命的光輝的，正是那些佔領巴黎的青年軍官，把革命精神帶回俄國，開始了「十二月黨人」的鬥爭和起義；從反拿破崙戰爭到1905年、1917年的兩次革命高潮，思想文化的發展，近乎一個世紀。這100年間，雖然有過局部戰爭，但俄國卻未曾有過強敵壓境、危機在即的緊迫感，那些「多餘的人」，才有足夠的時間和條件去省視自己，反觀心靈與文化。

　　東鄰的日本，常常被用來與中國的近現代化進程比較，人們習慣性地講，

〔註15〕余英時《士與中國文化》第3頁腳註①，上海人民出版社1987年版。
〔註16〕余英時《士與中國文化》第3頁腳註①，上海人民出版社1987年版。

中日兩國都曾經有過閉關鎖國，都是同樣被西洋列強的戰艦打開門戶；兩個國家的歷史進程，都由此轉向現代化的目標，但其結果卻是如此不同。在這感慨和憤激中，卻往往忽略中日兩國的內在差異，比如說，在西學盛行之前，日本學者已經在研究「蘭學」，即西學前身。論者指出，「在 19 世紀中葉以前約 200 年期間，中日都採取鎖國政策，但西學仍然通過一定的渠道在日本傳播。1744～1852 年的 108 年間，日本翻譯西方書籍的學者共有 117 人，譯書約 500 部。這相當於中國在戊戌維新前翻譯西書的總數，時間卻晚了約半個世紀；而就從事翻譯工作的知識分子來說，加上外國在中國的傳教士也遠遠達不到日本的水平。」「在此基礎上，中國產生足與福澤諭吉、中江兆民等媲美的思想啟蒙家，也約遲了半個世紀；而出現能同伊藤博文、大隈重信等並列而無愧的政府大員則更要晚很多。」〔註 17〕

這便是說，在我們通常所認定的同時起步的背後，日本人研究西學比我們早了 50～100 年。而時間越短，留給中國知識分子建造現代意識形態的難度就越大，越缺少從容、漸進和充分的迴旋餘地，越需要付出艱辛的代價。

令人無法樂觀的是，無論從康梁等人所取法的日本，和中國共產主義知識分子所傚仿的俄國，都曾經以其變革的成功，使我們感到「目的意識性」的國家可以跨入世界先進行列；至少在他們那一代人當時是如此作想的；但是，當我們站在本世紀的末尾，回顧歷史時，我們卻不能不承認，那成功的後面，卻也隱伏著瘋狂和毀滅——明治維新借助著擁護王權革新幕府政治而得以實現它的目標，「忠君」和「報國」，卻又把這崛起的東方民族導入瘋狂的侵略戰爭中，以致有後來的戰敗和被佔領，在美軍的刺刀下補上民主政治和自由經濟的課程；十月革命後的俄國，依靠新的計劃經濟制度和強化專政機器的方式，走出了有別於西方資本主義的現代化之路，然而，卻又 70 年心血毀於一旦，聯盟瓦解，體制更迭。

20 世紀的中國知識分子，所承受的精神痛苦和坎坷命運，直至十年動亂，「大革文化命」，唾棄「臭老九」，其根源，似乎也可歸結於這「目的意識性」所造成的內在裂痕。

讓我們略釋這中國知識分子的「不可承受之重」。

其一，便是時間的緊迫和空間的廓大。

中國的現代化進程，起步甚晚，步履艱難，西方和俄日行進了 100 年乃

〔註 17〕 袁偉時《晚清大變局中的思潮與人物》第 386 頁，海天出版社 1992 年版。

至數百年的歷程，被壓縮到數十年的有限時間裏，而且，又要不斷地根據世界局勢的發展調整自己的預期目的，譬如說，在俄國十月革命的炮聲之中，一批進步的知識分子迅速把視線轉向社會主義和共產主義，以俄爲師。70 年代末期，再一次高揚的實現四個現代化目標，又一次把社會藍圖設定在現代發展水平上。然而，歷史彷彿又特別苛刻地對待 20 世紀的中國，軍閥割據，強敵入侵，國內戰爭，左傾狂潮，直到十年內亂，把寶貴的時間付諸東流。舊債未還，又欠新債，始終未能有一個相對安定的時期容忍知識分子去建構和完善現代意識形態，甚至都沒有這種建構的權利。

另一方面，便是空間的廓大，這裡所說的空間，既是地理性的，也是歷史性的。遼闊的地域，封閉的自給自足的經濟，發展極不平衡，尤其是自從東南海岸線在帝國主義的堅船利炮和經濟掠奪下迅速地近代化和殖民地化，中國的土地上，經濟形態就更其複雜。時至今日，廣州、深圳、上海和長江三角洲一帶，其經濟發展水平已提前進入小康，其某些方面的生產和消費水平已經逼進發達國家，但在西南和西北的鄉村和山區，仍然有著買賣婚姻、拐賣人口，有上百萬的學齡兒童尤其是女童因爲交不起學費而失學；在現代大都市北京，大飯店、大商場的建設日新月異，但人均居住面積在四平方米以下的特困戶仍有 20 萬，白領階層出入於合資企業的寫字樓，中關村一帶的高科技人才密度與美國的矽谷、日本的築波相比都毫不遜色，與之相對照的卻是來自各地鄉村的民工。中國的自然地形由西向東由高到低呈梯次分佈，中國的經濟地理卻是相反，東高西低，世界屋脊上的藏民，50 年代才從農奴制下解放出來。歷史的依序而進的時間性更迭，在中國呈現爲空間性的並列。而且，兩相比較，思想文化的接受，與經濟水平的改變，其難易程度相去甚遠。思想文化，可以通過書籍和現代傳媒的手段，較快地流佈開來，甚至可能跳躍著前進，但經濟水平的發展，卻只能一步一個臺階，一步一個腳印。《第三次浪潮》和《大趨勢》可以在較短的時間裏風靡中國的文人學者和大專院校學生，可以成爲從政和經濟管理人員的案頭必備，新產業革命的話語萬口交傳，但它要付諸現實，何止要付出千倍萬倍的努力。固然，對現代思想文化的眞正理解和接受，也並非易事，但知易行難，卻是常理。接受現代思想文化的知識分子，要把它作爲全民族的實踐，尤其是在一個生產力落後的國度裏，談何容易？

正是由於意識到這種多種經濟形態並存、多種思想文化並存所造成的空

前複雜的局面，歷史學家姜義華在考察「五四」新文化運動以來的進程時，才沒有簡單地附和非常流行卻又未必經得住推敲的「啓蒙與救亡」的衝突，而是提出「農民運動與啓蒙運動」的拮抗與對流的深刻洞見。姜義華指出，長時間來，人們已經習慣於將近代以來中國的農民運動與啓蒙運動或整個近代化現代化運動認定爲具有同一趨向，但這只是部分的事實，農民運動的主體部分，依然是中國傳統的農民運動的再版，它們同啓蒙運動和整個近現代化運動迥然不同。近現代化運動根本上是要以社會化的大生產取代傳統的以手工勞動爲基礎的小生產，以商品市場經濟取代傳統的以一家一戶爲單位的農業和家庭手工業緊密結合的自然經濟，以由法制所保障的人們的自由與獨立關係取代傳統的家庭宗法關係。農民運動的目標，在具有反帝反封建和反對官僚資本主義的新民主主義性質時，「它的主要基地正是受近代化現代化影響最少的落後的內地農村，它的主要目標仍然是平分土地，確保他們的小生產與自然經濟下傳統生產方式及生活方式。」「和維護傳統的小農文明的農民運動、農民戰爭相遭遇時，啓蒙運動自然就會發現，在反對帝國主義侵略與殖民掠奪、反對封建主義的政治壓迫與經濟剝削方面，他們確實是同一戰壕的親密戰友；在變小生產爲大生產、變自然經濟爲商品經濟、變小農文明爲現代文明方面，他們的價值取向與行動實踐卻大相徑庭。啓蒙運動所希望改變的，卻往往正是農民運動所堅持的；啓蒙運動所希望達到的，卻往往正是農民運動所希望去除的。啓蒙運動與農民運動之間這種既聯盟又對峙的複雜關係，便引發了它們兩者之間既相拮抗又相滲透的特種對流運動。」〔註18〕如此的複雜和衝突，形成中國現當代歷史的重要特徵，直至「文革」，形成對新文化運動的全面反動。時至今日，不只是農民的大部分還沒有眞正從傳統的小生產及自然經濟中走出來，在工人、幹部、企業家乃至知識分子中，也有那麼一批實際上爲小生產意識所籠罩，啓蒙運動，任重道遠。「只有以啓蒙運動去統率這場農村的大變動，去引導這場農村的大變動，去催化這場農村的大變動，21 世紀方才能夠成爲太平洋的世紀，才能成爲中國的世紀。」〔註19〕

〔註18〕 姜義華《論農民運動與啓蒙運動在現代中國的拮抗與對流》，《五四與現代中國》第 2～7 頁，山西人民出版社 1989 年版。

〔註19〕 姜義華《論農民運動與啓蒙運動在現代中國的拮抗與對流》，《五四與現代中國》第 16 頁，山西人民出版社 1989 年版。

　　其二，選擇的困惑。

　　以如此地微弱和稀少的、除了思想和文化一無所有的知識分子，去改變和推動佔人口絕大多數的農民，和傳承數千年的農業文明，已經足以令人歎喟。這種改變和推動，歸根結底是要通過經濟和生產力的發展付諸實踐的，譬如說，城市經濟建設和工業發展，吸引了數以百萬計的青年農民，他們在打工掙錢的同時，也在改變傳統的價值觀念；但是，過去的幾十年間，這種經濟變革的前景並不具備，啓蒙運動，豈是靠思想灌輸便可實現的。更深的一層矛盾，則是知識分子在接受外來思想文化中產生的困惑。西方文化的演進中，有各種主義和問題，有理性王國的追求和破滅，有古典的資產階級思想文化，也有新興的馬克思主義和布爾什維克運動；本世紀初葉的 20 年，可以說，是正在爭取近現代化的中國知識分子突然對西方式的發展道路產生懷疑和困惑的年代，並在「八面來風」的推動下，形成一種根深蒂固的「恐資症」。今人在回顧歷史的時候，往往會述及毛澤東時代所設想的超越市場經濟，直接進入按需分配的社會階段（如人民公社時期的吃飯不要錢），其實，這不過是這種「恐資症」的一種表現，而不是其根源。

　　如果說，從第一次鴉片戰爭到八國聯軍進佔北京，中國的失敗者地位並沒有影響國人學習西方文化的熱情，如同甲午戰爭的失敗反倒使留日學生增多一樣；那麼，第一次世界大戰的爆發，和作為戰勝國的中國在巴黎和會上仍然任人宰割的屈辱，則使中國知識分子普遍地感到失望。梁啓超 1919 年初從歐洲遊歷歸來，在耳聞目睹了第一次世界大戰後歐洲知識分子普遍感受到苦悶，以及維多利亞時代對於進步和科學的信念於此時的破滅後，梁啓超總結說，西方文化一點也不優越，中國文化可以幫助糾正西方文化的這些弊病。〔註 20〕從維新志士、啓蒙學者到倡導中西文化「融合」理論，既是有代表性的，又具有很大的影響力。

　　中國的知識分子對西方文化的擇取也是有其內在的機制的。從魯迅的《摩羅詩力說》到「五四」新文化運動中大興的尼采主義、易卜生主義（《新青年》便出過《易卜生專號》），所張揚的，並非韋伯所言的促進了資本主義生成的理性精神，或者是構成了馬克思主義三個來源的諸種理論，而是抨擊庸俗的商業社會對人性的束縛，以獨立不羈的個性反叛平庸的資產階級生活，以高

〔註20〕艾愷著、鄭大華等譯《最後一個儒家——梁漱溟與現代中國的困境》第 76～77 頁。湖南人民出版社 1988 年版。

度擴張的心靈和意志反抗物化和物欲的現實，即魯迅所言，輕物質而重精神，任個人而排眾數，——個性解放的精神，在中國知識分子這裡，既是批判封建制度和封建倫理道德、追求個性解放的強大武器，卻又不能不隱含著對資本主義社會的輕蔑和反叛。

還有對資本主義時代的工具理性、功利主義和機械化對人的心靈擠壓的恐懼——中國的知識分子，歷來是重義輕利，重義輕生的；他們剛剛被西方文明打開眼界，卻又忽然撞入難以解脫的漩渦之中——他們未嘗體驗過工業文明帶給社會的物質改善和民主政治的實際運作，卻又驟然被由工業文明所催喚出來的精神苦果所震懾；20 年代，由接受過德國教育的張君勱對西方工業主義、資本主義和科學主義的質疑所引起的關於科學主義與人生觀的論戰，即所謂「科玄之爭」，正是基於這種背景而展開的；梁漱溟的《東西文化及其哲學》，也是以理智的計算、利己主義、機器和資本主義等概括西方文化之特徵的。

還有漂洋過海到異國他鄉尋找真理的人們的親身感受，從魯迅的《藤野先生》到鄭伯奇的《最初一課》，從到德法勤工儉學的青年學生的遭遇（請參見毛毛著《我的父親鄧小平》中的有關段落），到聞一多的《洗衣歌》，使他們從情感上對他們求學的國度產生拒斥和厭棄，或者是如聞一多那樣（張君勱也是如此）歸返中國文化，或者是轉而接受無政府主義或者社會主義……

這也就是為什麼俄國的十月革命會在中國激起巨大反響，並且迅速在知識分子中傳播——列寧時代對中國的平等態度，不只是滿足國人的民族自尊，連職業革命家孫中山也在對帝國列強援助極其失望之後，轉向友好鄰邦俄國；俄國社會主義革命和它的指導思想——馬克思列寧主義，是對資本主義和西方世界的否定，「落後的西方，先進的東方」的判斷，也給正在受西方文化中的懷疑主義、自我批判所困擾的中國知識分子，提供了超越資本主義及其弊病的新思路。

更何況，在被十月革命喚起了新的希望的中國知識分子那裏，他們並沒有從科學的意義上理清馬克思主義的內在理路，而更多地是為了馬克思所描述的那樣一種理想的社會圖畫所吸引，他們還分不清空想社會主義與科學社會主義、無政府主義與階級專政的區別，在尚未從理論上進行深入鑽研之前，就從情感上和信仰上認同了它，以其浪漫的自由精神實現對機械、物化的超越，以烏托邦精神超越世俗功利。

非此，就無法理解，爲什麼在馬克思主義在中國傳播的同時，會出現「工讀互助團」和「新村運動」。瞿秋白回顧說，「社會主義的討論常常引起我們無限的興味。然而究竟如俄國 19 世紀 40 年代的青年思想似的，模糊影響，隔著紗窗看曉霧，社會主義流派，社會主義意義都是紛亂，不十分清晰的，正如久壅的水閘，一旦開放，旁流雜出，雖是噴沫鳴濺，究不曾定出流的方向。」〔註 21〕克魯泡特金的「互助論」取代「生存競爭」而被人們所接受和尊崇，周作人介紹日本作家武者小路實篤新村主義的理論和實踐，吸引了眾多關注和傚仿者，「新村主義的理論和實踐，對於廣大正在渴求社會主義新生活的中國青年來說，無疑提供了一種模式。《新青年》、《新潮》、《國民》、《每周評論》、《工餘》等刊物，都對新村主義進行了介紹。同時，還出現了一批專門宣傳新村主義的刊物和社團。郭紹虞、鄭振鐸、黃日葵、沈玄廬、林育南等人，都是新村主義的熱心研究者。甚至像李大釗這樣已接受馬克思主義階級鬥爭學說的人，也對新村主義表示了很大的興趣。」毛澤東和張昆弟、蔡和森等人，計劃在嶽麓山下建新村，「爲了能找到一個理想的新村地點，他幾乎跑遍了嶽麓山下的每個村鎮。」〔註 22〕

選擇的困惑，導致了「恐資症」和超越理性與機械對人的精神的壓迫的構想，以此而形成了籠罩本世紀 60 年代的狂熱和躁動；從「畢其功於一役」的革命口號，到「跑步進入共產主義」的經濟「躍進」，莫不以此爲思想文化背景。

表現出這選擇的困惑的又一現象是，在西方的近現代化進程中形成並隨之發展的自由主義知識分子，在現代中國也曾出現過；從維新運動到本世紀 40 年代，在中國的政治和思想文化領域也曾活躍一時；他們置身於激進主義與保守主義的兩極之間，置身於政權和革命的兩極之間，進行文化與政治批評。但是，中國現代的政黨政治和武裝鬥爭，國民黨政權的暴政和第三條道路的破產，迫使他們最終不得不順應時勢，選擇依附國民黨政權而退往臺灣，或者向左轉而接受共產黨的領導。選擇學術建設道路的人們，先是在戰爭的動亂之中無法安下一張平靜的書桌，後來則是在全面接受蘇聯的教育模式和不斷的文化批判中，節節敗退，無所作爲。從客觀上講，20 世紀中國在其大

〔註21〕《瞿秋白文集》第 1 集第 23～24 頁，人民文學出版社 1985 年版。
〔註22〕胡長水《跋涉在烏托邦的荒原》，《五四與現代中國》第 189、198 頁，山西人
　　　民出版社 1989 年版。

部分時間裏，並沒有給自由主義知識分子提供必需的條件，除了缺少法制的保障，就是沒有在經濟上強有力的資產階級做後盾；從主觀原因上講，主要接受西方文化影響的自由主義知識分子，過於崇拜工具理性，而缺乏深遠的終極關懷，因此在實踐中必然缺少深沉堅韌的行為內驅力。著名的自由主義知識分子胡適、周作人、沈從文、羅隆基、梁實秋等，他們的道路之分合、命運之沉浮，正是這困惑的真實寫照。〔註23〕

地之子與零餘者

讀魯迅的《一件小事》，我曾經深深地為之感動過，一位標炳中國現代史的思想家文學家，為一件似乎微不足道的小事，為自己對民眾疾苦的冷漠，感到如此的自責和痛苦，幾至於苛求，「我因此也時時熬了苦痛，努力的要想到我自己。幾年來的文治武力，在我早如幼小時候所讀過的『子曰詩云』一般，背不上半句了。獨有這一件小事，卻總是浮在我眼前，有時反更分明，教我慚愧，催我自新，並且增長我的勇氣和希望。」所謂國家大事，所謂文治武力，以及子曰詩云，都被比襯得黯然無光，這一件小事卻是日漸膨化，日益昭彰。教我們這些後來人如何作想？

如果說，魯迅先生是以文學筆觸作這一描寫的，那麼，我在讀到梁漱溟的一段自敘時，這種感受就更深刻了。「又有一件事，是我在北京街上行走，看見一個拉人力車的，是一個白頭髮的老頭，勉強往前拉，跑也跑不動，而坐車的人卻催他快走，他一忙就跌倒了，白的鬍子上面摔出血來，我的眼裏也掉出淚來了……我受種種的感觸，反覆地思索，使我的血達到了沸點，那一年我幾乎要成了瘋狂。」〔註24〕

對於民眾的關懷，令人感動，對於民眾的崇敬，更使人歎服。梁漱溟在上述那段話之後談到，由於種種惡現象的刺激，使他在那一年間自殺未成之事。對於社會的罪惡，對於人類的苦難，拷問著他的良知，幾至於把他逼向絕路；在經受過青春期的精神危機之後，梁漱溟轉而張揚中國文化，甚至身體力行地投入鄉村建設之中，以實現他的道德擔承。

〔註23〕關於自由主義分子的話題，參見胡偉希等著《十字街頭與塔——中國近代自由主義思想思潮研究》，上海人民出版社 1991 年版。本文的有關論述即以此書為據。

〔註24〕艾愷著、鄭大華等譯《最後一個儒家——梁漱溟與現代中國的困境》第 48 頁，湖南人民出版社 1988 年版。

　　或許是因爲中國傳統的民本思想和知識分子的使命意識，在江湖之上，則憂其君，在廟堂之上，則憂其民，中國的士人和現代知識分子，都把民眾的憂患疾苦掛念在心頭。孟子所言民爲貴，君爲輕；屈原的詩句「哀民生之多艱」，都體現著對民眾的現實關懷；杜甫把這憂國憂民的情緒發揚至於極致，他的「三吏」、「三別」把戰亂中普通人的命運作了深情的刻畫。爲民請命，造福百姓，是他們的行爲準則，融合在循史和清官的傳記和傳說裏，也體現在西子湖上的白堤和蘇堤之中。《三國演義》中的劉備，被寫作愛民如子的理想君王，自己被強敵追趕得疲於奔命，不知何處可以棲身，卻不顧起碼的行軍作戰原則，攜帶大量的婦孺老幼，隨軍而行；《水滸》中的英雄豪傑，殺富濟貧，除暴安良，爲民除害，行俠仗義，著實令人崇仰。

　　中國士人與民眾關係的一面，則是他們面對民眾的慚愧和自責。它既是詩人面對民眾苦難而無能爲力的痛悔，又是在民眾的辛勤勞作和淳樸道德面前的反省。在田園詩中，就充滿對勞動的推崇和詠贊，王維的《渭川田家》詩云：「斜光照墟落，窮巷牛羊歸。野老念牧童，倚杖候荊扉。雉雊麥苗秀，蠶眠桑葉稀。田夫荷鋤至，相見語依依。即此羨閒逸，悵然吟式微。」白居易的《觀刈麥》，則是在農民的艱辛勞動面前產生心靈自責，在描繪了「足蒸暑土氣，背灼炎天光；力盡不知熱，但惜夏日長」的情景之後，詩人反躬自問，「今我何功德，曾不事農桑；吏祿三百石，歲晏有餘糧。念此私自愧，盡日不能忘。」

　　魯迅和梁漱溟談及人力車夫，就是前者贊美其心靈，後者哀歎其命運；還有胡適的《人力車夫》，雖然它常常被文學史家用作與魯迅的《一件小事》作對比，並受到貶抑，但就其表現的情感而言，即那種坐車人和少年車夫之間的無法溝通，坐車人憐憫其年幼，不願坐他的車，少年卻說，「你老的好心腸，飽不了我的餓肚皮。我年紀小拉車，警察還不管，你老又是誰？」只是這和民眾的隔膜，竟是無法溝通——正是這三個方面，構成二者之間的全部關係。

　　如果說，對於勞苦民眾的人道主義同情，是世界各國的進步知識分子所共同具有的，那麼，這種對二者間的隔膜，和知識分子的自省、懺悔、乃至對自我的激烈否定，卻是具有東方特色的。魯迅的《藥》、《祝福》、《故鄉》，便都是表現那些先行的覺醒者和落後的麻木愚昧的民眾之間的巨大鴻溝的。在宣傳「這大清的天下是我們大家的」的革命者夏瑜與篤信人血饅頭可以治癆症的華老栓中間，何止是相去千里萬里。「我」和閏土的關係，雖然不那麼

觸目驚心，但卻是更具有普遍性和現實性，於平淡中見深意。還有曹禺的《日出》，作為理想主義者的方達生，重回故地，重見故人，女友陳白露卻早已蛻變為交際花，淪落風塵，可憐方達生，空有一腔抱負，既沒有救出雛妓「小東西」，又無法挽回陳白露的生命；窗外傳來的雄勁有力的勞動號子，使他在自慚形穢的同時也受到鼓舞，但他又如何去獲得這種力量呢？

現代文學史的研究者趙園這樣概括中國現代知識分子的形象：「深厚執著的民族情感，強烈的歷史使命感、社會責任感和與此聯繫著的強烈的政治意識，入世的進取的生活態度，對道德修養的注重於內省傾向，重鄉情重人情的感情特點，農民式的認識道路，和農民式的重實際、重人倫日用的思維特點。」〔註 25〕這樣的特徵，和中國的傳統文人，和中國的眾多農民，又有多少差別？或許可以說，趙園的上述界定似乎對現代知識分子身上的時代氣質有所忽略，但她所揭示的，卻正是他們與民眾相吻合的一面。趙園指出，中國現代作家中，相當一部分來自鄉野，有深厚的土地之戀——農民式的戀情。這自然也很難說是中國現代知識者獨有的。所有剛剛擺脫了對土地的單純依賴的民族、所有剛剛走出土地的人們，都會有類似的感情傾向。沈從文、蹇先艾、蘆焚、李廣田等都是以「鄉下人」自命的，馮雪峰論艾青的詩歌，外表是極知識分子式的，本質和力量卻是建築在農村青年式的真摯、深沉，和愛的固執上，他的根是深植在土地上的。〔註 26〕

這種現象，在建國後的文學創作中也並未得到改變。被認為是代表了建國初 17 年文學作品之最高水平的「三紅一創」，《紅日》、《紅岩》、《紅旗譜》和《創業史》，除《紅岩》外，都是表現農民的反抗鬥爭、穿軍裝的農民的戰爭和農民在新時代的創業史詩的；被奉為小說大家的趙樹理、周立波、孫犁、柳青，莫不以農村題材為其主要表現對象。70 年代末期以來，文學題材比先前豐富了許多，但農民題材仍是極重要的一部分，活躍一時的「湘軍」、「陝軍」、「晉軍」，便都是以反映農村生活見長。〔註 27〕1993 年，所謂的「陝軍東征」，掀起了長

〔註 25〕趙園《艱難的選擇》第 348 頁，上海文藝出版社 1986 年版。
〔註 26〕趙園《艱難的選擇》第 351～353 頁，上海文藝出版社 1986 年版
〔註 27〕「湘軍」即湖南作家群，古華、葉蔚林、孫健忠、謝璞、韓少功、莫應豐、彭見明、何立偉等；「陝軍」即陝西作家群，路遙，陳忠實、賈平凹、鄒志安、高建群、莫伸等；「晉軍」即山西作家群，成一、鄭義、李銳、張石山、韓石山、柯雲路等。

篇小說的新熱潮，陳忠實的《白鹿原》、高建群的《最後一個匈奴》，加上前幾年已經飲譽文壇的路遙遺作《平凡的世界》，皆以鄉村生活為其本，賈平凹的《廢都》，寫的是都市裏的鄉村，鄉村情感和鄉村式的生存狀態……

　　然而，這群「鄉下人」、「地之子」，畢竟不同於本分、淳樸的農民，他們與鄉村生活保持一種情感上的聯繫，這聯繫又是以童年生活的記憶為紐帶的。現代文明的吸引，現代文化的感召，使他們由鄉村奔向城市，在那裏接受教育，安排職業，同聲相應，同氣相求，憶念中的鄉土之根，已經被現實、被新的思想文化所切斷，成為無根的漂流者，零餘者。魯迅先生在評價「五四」時期的鄉土文學時指出，「蹇先艾敘述過貴州，裴文中關心著榆關，凡在北京用筆寫出他的胸臆來的人們，無論他自稱為用主觀或客觀，其實往往是鄉土文學……許欽文自命他的第一本短篇小說集為《故鄉》，也就是在不知不覺中，自招為鄉土文學的作者，不過在還未開手來寫鄉土文學之前，他卻已被故鄉所放逐，生活驅逐他到異地去了，他只好回憶『父親的花園』，而且是已不存在的花園，因為回憶故鄉的已不存在的事物，是比明明存在，而只有自己不能接近的事物較為舒適，也更能自慰的」。〔註28〕這也可以看做是夫子自道：《故鄉》中少年的「我」與少年閏土的兩小無猜；《風波》中雖是信筆勾出卻又情趣盎然的鄉民吃晚飯的風俗；《社戲》中那活潑少年的相伴相嬉和「豆麥蘊藻之香的夜氣」，比起《好的故事》來，更富有生活實感，更令人神往；然而，在現實中，在現實的城市和鄉村中，哪裏又有如此動人的景致呢？新興的知識分子，既無法在鄉村中找到隱逸的桃花源，又不能在城市的畸形發展中得到強有力的支持和響應——中國的都市，並非近代工商業和新的思想文化的策源地，而是封建統治和農業文明的中心，即便是上海那樣的近代以來乍然崛起的繁華之地，也沒有形成強大的民族資產階級和強大的民族工商業，以近現代化的經濟力量去支持為建構近現代化的意識形態和思想啟蒙運動而苦鬥的知識分子。

　　六十年代之交的「上山下鄉」運動，似乎是上述現象的逆向運動，卻又一次地造成知識分子心頭的「鄉土情結」。數以千萬計的中學生，自願地或被迫地由城市走向鄉村，生活數年乃至數十年以上，這不能不給他們正在成長的身心、給他們正在形成的情感和思維方式，留下深切的印記。他們曾經為農村生活的貧困，和自身命運的悲辛而感歎，嚴峻的現實粉碎了他們從報紙

〔註28〕魯迅《〈中國新文學大系〉小說二集序》，《魯迅論創作》第 228 頁，上海文藝出版社 1983 年版。

上和小說中得到的浪漫的幻影；然而，當心靈的創痛漸趨平復，當鄉村的貧窮在經濟變革中得到改善，沉澱在他們心靈深處的情感卻漸漸地復蘇，對鄉村生活的純樸和祥和的追憶，盤結在他們心頭，並催生出一大批追懷鄉村生活、尋找心靈故鄉的作品，史鐵生的《我的遙遠的清平灣》，鄭義的《遠村》，阿城的《樹王》、《遍地風流》，李銳的《厚土》……直至 1993 年唱紅了大江南北的李春波的《小芳》，「村裏有個姑娘叫小芳，長得好看又善良。一雙美麗的大眼睛，辮子黑又長……」越到後來，生活的細節，真實的畫面，都變得越來越模糊，只剩下一個非常普泛的姑娘輪廓，一份歷久而彌新的情感，和對青春歲月的感懷。與此同時，我們還有一批出身於農村家庭、經過個人的努力，或考取大學，或躋身文壇的知識者。據社會學家的調查，90 年代的大學生和博士、碩士研究生，父輩一代是農民的，比例較高，而且學歷越高，農民家庭出生者的比例也越高；這不能不給當代知識分子的總體構成造成巨大影響。〔註 29〕那些出身於農民家庭的作家，李存葆、賈平凹、莫言、劉震雲等，人數雖然不多，卻以其各自的藝術個性而引人注目。有人如是說，當今的中國人，往上數兩三代，都是農民，事實大致如此；否則，就無法理解，一曲《在希望的田野上》，會陶醉無數的聽眾，一陣雄勁而悲愴的「西北風」，《黃土高坡》、《心願》、《我的故鄉》、《信天遊》等質樸酣暢的新民歌，會風靡樂壇……然而，作家們寫的，樂曲中唱的，又往往與他們的現實處境形成悖反，他們所歌吟的所追懷的，往往是失落的歲月，是遠去的記憶，而不是他們處身於其間的現實，一句話，他們是置身於現代的都市去緬懷鄉土，是為了眾多的城市人而去寫鄉村的，猶如當年的「五四」文學作家，寓居於北京，卻去寫「父親的花園」，去追思童年的朋友和鄉間的社戲。

　　故鄉，可望而不可及；農民，可哀可怒可羨可敬卻又不可及；城市，亦非知識分子馳騁才情的天國。20 年代，郁達夫寫《零餘者》，寫《沉淪》，魯迅寫《孤獨者》、《在酒樓上》，郭沫若寫《漂流三部曲》；30 年代，瞿秋白寫《多餘的話》，朱湘在身心憔悴和絕望中投水自盡，曹禺寫《日出》；40 年代，錢鍾書的《圍城》讓遊學歸來卻無枝可棲的方鴻漸演出含淚的喜劇，路翎的《財主的兒女們》給帶有野性和兇悍的蔣純祖譜出一曲悲歌，巴金的《寒夜》

─────────

〔註 29〕據李強調查，在中國人民大學的 1991 級本科生和 92 級博士、碩士生中，出生於農民的本科生占 30%，碩士生占 47.3%，博士生占 45%，見李強著《當代中國社會分層和流動》第 245～246 頁，中國經濟出版社 1993 年版。

訴說著透入人際關係最緊密的家庭、把知識分子推向毀滅的寒意，沙汀的《困獸記》勾勒出鄉村文化人在苦難中掙扎的困窘；還有 50 年代方紀的《來訪者》，蕭也牧的《我們夫婦之間》，郭小川的《望星空》、《深深的山谷》；60 年代陳翔鶴的《陶淵明寫〈輓歌〉》、《廣陵散》……在這「各還命脈各精神」的創作背後，是否可以捕捉到其中的孤獨、迷惘、困惑、沉痛和淒涼呢？

　　造成中國知識分子的漂泊者零餘者心態的原因，我把它概括爲三個脫節：

　　第一，作爲中國知識分子，與中國的社會機制、社會生產脫節。西方近代以來科學技術的發明創造轉換爲直接生產力推動生產發展，經濟學、法學、政治學的理論則分別在經濟運作、法律體系、國家機制等方面產生積極作用，化入實踐之中，知識分子在科技、社會科學領域中得到價值之證明，並獲取相應的社會地位；中國的知識分子卻未曾進入這樣的社會大循環。中國古代農業文明在漢代即已基本奠定了牛耕鐵犁的格局，迄今爲止，在許多鄉村都無大的變化，社會制度至唐代也逐步完善。由於各種原因，中國的農業文明未能自發地向工業文明演變，生產力的停滯，使知識分子的聰明才智未能在生產領域得到實踐，少數自然科學家的發明創造，被視爲「奇計淫巧」，由於無法轉換爲生產力而被排斥和遺棄。就以被稱作四大發明之一的指南針及後來的羅盤來說，它對於終生居住於鄉村、一輩子連州府縣城都未必走一回的農民來說，是派不上什麼用場的，即便是周遊全國，在陸地上和城鄉之間行走，可以用來辨明方向的輔助物，可以用來詢問道路的行人，也多可資用；它的最大用處，是用於航海。中國雖然有過鄭和七下西洋，卻並非爲商業利潤所推動，未能形成長期行爲，而西方近代以來的開拓海外殖民地、開發海外貿易和掠奪弱小民族，卻大大得益於它。用進廢退，割斷了古代知識分子與生產力的聯繫，使其職能面向政治一極，科舉制度無疑地爲平民布衣踏上仕途創造了條件，卻又形成供求不均衡，形成買方市場。農業文明的發達，使它可以供養大批的書生學子，但眞正能在仕途上入主朝綱、有所成就者畢竟是少數中的少數，大多數文人都只能充當普通官吏，但這又無法讓他們施展胸中抱負。而且，越到後來，越是文人過剩；一方面是千軍萬馬過獨木橋，從秀才、舉人直到進士和狀元，以相當大的基數築成科舉制度的金字塔〔註30〕；一方面，是考取功名的越多，候選的官

〔註30〕康有爲曾指出，戊戌變法前，中國每年有 100 多萬人參加考秀才，入選者不過 1%，三年一考的舉人，入選者只有 1‰，進士入選者只有 1‱。轉引自李強《當代中國社會分層和流動》第 225 頁，中國經濟出版社 1993 年版。

員就越多。《儒林外史》和《二十年目睹之怪現狀》，都對這種現象進行過辛辣的嘲諷。1881 年，兩江總督劉坤一上奏朝廷說，兩淮監掣、運判、大使、經歷等鹽務候補官員，「領照到省者共計八百餘人，實為從來所未有。綜計鹽掣只兩缺，運判只三缺，大使等共只二十九缺。缺分之少如此，而人數之多如彼」。〔註31〕何況，從宋代開始考「經義」，到元代開始考「四書義」，明清兩代確立八股取士制度，尋章摘句，按模式作文，離社會現實越來越遠，離政治需要也越來越遠，使這一種脫節化更其複雜和嚴峻。修齊治平與內聖外王，八股取士和蒙蔽新知，皆是這外在的社會性的脫節的內化。

　　進入 20 世紀，這種內聖外王之道化為社會理想與個人道德的兩極，如前引俄國知識階層五項特徵之「傾向於把政治、社會問題視為道德問題」，新學和西學取代了八股和國學，但它未必就與現實需要相吻合，卻轉化為第二個脫節：中國現代知識分子接受了歐風美雨的沐浴，接受了現代文明的啟蒙，中國的現狀，卻在相當程度上仍然停留於農業社會，生產狀況從人造衛星、原子彈到刀耕火種、遊民部落諸色俱備，思想文化進程與生產水平和民眾心態之間形成巨大反差。從魯迅筆底的阿 Q、閏土、華老栓，到高曉聲筆下的陳奐生、李順大，羅中立的油畫《父親》，莫不如是。

　　這種脫節的一個重要表現就是知識分子的相對過剩。據統計，我國目前大學本科畢業的人數僅占總人口的 0.55%，大專畢業的僅占 0.83%，兩者相加不過 1.38%。如果按大學文化程度占 25 歲以上人口的百分比，中國為 1.1（1987）；美國為 32.2（1981）；英國為 11.0（1976）；加拿大為 37.4（1981）；澳大利亞為 21.5（1971）；菲律賓為 15.2（1980）；日本為 14.3（1980）；〔註32〕相比之下，中國知識分子占人口的比例甚低，連菲律賓都相去甚遠。但是，學非所用，無法發揮其積極性，卻是一個普遍現象。深圳和海南，曾經先後吸引數十萬的知識分子前去覓職，各地的人才交流中心和招聘活動搞得風風火火，都以其為背景。一份具有權威性的調查報告表明，「同歷史上任何時期相比較，從來沒有像現在這樣對發揮知識分子的作用提出如此廣泛、迫切的要求。但從調查分析看，知識分子作用發揮的程度與現代化建設相比較，與其肩負的歷史責任和使命尚有較大差距。根據對西安、洛陽、北京、上海、

〔註31〕 袁偉時：《晚清大變局中的思潮和人物》第 341 頁，海天出版社 1992 年版。
〔註32〕 資料來源為《中國統計年鑒 1991 年》，轉引自李強《當代中國社會分層與流動》第 230 頁，中國經濟出版社 1993 年版。

瀋陽、包頭等市 31 個大中學校、科研院所的調查（包括問卷）統計分析，知識分子中較好、較充分地發揮了作用和積極性的在 6.25%至 53.5%之間；『基本沒有發揮作用』或積極性『沒有得到調動』的在 15%至 26.1%之間。」該調查報告還進一步指出，「總體上說青年知識分子的問題更大些。據北京 16 所高校的調查問卷統計，只有 19.8%的青年教職工表示改革後『能發揮作用，積極性得到了調動』。」〔註33〕這樣的數字意味著什麼，無需多言，市場經濟，需要競爭，使許多科技型管理型人才身價陡增，重獎知識分子，時有所聞；但是，正如論者所言，市場力量也有它短視和盲目的一面。在知識分子問題上，如果同意人才的身價至少在相當程度上是由社會需要決定的，那麼，居民的貨幣選票自然是偏愛茶葉蛋而冷落西格瑪超子。這就需要政府的引導和調節。中國社會是一個文化素質相對低下的社會，所以國家應當站得高一些，看得遠一些，比社會的自發力量高明一些，識貨一些，對教育文化科學等關係國家發展後勁的事業，表現出比茶葉蛋更高的估價。〔註34〕

　　或許，造成這些現象的一個重要原因，仍然是社會的總體水平。現實中的經濟運作，在很大程度上是無序的，拜金主義、投機心理、短期效應、地方保護主義和大範圍的盲目投資，經濟無政府主義，成為經濟政策的重要動機和重要特徵，經濟過熱的週期性發作，成為一種新的破壞性力量；追求利潤和利益，卻不顧起碼的常識和規則，「開發區熱」、「房地產熱」，連國家銀行的官員都非法融資去炒房地產，既無總體規劃，又缺乏必要的監督，科學和理性在拜金主義的狂熱面前毫無制約能力，有識之士的呼籲，無人回應。在知識分子成堆而又維持建國以來的管理體制的高校和科研部門，則是論資排輩，在科研、職稱、住房和經濟條件上都抑制了中青年知識分子；研究成果得不到合理轉化、打入冷宮的也不在少數——學術著作出版難便是例證。

　　對於上述脫節現象的未能正確認識，造成中國知識分子的現實處境與自我認知的脫節。並進而導致一種激烈的自我否定的傾向，否定知識，否定知識分子自身。

　　中國傳統文化中，本來就有很濃重的非智化傾向。這種非智化實質即是對自身的否定，又往往是從最富有知識、最富有創造性的人那裏發出的，於

〔註33〕《知識分子最需要什麼，全總宣教部都關於發揮知識分子作用狀況的調查》（邸先福調查並寫稿），1993 年 6 月 12 日《光明日報》。
〔註34〕王則柯《商品經濟和知識分子》，《讀書》1992 年第 9 期。

是便更有影響力和號召力。從老子的「絕聖棄智」，「無爲而治」，到莊子的「滅文章，散五彩，膠離朱之目，而天下使人含其明矣」，「削曾史之行，鉗楊墨之口，攘棄仁義，而天下之德始玄同矣」（《莊子·胠篋篇》），極力排斥富有聰明才智的人物，而追求回返原始蒙昧狀態。禪宗故事中最著名的公案，六祖慧能與神秀爭奪師傳的故事，亦頗值思尋，砍柴的樵夫慧能，沒有文化，卻具有佛性，他做的偈文，自己寫不出，請人代書於牆壁上，即那首「菩提本無樹，明鏡亦非臺，本來無一物，何處惹塵埃！」以此戰勝五祖弘忍的那位學通中外的首席弟子神秀。知識在此更是毫無意義。人們一向以儒釋道三者爲傳統文化之三足鼎立，釋道兩家皆是輕文化排學問的。即便是正統文人，不是重政輕文，像楊雄所言「雕蟲小技，壯夫不爲」，就是如班超一樣，投筆請纓，棄文從戎；唐代詩文鼎盛，群星燦爛，在後人是讚譽不絕，然而，初唐和盛唐的詩歌，許多傑作都是渴慕從軍邊塞、立馬雄關的，「寧爲百夫長，勝作一書生」，「少小雖非投筆吏，論功還欲請長纓」。

　　這種自我鄙棄和自我否定的激烈傾向，在 20 世紀中國依然存在。「五四」時代的工讀主義和互助運動，在對勞工和體力勞動的推崇中，也含寓有逃脫自身的知識分子地位的偏頗。「有的說：『我想我這拿筆在白紙上寫黑字的人，夠不上叫勞工。我不敢說違心話，我還是穿著長衫在，我的手不是很硬的，我的手掌上並沒有長起很厚的皮，所以我不是勞工。』」〔註35〕「有的說：『念書的是什麼東西，還不是『四體不勤，五穀不分』，無用而又不安生的一種社會的蠹民嗎？號稱是受了高等教育的人了，但是請問回到家掄得起鋤，拿得起斧子、鑿子、擎得起算盤的人可有幾個人？』」〔註36〕「有的還說：『我很慚愧，我現在還不是一個工人！』」〔註37〕另一方面，更激進的青年，則更加大力地宣傳反智主義，宣傳「知識即罪惡」──「知識就是髒污……由知識私有制所發生的罪惡看來，知識是髒污，即就知識本身的道理說，也只是髒污，故我反對知識，是反對知識本身，而廢止知識所有制的方法，也只有簡直取消知識」；「知識就是罪惡，──知識發達一步，罪惡也跟他前進一步。

〔註35〕 光佛《誰是勞工？誰是智識階級？》，《民國日報》副刊《覺悟》1919 年 11 月 8 日。

〔註36〕 眞《教育的錯誤》，《平民教育》第 9 號，1919 年 12 月 6 日。

〔註37〕 施存統覆軼千《通訊》，《民國日報》副刊《覺悟》1920 年 4 月 16 日。以上一段引文連同注文轉引自《論五四時期的空想社會主義思潮》，《五四與現代中國》第 171 頁，山西人民出版社 1989 年版。

因爲知識是反於淳樸的眞情，故自有了知識，而澆淳散樸，天下始大亂。什麼道德哪！政治哪！制度文物哪！這些人造的反自然的圈套，何一不從知識發生出來，可見知識是罪惡的原因，爲大亂的根源。」〔註38〕「知識即罪惡」的論點曾遭到魯迅的批駁，但那種在與勞工階級比較中自慚形穢的態度，卻似乎得到眾多的響應。

郭沫若在《女神》中的《地球，我的母親！》一詩中聲稱，「我羨慕的是你的孝子，那田地裏的農人，／他們是全人類的保姆，／你是時常地愛顧他們」；「我羨慕的是你的寵子，那炭坑裏的工人，／他們是全人類的普羅米修斯，／你是時常地懷抱著他們」；「地球，我的母親！／我想除了這農工而外，／一切的人都是不肖的兒孫，／我也是你不肖的兒孫」。

瞿秋白在《多餘的話》中，自以爲是屬於中國中世紀的殘餘和遺產的舊式文人的，並相信「再過十年八年就沒有這一種智識分子了」。他反省說，「固然，中國的舊書，十三經、二十四史、子書、筆記、叢書、詩詞曲等，我都看過一些，但是我是找到就看，忽然想起就看，沒有什麼研究的。一些科學論文，馬克思主義的和非馬克思主義的，我也看過一些，雖然很少。所以這些新新舊舊的書對於我，與其說是智識的來源，不如說是消閒的工具。究竟在哪一點學問上，我有點眞實的智識？我自己是回答不出的。」〔註39〕

經過六七十年代的「知識越多越反動」和對「資產階級反動學術權威」的批判清除，歷史新時期以來，曾經有過讀書成風、求學上進的社會風氣，尊重知識、尊重人才和「知識就是力量」的口號，曾經得到熱烈響應，隨著思想文化的走向開放和復興，知識分子意氣風發，揮灑筆墨，以爲大展宏圖的時代已經到來。然而，曾幾何時，拜金主義和商品化的衝擊，又一次把知識分子的不切實際的幻想打得粉碎，並導致了新的反智主義。

魯迅先生當年曾提倡要進行韌性的戰鬥，要學會打塹壕戰，學會面對前後夾擊，要執著如怨鬼，糾纏如毒蛇，不依不饒，不管前面是墓地還是花園，都要一如既往地前行。在《孤獨者》、《在酒樓上》等作品中，他對那些曾經勇猛一時、但最終耐不得寂寞和痛苦的魏連殳、呂緯甫們，進行了冷峻的審

〔註38〕朱謙之《教育上的反智主義》。朱謙之時爲北京大學哲學系學生。轉引自《魯迅全集》第 1 卷《智識即罪惡》的注③《魯迅全集》第 1 卷第 374〜375 頁，人民文學出版社 1981 年版。

〔註39〕劉福勤《心憂書〈多餘的話〉》第 244 頁，上海社會科學出版社 1989 年版。

視，也拂去自己心頭的霧霾。今天的知識分子，卻無法承受理想主義者所必
須承受的現實的奚落、心靈的孤寂。他們沒有認識到：知識分子只有獨立不
倚地進行思想文化之創造，以提供變動時代的新的價值觀、新的思想體系爲
使命；社會現狀很難依人們的意願而轉變，但也不能束手以待，只能是以清
醒的判斷面對現實，進行形而上的建構。最終地，文學、文化和知識分子的
現狀的改變，也許只有等到社會進一步發展、全民族的思想文化素質得到普
遍提高之後，才能實現；然而，只有在困境和寂寞中堅持發出自己的聲音，
才是有意義的存在。遺憾的是，如同歷來的文人和知識分子都會輕易而又激
烈地否定自我一樣，在新的「讀書無用論」和知識貶值的時代裏，一代曾經
以天下爲己任的作家已從理想主義走向務實，紛紛宣告轉向──

　　曾經是那樣地憂國憂民、以文學爲吶喊的劉心武，如今輕鬆地說，「原有
的思路轟毀，不足惜」；早先要爲時代作代言人，如今悟到「我不可能爲任何
人代言」。〔註40〕

　　寫過《冬天裏的春天》、《花園街五號》的那樣關係重大的社會──政治
題材作品的李國文，篤信過文學「肩負著不容推卸的職責，那就是要啓迪人
們去追求光明和眞理，鼓舞人們去奮發和進取，引導人們向上」，〔註41〕如今
坦然宣稱，「文學是一門應時手藝，給同時代人飯後茶餘消遣的。」〔註42〕

　　更強烈的反智性宣言，來自兩位極端性的作家，一位是張承志，一位是
王朔。論者指出，「張承志多次表示過對中國知識界的不滿──《金牧場》中
對兩位教授浩劫過後只是訴苦的鄙棄；散文《禁錮的火焰色》中對知識分子
不理解『家』的哲學內涵的嘲諷；《心靈模式》中對『惶惶無路的智識者』的
悲憫；《心靈史》中對知識分子『信仰膚淺，責任感缺乏，往往樂觀而且言過
其實』的指責，以及『我不信任現代中國的知識界』的偏激之論……這種情
緒與 80 年代中國知識分子命運的大討論，都是今後研究當代思想史的重要資
料。」〔註43〕此見甚深。張承志先是放棄了學術生涯，去當職業作家，離開
知識界去奉行他一貫的「爲人民」的文學主張，然後又由文學轉向宗教，而

〔註40〕《劉心武的規箴》，1993 年 6 月 10 日《報刊文摘》。

〔註41〕李國文《我的歌──談〈冬天裏的春天〉的寫作》，《新時期獲獎小說創作經
　　　　驗談》第 54 頁，湖南人民出版社 1985 年版。

〔註42〕韓小蕙《李國文：悟出一己的文學主張》，1993 年 4 月 17 日《作家報》。

〔註43〕樊星《叩問宗教──試論當代中國作家的宗教觀》注⑭，《文藝評論》1993
　　　　年第 1 期。

且是底層社會的忍受生活飢寒和文化乏匱的、粗陋質樸得連完整的文字記載
的教派史都沒有的哲合忍耶教派，信仰高於存在，心靈高於知識，堅忍高於
多思，本性勝過教育；或許，正是對於知識分子的怯懦、遊移、膚淺的鄙棄，
使他徹底投身於底層民眾之間，在那裏找到他的精神上的「父親」。

　　張承志被視爲「古典的理想主義者」，他懷著對正義、犧牲、人民、人道、
英雄等堅信，抗爭著現實，也拒絕知識分子的身份；王朔卻是隨著商品化時
代而催生出來的通俗文學作家，以雄厚的經濟基礎和機會主義心理，要取代
80 年代知識分子的主流地位，連嘲弄帶輕蔑地聲言，「我覺得咱中國的知識分
子可能是現在最找不著自己位置的一群人。商品大潮興起後危機感最強的就
是他們，比任何社會階層都失落。他們的經濟地位已經消失了。過去的大學
教授生活得很好，比一般人好多了，起碼是體面的。但現在卻不行了，『搞導
彈的不如賣茶葉蛋的。』所以他們要保住尊嚴，唯一固守著的就是文化上的
優勢地位。現在在大眾文化、通俗小說、流行歌曲的衝擊下，文化上的優越
感也蕩然無存了。」「因爲我沒念過什麼大書，走上革命的漫漫道路受夠了知
識分子的氣，這口氣難以下咽。像我這種粗人，頭上始終壓著一座知識分子
的大山。他們那無孔不入的優越感，他們控制著全部社會價值系統，以他們
的價值觀爲標準，使我們這些粗人掙扎起來非常困難。只有給他們打掉了，
才有我們的翻身之日。而且打別人咱也不敢，雷公打豆腐揀軟的捏。我選擇
的攻擊目標，必須是一觸即潰，攻必克，戰必勝。」〔註 44〕商業文化所含寓
的粗鄙化、反智化傾向，於此盡情顯示出來。

　　在結束這一節文字之前，我們想指出的是，地之子和零餘者，對民眾的
無條件認同和對自身的懷疑否定，與中國現代知識分子身上的民粹主義情緒
密不可分。一位治中國當代文學和當代思想史研究的學者樊星，——他的文
字數次被我們引用——在論張承志對底層民眾的摯愛時指出，「這是一種只有
在當年的俄國民粹主義者和中國的老紅衛兵那兒才燃燒過的愛」。〔註 45〕或許
可以說，當「五四」時代創辦「新村」，倡揚「勞工神聖」的時候，當紅衛兵
一代走向農村山野的時候，當他們渴望以對自我的否定爲動力以推進社會進
步時，他們所顯示的，正是民粹主義的思想特徵。

　　美國學者莫里斯・邁斯納曾經指出李大釗、毛澤東等在「五四」時代及

〔註44〕王朔《王朔自白》，《文藝爭鳴》1993 年第 1 期。
〔註45〕樊星《叩問宗教》，《文藝評論》1993 年第 1 期。

其後來的歲月中呈現出來的民粹主義傾向：李大釗在 1918 年宣佈自己是一個馬克思主義皈依者之後的第一個政治行動，就是熱情號召他的學生和追隨者離開城市和「腐敗的生活」，「到農村去」，「拿起鋤和犁，成爲辛勤勞動的農民的夥伴」。毛澤東對「人民群眾」之創造歷史的主動性和奮鬥精神的推重，並以對待群眾運動的態度劃定政治界限，直到晚年的「五七」道路；皆可以爲證。〔註 46〕在同一著作中，邁斯納概括俄國民粹主義的思想特徵說：馬克思恩格斯對資本主義造成的墮落和喪失人性，給以強烈批判，但他們認爲這是通往人類解放的必須代價；民粹主義者卻幻想從前資本主義的農業社會直接進入社會主義。他們寄希望於民眾，期冀著通過知識分子與農民的結合和打成一片，利用農村中的農民公社及「落後社會」固有的道德和社會的優點，以實現其理想。他們厭惡城市，反對現代官僚政治，反對社會分工和職業化，乃至否定知識分子自身，「與這種深切的反官僚政治的傾向緊密相關的是某種對知識和職業專門化的普遍敵視，從而也在一定程度上敵視正規的高等教育。雖然他們本人是知識分子，並且多數是受過高等教育的，但這些民粹主義者卻具有盧梭的『善來自於頭腦簡單之人』的信念和他對知識分子與專家的不信任。推動民粹主義的，實質上是知識分子深刻的與世隔絕之感和與人們群眾『結合』的需要。」〔註 47〕這些特徵，在具有相似的社會生產水平、具有廣闊的鄉村和眾多農民、具有知識分子的使命意識的中國，在中國現代知識分子身上，不也是同樣地存在嗎？不只是那些接受了異域文化的人們作如是觀，被視爲「最後一個儒家」的梁漱溟，也曾說過類似的話，並直接走向農村，去推行他的鄉村建設計劃：

> 「……從歷來中國問題之兩種發動（農民和知識分子之自救運動）看去，其間有一大苦楚，即兩種動力乖離，上下不相通。在下層動力（農民）固盲動而無益於事，在上層動力（知識分子）以其離開問題所在而純秉虛見以從事，其結果乃不能不落於二者：一、搔不著痛癢；二、背叛民眾。

〔註 46〕莫里斯·邁斯納著《毛澤東與馬克思主義、烏托邦主義》第 3 章；《列寧主義和毛主義：中國馬克思列寧主義的若干民粹主義觀點》。中央文獻出版社 1991 年版。

〔註 47〕莫里斯·邁斯納著《毛澤東與馬克思主義、烏托邦主義》第 3 章；《列寧主義和毛主義：中國馬克思列寧主義的若干民粹主義觀點》。中央文獻出版社 1991 年版。第 85～86 頁。

「我敢斷言，如果這上層動力與下層動力總不接氣，則中國問
題永不得解決；而上下果一接氣，中國問題馬上有解決之望。如何
可以接氣？當然是要上層去接引下層；即革命的知識分子下到鄉間
去，與鄉間人由接近而混融……我們自始至終，不過是要使鄉間人
磨礪變化知識分子，使革命知識分子轉移變化鄉間人，最後二者沒
有分別了，中國問題就算解決。」〔註48〕

以此看來，民粹主義並非從俄羅斯播衍過來，實為國情使之然，形勢使之然，
傳統文化使之然，不亦宜乎？

漂流中的浮沉與邊緣化

上一節論述知識分子與民眾的關係，講到中國知識分子的民粹主義，講
到他們為了民眾的利益不惜否定自我、犧牲自我，乃至抹殺知識分子存在的
意義；同時，我們也論述過帶有空想社會主義的「新村」運動，如何吸引了
進步的知識分子和青年學生，從浪漫的憧憬中摸索前進的道路；而且，極少
數實踐能力很強者如梁漱溟那樣致力於鄉村建設並確有成效，更多的人卻在
為無力消除知識分子與民眾間的隔膜而苦惱。因此，當共產黨領導的農民運
動和農民戰爭，風起雲湧，聲勢奪人，他們的心靈，便不能不為止所吸引。
尤其是隨著抗日戰爭的進程所張揚的民族精神，和新中國的建立使中華民族
在百年屈辱之後第一次獨立地屹立於世界之東方，更激發了知識分子的民族
自尊心——新中國建立前後，一大批知識分子，如作家老舍，科學家錢學森，
紛紛從海外歸來，便是一個明證。

海涅在談到共產主義的「魔力」時說，「一種可怕的三段論法，把我捆住
了，如果我不能反駁『人人都有吃飯的權利』這個命題，那就得遵從這個命
題引出來的一切結論」。〔註49〕革命自有它的鐵律，殘酷的現實和血腥的鎮壓
只能激起暴力的反抗和生死的搏鬥；那些為馬克思恩格斯所描繪的未來理想
所吸引的知識分子，在接受這一理想的同時，也不能不接受它的鬥爭原則，
承當它所帶來的必然的一切的後果。瞿秋白和魯迅，就是兩個經由各自的人
生道路和精神歷程，而認同於革命的；然而，他們的共同之處卻是在於，他

〔註48〕艾愷著、鄭大華等譯《最後一個儒家——梁漱溟與現代中國的困境》第 207
　　　　頁，湖南人民出版社 1988 年版。
〔註49〕轉引自錢理群《豐富的痛苦》第 226 頁，時代文藝出版社 1993 年版。

們並沒有被革命融化掉他們身上的知識分子氣質，並沒有喪失獨立的思考和深刻的反省，給我們考察知識分子與革命，提供了難得的範例。

瞿秋白曾經在他的臨終絕筆《多餘的話》中一再表白，他的人生道路是「歷史的誤會」。「我自己忖度著，像我這樣性格、才能、學識，當中國共產黨的領袖確實是一個『歷史的誤會』。我本是一個半弔子的『文人』而已，直到最後還是『文人結習未除』的。對於政治，從 1927 年起就逐漸減少興趣……」〔註 50〕察言觀行，瞿秋白這樣文人化的性格和氣質，加上他的肺病帶給他的摧折，的確是適合於從事文化工作的，他的《赤都心史》，他的雜文，他的翻譯能力，皆可以為證──在二三十年代，許多俄文專著和文學作品都缺少好的譯本，大量地是從日、英等語種轉譯的，瞿秋白嫻熟的俄語能力，也就更其可貴；對於充當一個以暴力革命和武裝鬥爭為主要形式的革命黨領導人，由於各種條件限制，由於自身的局限，他卻是難以做出什麼成就的。然而，這問題又可以從另一方面思考，革命的浪潮如此洶湧澎湃，把並無許多政治家氣質的瞿秋白也吸引到漩流之中，並將其推上領導崗位，這不也是一種「擋不住的誘惑」嗎！

瞿秋白自敘，「馬克思主義的主要部分：唯物論的哲學，唯物史觀──階級鬥爭的理論，以及政治經濟學，我都沒有系統的研究過。《資本論》──我就根本沒有讀過。」〔註 51〕「不過，我對於社會主義或共產主義的終極理想，卻比較有興趣。記得當時懂得馬克思主義的共產社會同樣是無階級、無政府、無國家的最自由的社會，我心上就很安慰了，因為這同我當初的無政府主義，和平博愛世界的幻想沒有衝突了。」〔註 52〕不是經由理性思維和科學考察的途徑，完整地理解馬克思主義的基本原理，而是先被它所描繪的美好圖景所吸引，先在情感上投入，然後付諸實踐，在實際的鬥爭中去驗證它和驗證自己，並為意想之外的艱巨和沉重所壓迫，反省自己性格中與暴力革命無法吻合的一面，無怪乎瞿秋白要哀歎：「知我者謂我心憂，不知我者謂我何求。」

1927 年的國共分裂、鬥爭加劇，流血和暴力衝突，使得加入共產黨之後一直是搞理論工作的瞿秋白充任黨內最高領導人，去指揮實際鬥爭，並以此形成他思想感情由熱烈和昂奮轉為低沉和悲涼的轉折點；魯迅先生與之恰成

〔註 50〕劉福勤《心憂書〈多餘的話〉》第 203 頁，上海社會科學院出版社 1989 年版。
〔註 51〕劉福勤《心憂書〈多餘的話〉》第 218 頁。
〔註 52〕劉福勤《心憂書〈多餘的話〉》第 216 頁。

對照。他是集豐富的人生經驗、冷峻的理性追索於一身，經由「五四」退潮之後的彷徨和求索，經過《野草》中那樣透入骨髓的自我剖析，經過 1927 年的「思路轟毀」，經過對馬克思主義理論的考察，由進化論進至階級論，相信唯無產者才有將來的。

這樣，他的腳步更其堅實，他的思考更加深刻。在革命文學論爭中，他就預感到未來，如果那些激進的革命文學家得勢，「那麼，他們大約更要飛躍又飛躍，連我也會升到貴族或皇帝階級裏，至少也總得充軍到北極圈內去了。譯著的書都禁止，自然不待言。」〔註53〕直到 1934 年，在時時提防背後射來的冷箭的時候，魯迅又說到將來，「不幸又成文盲，或不免被殺。倘在崩潰之時，竟尚幸存，當乞紅背心掃上海馬路耳。」〔註54〕雖然如此，魯迅卻並沒有放棄自己的政治立場，相反地，明知前途叵測，他依然奮力前行，依然在思想戰線上執著地戰鬥。這恐怕同樣表明革命的不容抗拒吧。

瞿秋白和魯迅，相輔相成地構成中國現代知識分子投身於革命的扇形之兩緣。在這兩緣之間，則是一大批追隨革命的知識分子；在其邊緣處，則是一些既同情和嚮往，又動搖遊移的人們，並且在時代的演進中，逐漸被納入革命的軌道。

由於中國的國情，一個半世紀以來的思想更迭、政局興替異常頻繁，這就給中國的知識分子提出一個嚴峻的問題：是不斷地追隨時代潮流，還是由弄潮兒變成落伍者和守舊分子。嚴復也好，康有為也罷，還有章太炎、李叔同等，都是由風雲人物而轉為保守或遁世的。由舊民主主義革命進入新民主主義革命，同樣存在著必要的思想轉換，把進化論轉化為階級論如魯迅，把和平博愛轉變為階級鬥爭如瞿秋白，把個性解放、無政府主義、知識者的浪漫蒂克通通更正為符合鬥爭需要的功利目的和可行性手段。而且，鬥爭的殘酷，形勢的急迫容不得從容婉轉，容不得深思熟慮，這種轉換幾乎帶有刻不容緩的強制性。除了這種客觀形勢的制約，還有革命運動和革命文化本身的根深蒂固的左傾和盲動情緒；由「恐資症」和人為地超越資本主義發展階段所帶來的指導思想的錯誤，由過於看重它的良好動機即目的合理性，而忽視它的有悖於現實可能性即形式合理性之危害，所獲得的心理滿足和自我陶醉；這更加劇和誇大了這種跳躍性前進的局面。在政治鬥爭中，欲「畢其功於一役」，一步跨過民主革命階

〔註53〕魯迅《醉眼中的「朦朧」》，《魯迅全集》第 4 卷第 60 頁。
〔註54〕魯迅致曹聚仁書（1934 年 4 月 30 日），《魯迅全集》第 12 卷第 397 頁。

段，直接進行社會主義革命，在思想文化領域，則是宣佈魯迅是封建文人，是
「二重的反革命」，對魯迅、郁達夫、茅盾等都大加討伐，並形成一種延續甚久
的思想文化氛圍，形成一種錯誤的判斷——中國的近現代知識分子，在思想啓
蒙、維新變法、資產階級革命和新文化運動中，本來都是率先覺悟的，在紅色
革命中，他們卻成了落伍者，蒼白失色。瞿秋白，這位「五四」新文化運動的
參與者，在 30 年代初就曾經呼籲，要來一次無產階級的新的「五四」新文化運
動。在他的心目中，「五四」新文化運動顯然是過時了。依照我們前面所言，他
們所獲得的現代文化價值體系，與經濟發展水平相比較，是遠遠地超前的；然
而，在政治鬥爭中，他們卻忽然發覺了自己的滯後。

　　文學史家王曉明對這種知識分子的促迫感落伍感有著精深的分析——中
國古代的治亂循環，和進化論的歷史觀的相融，使近現代的知識分子普遍地
相信，他們正是面臨一個新舊交替的時代，遍地的黑暗後面是旭日般的新世
界。他們為之受鼓舞，熱切盼望未來並為之獻身，卻又盲目地性急地崇信未
來，並變成對歷史進程的錯覺。政局的多變，主義的更替，社會衝突的加劇，
歷史輪子似乎越轉越快，驅趕得嚮往未來者坐立不安，害怕被歷史拋棄的恐
懼感，使他們無暇調整自己，只是匆匆而行。王曉明由這種恐懼感的評價切
入茅盾的創作心理分析。茅盾在《蝕》三部曲及其後的一系列作品中，表現
出他的長於對弱者尤其是女性的情感體驗做出精微刻畫，但他力求追隨時代
步伐和革命理論的緊迫感，扼制了他的藝術表現的衝動；他分明顯示過那樣
獨特的藝術風姿，卻始終未能再向前發展一步。他對那些在大時代中彷徨動
搖的弱者具有深切感知，但他卻逃避他們，轉而描繪時代的進程。「他知道他
們通向一個非常深廣的思考的領域，一旦地跨進去，那種種懷疑、困惑、沮
喪甚至絕望的思緒就會迅速地纏住他，他就不要再想鼓起積極趕路的勁頭
了。正是這一點嚇住了他。他所以那樣堅決地轉過身去，躲避那些具有極大
誘惑力的記憶，就是因為在他看來，這不僅僅是躲避一種審美感受，甚至也
不僅僅是躲避文學，而是在躲避那落伍的厄運，他當然不能猶豫。原來，《創
造》中那樣大膽的象徵手法也好，把梅女士送進『五卅』示威的人群也好，
對那左拉式的創作方法的鼓吹也罷，動不動就用多卷本來繪製社會全景圖也
罷；這一切令人不解的做法，都是出於這一種對沒落的恐懼。」〔註55〕

〔註55〕 王曉明《茅盾：驚濤駭浪裏的自救之舟》，《潛流與漩渦》第 106 頁，中國社
　　　　會科學出版社 1991 年版。

　　革命的吸引力，追隨歷史前進的吸引力，使作家的創作心態發生了畸偏。然而，即使是認識到創作的生命受到損害，他們依然是毫不吝嗇的，與大時代比起來，個人的文學的事業，實在是微不足道。抗日戰爭初期，寫過《畫夢錄》那樣的錦心繡口的文章的何其芳，前往華北戰場，途經延安。他回憶說，「我那時是那樣的狂妄，當我坐著川陝公路上的汽車向這個年輕人的聖城進發，我竟想到了伯納德・蕭離開蘇維埃聯邦時的一句話：『請你們容許我仍然保留批判的自由。』」〔註56〕然而，延安卻以它的巨大魅力征服了他，他不但心悅誠服地放棄了批判的自由，而且在延安落下根來，甚至甘願把自我消失於其間，「在這裡，我這個思想遲鈍而且情感脆弱的人從環境，從人，從工作學習了許多許多，有了從來不曾有過的迅速的進步，完全告別了我過去的那種不健康不快樂的思想，而且像一個小齒輪在一個巨大的機械裏和其他無數的齒輪一樣快活地規律地旋轉著，旋轉著。我已經消失在它們裏面。」〔註57〕這其中，又有多少終於趕上了時代浪潮的欣慰呵。

　　新中國的建立，在更廣大更普遍的範圍內，改變了國家的面貌，確立了新的意識形態，除舊布新，在戰爭和動亂的廢墟上，著手創建一個新的理想的國度。新的前景令人欣慰鼓舞，但在刻意地區分新與舊、進步與落後、社會主義與資本主義的界限乃至有所誇張失措的時候，這就給那些從舊社會過來的知識分子加重了唯恐被排斥被拋棄的緊迫感。費孝通寫於1957年春天的《知識分子的早春天氣》，便這樣寫道：「前年年底，我曾到南京、蘇州、杭州去走過一趟。一路上也會到不少老朋友。在他們談吐之間，令人感覺到有一種寂寞之感，當一個人碰到一椿心愛的事兒自己卻又覺得沒有份的時候，心裏油然而生的那種無可奈何的意味。這些老知識分子當他們搞清楚了社會主義是什麼的時候，他們是傾心嚮往的。但是未免發覺得遲了一步，似乎前進的隊伍裏已沒有他們的地位，心上怎能不浮起了牆外行人的『笑漸不聞聲漸悄，多情卻被無情惱』的感歎。」不但在政治上是如此，在學術研究和教學改革上，亦使學者教授們應接不暇。費孝通說，「在教學改革初期，教師們曾經緊張過一陣。那是由於要學習蘇聯，很多教材都要新編，又由於經過思想改造運動，許多教師們把原來學來的一套否定了，而新的體系沒有建立，有些青黃不接。所以突擊俄文、翻譯講義、顯得很忙。這兩年來，是不是學

〔註56〕何其芳《一個平常的故事》第43頁。百花文藝出版社1982年版。
〔註57〕何其芳《一個平常的故事》第44頁。百花文藝出版社1982年版。

習蘇聯已經學通了呢？是不是新的學術體系已經建立了呢？我想並不都是如此。但是上課的困難似乎確是比較少了。」情況剛剛變化，又提倡反對教條主義，提倡獨立思考，剛剛建立或正在建立的東西，也要再清理一番，焉能不緊張而手忙腳亂？而且，還有來自另一方面的壓力，即被認爲「落後」所帶來的一系列反應，「戴上一個『落後分子』的帽子，就會被打入冷宮，一直會影響到物質基礎，因爲這是『德』，評薪評級，進修出國，甚至談戀愛，找愛人都受到影響。這個風氣現在是正在轉變中，但是積重難返，牽涉的面廣，也不是一下就轉得過來的。」〔註58〕更何況，隨著社會進程的坎坷，政治運動的頻繁，每一次新的政治運動初起，都要組織隊伍，劃分陣線，審定依靠對象和打擊目標，分出左、中、右和敵對分子，而且又大講「一天等於二十年」，要「超英趕美」，有多少人甘居人後，而不力爭上游的？

這種唯恐落後而惴惴不安的心態，使我想到 50 年代末期的兩篇小說，一是馬烽的《重要更正》，一是李德復的《典型報告》。《重要更正》寫的是一位記者下鄉去採訪農村大煉鋼鐵的情況，記者奔走於幾個村莊之間，不斷地向報社發回最新的成績，卻又不斷地加以更正——因爲各個村莊你追我趕，互不相讓，鋼鐵產量交替上升，紀錄不斷地被突破，使得記者疲於奔命，還趕不上形勢變化。《典型報告》講的是一位農村幹部，在上級號召在山區找水源種稻田的大會上，鼓了鼓勁，自報要建五畝水田，卻遭到人們的嘲笑：一貫的先進、模範鄉，卻如此地保守和落後起來。其後，指標一改又改，群眾發動了又發動，從 200 畝上升到幾千畝，仍然處於中游，直到最後解放思想，放手找水源，要種 15000 畝水田，這才奪得全縣的紅旗。這樣的作品，眞是「計劃趕不上變化」，眞是「人有多大膽，地有多大產」；但它的確表現出，當時作家面對社會變化，日新月異也罷，浮誇冒進也罷，所激起的欣喜和不安，生怕趕不上時代列車。

正是在這樣的心態下，對新出現的大大小小的事件表態和贊揚，對被宣判爲「敵人」和「反動」的人和事投以憎惡和批判，就不僅僅是文學和文化意義上的，而且具有政治的至高無上的意義。因此，我們就可以理解，爲什麼郭沫若會寫《火燒紙老虎》和《記世界人民和平大會》，寫《學文化》、《先進生產者頌》和《防治棉蚜歌》；爲什麼老舍會在短短幾年間寫出《龍鬚溝》、《紅大院》、《向陽商店》、《西望長安》等多部時事性很強的劇作；爲什麼田

〔註58〕費孝通《知識分子的早春天氣》，1957 年 3 月 24 日《人民日報》。

間會把苦孩子石不爛和蘭妮的生活歷程從他們的經磨經劫寫起，直到他們進入未來的理想天堂而成長篇敘事詩《趕車傳》，對於詩人，那幸福的明天已經指日可待；同樣地，讀巴金《隨想錄》中他懺悔當年參與批判胡風、批判馮雪峰等文藝界同仁的往事，也使我們更深切地理解那種人人自危、不得不借批判他人以自保的緊張氛圍。這種恐懼感，既是一種誘惑，又是一杆鞭子。

時至今日，陳凱歌在回顧「文革」時，也指出這種恐懼感的另一種意義：「害怕被逐出人群，是人類原始的恐懼。這個恐懼在中國仍然如此強烈地存在著，有其深刻的歷史原因。在一個就業、住房、遷徙、教育乃至婚姻、生育都由國家決定的社會裏，個人的一切都可以視為國家的恩賜，放棄這種恩賜就等於放棄生存本身。唯一的選擇便是：不管發生什麼，都要留在這個社會中。『文革』就是以恐懼為前提的群眾運動。在求存的意義上，加害者的暴虐和被害者的順從，並無心態上的大區別。」他還舉出老舍的自殺，「在我們的國家，要消除被逐出人群的恐懼並不是一件輕而易舉的事。老舍先生一代大才，他的道德、文章何止一代人感懷。但文革中他在受盡非人折磨、投湖自盡之後，被風吹落漂流湖面的那卷紙上，竟然都是他手抄的毛澤東詩詞。若非表明心跡，是沒有理由帶到自殺現場的……他的嚮往終究在於世人的承認和認同。」〔註59〕那篇轟動一時、乃至標誌了一個文學階段的《傷痕》所表現的，不正是一位中學生，一位年輕姑娘，在「血統論」和「不准革命」的恐懼下，與「叛徒」母親決裂，斷絕母女關係，以獲取「革命」和「時代」對她的接納嗎？從那個時代過來的人們，誰又能忘記那種「不准革命」的恐懼感呢？

遺憾的是，這樣的恐懼感，在如滾雪球一般地越滾越大之後，要克服它，並非一朝一夕之事。正如陳凱歌所言，「雖然今天的時代與『文革』時期相比已經發生了巨大的改變，但兩者之間存在著一種內在的聯繫……我們今天的社會仍然沒有擺脫恐懼的陰影。過去是政治恐懼導致的政治狂熱；今天是對於貧困的恐懼導致的經濟狂熱。這兩個極端，都同樣表現出我們民族的不成熟。一個懷著這樣一種偏執而幼稚的心態的民族，無論『文革』還是現在，都不可能顧及文化。」〔註60〕

這一恐懼，同樣地表現在知識分子身上。1992年商潮再起，一片「下海」

〔註59〕 羅雪瑩《陳凱歌出語驚人》，《生活潮》1993年第6期。
〔註60〕 羅雪瑩《陳凱歌出語驚人》，《生活潮》1993年第6期。

的鼓噪聲，從「教授賣餡餅」的虛假報導和盲目哄炒，到關於明星、大款瀟
灑豪華的生活方式的窺伺，從「縣長帶頭下海、下班之後擺攤售貨」到某部
書稿售價百萬、文稿拍賣前景看好的新聞，似乎眞到了「誰發財，誰光榮」，
「誰受窮，誰狗熊」的時代；對於現實，完全失去了獨立的判斷力，完全是
被那種本能的欲望和盲目的狂熱推著走；新聞輿論成了粗陋現實的應聲蟲。
它的一個例證就是，在最初的迷茫和誤判幾近一年之後，1993 年 4 月 8 日和
4 月 23 日，中央人民廣播電臺播放出記者採寫的兩篇述評《拜金主義要不得》、
《再談拜金主義要不得》，才開始對某些基本的是非觀念、對把一切社會行爲
都商品化的偏畸加以澄清和抨擊。實在地說，這兩篇述評並非要講多麼高深
的理論，只是對社會現象的概括和對常理常情的重新敘述；然而，在滔滔者
天下皆是的拜金主義面前，它卻成了空穀足音，反響強烈。據報導，它們播
出之後，「中央臺新聞中心電話鈴聲不斷，登門索稿的聽眾紛至沓來。有的工
廠、部隊將錄音一再重播；有的市廣播電臺爲此開辦專欄，在全市就拜金主
義問題展開討論；北京市委把稿件複印給市委常委人手一份。據不完全統計，
已有新華社、《人民日報》、《半月談》、《光明日報》等近 20 家報刊、電臺轉
載或播出了這兩篇述評。」「聯合大學的一位教師到中央臺要求再看一下播出
稿，他說好久沒在報紙上看到反對奢靡之風的文章了……聽眾在來信中說一
段時間以來，報刊不惜筆墨大肆渲染某些明星、大款如何生活、怎樣消費，
宣揚下海就能撈大錢，這樣的導向很不好。」〔註61〕這樣的熱烈響應的盛況，
在近年似乎並不多見；但這盛況卻是以思想文化尤其是新聞輿論的失職和誤
導爲前提的，是以許多知識分子喪失了價值判斷的根本能力以至盲目追隨拜
金主義爲代價的。仔細想來，不知是該喜還是該憂。

　　知識分子由於通過革命找到了通向民眾的途徑，找到了改變現實和實現
理想的道路，並由此而發現了自己的「落後」——他們是要通過實現由農業
社會向近現代化社會轉變以實現民富國強、民主重光之夢的，馬克思主義卻
是以近現代資本主義社會爲出發點去實現社會主義革命的；這樣就把知識分
子自命的時代先行及其相伴隨的種種優越感和自信心都取消殆盡。與此同
時，武裝鬥爭的方式，擁有絕對數量優勢的民眾在戰爭中的地位和表現，他
們爲爭取土地和生存權而戰的英勇氣概，都不能不使知識分子自慚形穢。魯

〔註61〕曹亞寧《中央臺述評〈拜金主義要不得〉受各界歡迎》；原載於《新聞出版報》，
　　　　轉引自 1993 年 5 月 22 日《文藝報》。

迅先生在他翻譯的法捷耶夫的《毀滅》後記中，就曾經分析和對比了作品中的工農出身的游擊隊員與幾個知識分子的優劣：那些礦工和農民雖然各自有其缺點，卻大都忠於職守以至殉身；美諦克卻終於做了逃兵；對美諦克批評最烈，指斥他是在窮愚和怠惰的現實中才「生長這種懶惰的，沒志氣的人物，這不結子的空花」的萊奮生，同樣也是知識分子，他也不但有時動搖，有時失措，在部隊毀滅之際，他還是受沒有文化的工農分子巴克拉諾夫的暗示，才得以突圍和幸存；但他不光是意志堅強，還能夠以美諦克爲鏡省視自己。魯迅寫道，「然而雖然同是人們，同無神力，卻有非美諦克之所謂『都一樣』的。例如美諦克，也常有希望，常想振作，而息息轉變，忽而非常雄大，忽而非常頹唐，終至於無可奈何，只好躺在草地上看林中的暗夜，去鑒賞自己的孤獨了。萊奮生卻不這樣，他恐怕偶然也有這樣的心情，但立刻又加以克服，作者於萊奮生自己和美諦克相比較之際，曾漏出他極有意義的消息來」。〔註62〕這樣的比較，知識分子與工農之間的對照，多思、懷疑、動搖與簡單、質樸、堅定，顯然沒有知識分子的優越感可言。

　　這樣，在思想文化上，知識分子要努力去學習和接受馬克思主義，在行動上，則要向工農學習，在兩個方面，都顯得落後、笨拙，只能是緊緊追隨，生怕落伍。革命對於知識分子似乎過於殘酷——雖然眞正充當革命領導核心的，都是率先覺悟的革命知識分子，但他們因爲熟諳知識分子的種種缺陷，而對其保持了相當的警惕性，害怕他們的「資產階級」或「小資產階級」的思想意識損害革命的純潔。譬如說，在「立三路線」時期，爲了表示對工人階級地位的肯定，居然把文化很低、素質不佳的向忠發選爲總書記，讓顧順章進入政治局，結果二人先後被捕叛變。再譬如說，早在戰爭年代的歷次內部清洗、肅奸的運動中，知識分子都難逃其咎。親自參加過「搶救」運動的蔣南翔，在他寫於 1945 年 3 月的《關於搶救運動的意見書》中指出，此次搶救運動中，在審查新知識分子（指抗戰時期投奔延安的知識分子——引者）工作上面，產生了最普遍和最突出的偏向。蔣南翔並且剖析其根源說，「雖然我們平時也都抽象地承認馬列主義是有史以來全人類最優秀的思想，在半殖民地的中國革命中，馬列主義能夠戰勝任何黨派的思想，取得最大多數革命知識分子的擁護。對於一般革命的知識分子來說，我們竟不相信馬列主義比三民主義具有更大的吸引力。甚至許多知識分子已在黨內受了好幾年教育，

〔註62〕魯迅《〈毀滅〉後記》，《魯迅論創作》第 444 頁，上海文藝出版社 1983 年版。

做了好幾年工作，我們仍還相信他們是堅決擁護三民主義的可能性更大於此。只有一些沒有接觸過其他別的思想學說的工農同志，才是保險和可靠的同志。這裡，馬列主義的思想，事實上就完全被看作為一種軟弱不堪，破爛不堪，絲毫經不起戰鬥的一堆廢物；而三民主義倒被看做是最能獲得廣大知識分子信仰的思想了。此種觀點出之於我們共產黨，說來是非常可怪的。但事實確實如此。」「輕率地否定殖民地半殖民地國家廣大知識分子和馬列主義結合的可能性，輕率地剝奪對於知識分子黨員的信任，這是教條主義的思想方法在分析和處理現實問題上的具體反映。教條上說：小資產階級知識分子是動搖的階層，它不是無產階級的親骨肉。因此在反奸鬥爭的搶救運動中，知識分子黨員就受到了『另眼相看』的待遇。」蔣南翔舉例說，隴東地區外來的知識分子，有百分之九十九點幾被「搶救」（即搶救失足者），全隴東只有二人幸免，「搶得所有的外來知識分子叫苦連天，怨聲載道」。蔣南翔直言說，「我願鄭重地向黨反映這樣一種情況：此次搶救運動，是在黨員知識分子心理上投下了一道濃厚的陰影，是相當沉重地打擊了黨內相當廣大的新知識分子黨員的革命熱情（當然不只是新知識分子受打擊）。雖然經過甄別工作，時局又處在很有利的革命形勢下，情況沒有也不致發展到最嚴重的程度，但這次留在他們精神上的創痕是確實劃得相當深，而且至今沒有完全平復。」蔣南翔還對於「搶救」運動有沒有必要性、是成績為主還是得不償失等，都提出否定性意見，對於以群眾運動的方式進行「普遍肅反」和運動中的長官意志、以及認真總結經驗教訓的問題，都提出明確的述評〔註63〕──不誇張地說，這是至今看來都不失其啓迪意義的討「左」檄文，它對於一些問題的思索和論析，甚至高於50年後的人們。它所總結的教訓，卻在建國之後便變本加厲地於反「右」鬥爭和「文革」中復現；蔣南翔直言批評的康生，也直到其死後才被揭露了大偽似真、大奸似忠的猙獰面目。掩卷而思，豈不悲哉？

問題不在於人們缺少對於形勢的清醒判斷，而在於率先覺悟者卻無力扭轉即倒的狂瀾。革命中樞對於知識分子的偏見和錯誤對策、橫加排斥，在半個世紀的歷史進程中，屢屢出現，甚至愈演愈烈，然而更可悲的是，對於那些認定除了投身革命別無選擇的知識分子，除了極少數抗爭者，大多是在這不公正的命運面前反躬自省，自我懺悔，竟至於真誠地認為自己有罪，或者

〔註63〕蔣南翔《關於搶救運動的意見書》，轉引自文聿《中國「左」禍》第5章中的《蔣南翔忘身進諫》，朝華出版社1993年版。

簡單地認作是「母親打兒子」〔註64〕，希望通過自我懲罰以證明自己的忠誠，而始終難以眞正地覺悟，直至「文革」大悲劇，實現對思想文化和知識分子的全面專政。

　　然而，面對複雜難辨的歷史現象，僅僅用中國國情或中國知識分子的這種所謂既超前又滯後的尷尬加以說明是遠遠不夠的。值得指出的，一是它與民粹主義的內在聯繫，民粹主義在企圖超越資本主義和職業分工、機械勞動對人的異化的同時，也企圖超越現代文化，「恐資症」也包括對資本主義時代的精神文化的恐懼，以防它污染單純質樸的農業文明。就民粹主義所企及的空想性的社會主義而言，資本主義時代的精神文化是必須拋棄的。二是對於傳統的鄉村，如費孝通在《鄉土中國》中所言，它是靠一代又一代農民的實踐經驗的積累和傳承爲獲得生活和勞動之知識的主要途徑，個體的小農經濟，則是本能地拒斥會給它的存在造成威脅的現代科技和現代文明的，即使在他們參加政治鬥爭和革命的時候，也未必完全跳出歷史的局限性，相反卻常常表現出反智性的特徵來。莊子筆下那位抱甕澆園的老農，連最簡單的汲水器械都拒絕使用；在歷次農民戰爭中，多導致對城市和商業手工業活動的破壞；義和團運動對電線電報、鐵路等都統統破壞無遺……底層民眾對於文化人，或者是羨慕而倣仿之，或者是敵視而排斥之。加上二者間的隔膜，由於諸種情況造成的難以溝通和深入交流。蔣南翔在總結「搶救」運動的教訓時便指出，「在搶救運動中，新知識分子大多被搶或被懷疑，並且大多是工農幹部負責審查他們的工作。但知識分子和工農同志是走著很不相同的道路而來到革命陣營裏的，他們在生活習慣、社會經歷、思想作風等等方面，都會存在著相當大的距離。因此從工農同志的眼內看來，知識分子的歷史就有許多不能解釋，並且他們又把這些不能解釋的肯定下來，認爲是有了『問題』，而被審查者這時差不多是沒有自己的發言權，並不是絕對不讓他們說，而是說了也根本聽不進……何況有些工農幹部，甚至很負責的領導同志，對知識分子幹部抱有一種宗派主義情緒，自然就更是『火上澆油』，一發不可收拾了。」〔註65〕

　　除此之外，還有更深的社會學原因。著名科學家卡爾‧曼海姆——他的

〔註64〕詳見本書第二編《苦難與記憶——十年浩劫之思》中的有關引述。
〔註65〕蔣南翔《關於搶救運動的意見書》，轉引自文聿著《中國「左」禍》第143頁，朝華出版社1993年版。

關於知識分子的理論近年在國內正在引起較多關注〔註 66〕——他指出，從走出中世紀之後，人們一直在反思和評價自己，確定自己在社會中的位置。這種解釋，首先是啓蒙主義所倡揚的「理性」；隨後是蘭克、馬克思所闡釋的「歷史」；依次地，是社會學對人的研究：它不是通過上帝、理性或歷史去折射和考察，而是通過人的社會追求去把握人的存在。曼海姆指出，知識分子的興起，和他尋求自己的社會定位的時候，正是他對自身的存在產生懷疑的時候。自從中世紀以來，知識分子是唯一地承擔解釋世界的使命的，僧侶和預言家，人文主義者、啓蒙主義者和藝術家、哲學家，他們都堅信自己握有宇宙之謎的鑰匙。然後，在無產階級興起、并以階級論的社會學闡釋一切的時候，知識分子在這種占支配地位的世界觀面前，黯然失色。依照階級學說，只有階級的與非階級的非此即彼的劃分。知識分子則因爲他的非階級的屬性而被置於無足輕重的位置。曼海姆不失公允地說，這種理論不是一個精心謀算的策略，它是從進取的和不假思索的自我保護之中生長起來的。無產階級曾經是作爲被動的對象而處於意識形態的或一方法控制之下的。如今，被控制、被界定的命運，落到了昔日的控制者界定者知識分子身上，由於它的非階級性，他就成爲社會學中的非存在。

曼海姆指出，知識分子是諸階級之間而不是凌越於其上的一個聚合體，他在縫隙中生存。以階級和政黨的觀念爲中心作圓周運動的無產階級社會學不得不指派這無階級的聚合群體去充當依附於這一或那一階級和政黨的附屬物。這種觀念自然而然地遮蔽了知識分子獨具的活力，很聰明地麻痺了他的自我評價。

這正好印證了毛澤東關於知識分子的理論：「皮之不存，毛將焉附，」知識分子就像這「毛」一樣，必然要附在某一階級的「皮」上，地主階級、資產階級或者無產階級的「皮」上，數者之間，必居其一。階級的學說，自身便構成對社會各階級和階層的闡釋，馬克思主義對世界和人類自有其完整的理論，使得一向以建造世界觀和價值體系爲己任的知識分子無以置喙。只有屈居於附屬的位置，而來不及認眞地考察這一變化的內在原因。歸屬感成爲他的第一需要，只有依附於最先進的無產階級身上，才有安全和保障。無怪乎，當鄧小平宣佈知識分子是工人階級的一部分的時候，屢經衝擊和變亂的

〔註66〕 余英時在《士與中國文化》中就提到曼海姆，鄭也夫在《「皮毛理論」與知識
　　　　分子》中對曼海姆的知識分子理論做了較多的介紹。

知識分子才如釋重負，安下心來（錢學森在一篇文章中講，他成年之後三次流淚，最後一次是讀到中央領導人在一部收有錢學森自己的先進事跡在內的優秀共產黨員材料彙編的前言中，肯定知識分子不只是工人階級的一部分，而且是其中的先進成分，而感動地留下眼淚——一個爲國防科技事業做出巨大貢獻的老科學家，一個贏得國際聲譽和國人尊重的老知識分子，對於這一階級歸屬和定位卻是如此敏感，隱痛之深，可想而知）。

曼海姆指出，知識分子的興起標誌著社會意識成長的最後階段，他的在社會縫隙中生存而無所歸依的屬性，其實不是他的弱點，而是其優長，使他有可能超越於現實的階級的局限，獲得較多的自由，用阿爾弗雷德·韋伯的概念說，就是「相對地不受局限」；他既可以選擇一種明確的階級和政黨的立場，也可以較爲自由地用多重而不是單一的觀點去正視他的時代命題，他有能力在接近同一事物時卻體驗著幾種相互衝突的觀點，而較少地犯僵化和偏執一端的錯誤。「他的階層並不凌駕於階級和黨派之上，相反，階級和黨派過去、現在都是社會生活中的重要內容，歷史發展的主要動力。而知識階層『所共同關心的唯一事情是智力過程：繼續致力於清點、診斷、預測，當選擇露頭時發現它，理解和確定形形色色的觀點的位置而不是拒斥它們或者被它們同化。』」〔註 67〕知識分子的獨立思考和邊緣處的批判，便是其獨特的社會功能。

不知是否受到曼海姆的知識分子理論影響，近些時候，國內的學人也在談論知識分子的邊緣化問題。趙毅衡在名爲《走向邊緣》的文章中便指出，知識分子的邊緣化，並不在於經濟收入的低下，也不完全在社會影響或權力意義上，而是知識分子的文化職責使之然。知識分子必須堅持邊緣化的批評，即只診病不開藥方。「今日中國知識分子之邊緣化，是幸事而不是災難，是勝利而不是失敗。這個勝利的條件是：主流社會已進入技術官僚體制，因此知識分子不必也不可能擁有傳統社會的士大夫政治權利；主流社會已進入社會意識形態淡化時期，知識分子不必也不可能扮演革命家或社會精神領袖；主流社會已進入經濟自動運轉的體制，因此不需要知識分子來做齒輪和螺絲釘，或歌頌物質生產。」趙毅衡指出，知識分子的邊緣化，就是退入學院，在文化批判的深度上下工夫；知識分子的純批判，不溢出學院，不至於進入街頭進入社會，這樣反而能保持知識分子的獨立性。這並不是要把大學生塑

〔註67〕鄭也夫《「皮毛理論」與知識分子》，《讀書》1993 年第 2 期。

造和複製成從事文化批判的知識分子，但學院的薰陶至少成爲他們走向社會後變成市儈和庸俗化的阻滯劑。「只要學院權利不溢向社會，那麼知識分子從邊緣地位上發出的批判，給爲求功利而飛速旋轉的主流社會噴上必要的思想冷卻劑。」〔註68〕可以說，這是國內學人對知識分子邊緣化問題所做的最明確也最客觀的表述，然而，學院並非世外桃源，目前的主流社會也並沒有趙毅衡描述的那樣進入有序而自動的運轉，敲給時代的警鐘，怕也不可無。自然，作爲知識分子的一部分，退入學院和書齋，是可行的，但是，那些無法退、無處退的人們，又將奈之何？

　　邊緣化的策略，恐怕不在於是否囿於學院之中，而是既擺脫那種充當振臂一呼天下響應的精神領袖和具有強烈干政意識的士大夫情結，又走出全心關注於自己的階級歸屬和社會地位的誤區，充分發揮其自由而獨立的思考能力，對人間事物保持熱情而寬廣的關懷，如曼海姆所言，社會上沒有一種職業、沒有一種地位要求瞭解一切人的事情。正是那些受過教育的人保持著對我們的事務的同情，而不僅是他們自己的事務，也正是在這個意義上可以說，他們捲入到涉及我們全體人的環境中。一個有經驗卻未受到教育的人只要分享了他人的環境，就能與他人溝通，但眞正的教育卻是以悟性超越自身環境的一個源頭。教育不僅擴大了我們已知事務的範圍，還教導我們從遠離我們的人物的事務出發去認識我們自己的事務，通過重新確定我們自己的觀點來洞察他人的觀點。它們的作用在於通過參與到一個多元文化中而擴展自己。一個人可能會生活在比自己的生活更豐富的生活中，思考到比自己的思想更豐富的東西。他可以超越孤獨存在中的宿命和狂熱，不管這種存在包括的是個人、職業還是國家。〔註69〕邊緣化，是使知識分子更便於考察現實和思考問題，不但使自己保持心靈和情感、思想和體驗的豐富，也在開拓和豐富著世人的精神生活，以積極而活躍的姿態，在社會上發揮知識分子的不可或缺和無以替代的使命，使人們能擺脫社會分工和物質欲望的拘牽，去獲得靈魂的超度。

〔註68〕趙毅衡《走向邊緣》，《讀書》1994 年第 1 期。
〔註69〕鄭也夫《「皮毛理論」與知識分子》，《讀書》1993 年第 2 期。

第二編　苦難與記憶
──「文革」反思之反思

　　在奧斯威辛集中營以後你是否繼續生存──特別是那些偶然逃脫，那些按理說應當被處死的人是否可以繼續生存，這並沒有錯。他的純粹幸運需要冷淡，即需要資產階級主體性的基本原則，沒有這種原則就不可能有奧斯威辛集中營；這正是幸免於死者的最大內疚。作為償還，他會被這樣一些夢魘所折磨，即他根本不再活著，他在 1944 年就被送去當炮灰，而他的整個存在從那時起就一直是虛幻的，是一個早在 20 年前就被殺死的人等等。

阿多爾諾：《否定的辯證法》

　　當我把阿多爾諾的這一段話作為題記，抄錄在這一編的首頁的時候，我聽到了自己的心臟的砰砰跳動，以至於不得不停下筆來，平靜片刻，一種莊嚴和沉重的感覺油然而生。

　　我是在撕裂一個巨大的傷口，一個慘痛至極、血腥污穢、令人們不堪回首、不忍回首的巨大的傷口。

　　人們匆匆前行，用歲月的淘洗，用世事的變遷，用主體的冷淡，用超然的口吻，用輕鬆的告別，築起一道厚厚的牆壁，把十年浩劫延阻在牆的那一邊，就像古代的所羅門王把為非作歹的魔鬼禁閉在銅瓶之中，拋到大海的茫茫波濤之中，以求永遠地躲避開來，也企求著魔鬼的自行滅亡。

　　這是一種可以理解的善良和天真，但在善良和天真之中，又含寓著懦弱，

含寓著蒙昧，含寓著新的精神危機和歷史災難。善良的祈求，並不能使魔鬼放棄它的肆虐和作祟人間，正像我們的美好心願並不是必定能迅速地實現民族的現代化進程的充分條件一樣——民族的歷史和未來，都不取決於我們熱切真摯卻又膚淺可笑的感情因素，它需要的是切切實實的工作，盡可能深入的思考，毫不留情的剖析，切膚入骨的批判。在這裡，必須拋棄一切溫情脈脈和可憐的怯懦，在這裡，一切謊言和奢望都無法容身。

我將在 90 年代社會文化思潮的背景之下，在我所接觸到的和領悟到的世界性的歷史現象和歷史思考的觀照之下，考察和評析由此折射出來的當代知識分子的心路歷程，以及由此而表現出來的東方文化的特徵和弊端，知識分子的生存質量和思想質量的判定。

文化，在某種意義上來說，便是一個民族的歷史記憶，知識分子則是這歷史記憶的書寫者。他們是怎樣書寫和回顧民族的苦難，歷史的浩劫的呢？他們從中獲得了哪些有意義的啓迪、可貴的教訓，又在哪些已經具備了攀登思想制高點的可能性面前止步不前，坐失良機呢？

我已經說過，我給本書確立的寫作原則，不是客觀地冷靜地描摹當代知識分子的歷史軌跡，而是要探討他們的精神風貌和心靈世界。在這一編中，我所注重的，不是他們曾經遭受過怎樣的璀璨和苦難，不是他們在地獄的孽火厲風中如何九死一生，而是這苦難和地獄留在他們心靈上的印記，是歷史溶解在心靈中的回憶。因此，在資料的選擇上，我也進行了嚴格的篩選。時至今日，有關「文化大革命」的書籍已經遠遠不止於是車載斗量，尤其是今年的紀實文學熱，更是披露了大量的歷史資料：從葉永烈所撰寫的江青、張春橋等人的傳記文學，到中央民族學院出版社出版的以對「文化大革命」的回顧和反思為主旨的《昨夜星辰》系列叢書，這對研究和編纂「文化大革命」史，都是極為有利的。但是，為我所選取的，不是它發掘出多少珍聞秘史，而是它蘊含了多少心靈的思考，或者說提供了進行這種思考的可能性，我注重的，不是歷史的資料，而是思想的資料。後者之於前者，正像是從數噸礦石之中才能提煉出微量的稀有金屬一樣。

我的描述將依照下列的順序進行：首先，我將以粗略的筆墨勾勒出 90 年代的社會文化氛圍，這裡當然是限定於與反思「文化大革命」有關的方面，以及知識分子及他們的思考如何順應和淹沒在大眾文化的湧流之中。其次，在上述背景之下，我將從三個層次上考察知識分子對「文化大革命」的反思，

其一，是主觀的反思，即自我與「文化大革命」，「我」與十年浩劫的諸種關係；其二，是客觀的評判，即站在民族的頭腦、時代的良知的立場上，對「文化大革命」的批判和清算；其三，作爲人類世界的成員，所進行的跨時空的歷史透視，從世界歷史進程中對發生於古老的東方大地上的一幕人類悲劇所進行的回顧和總結。

我給自己設定了一個相當的高度。面對這一高度，我充滿挑戰的興奮，卻又感到分外的沉痛。撕裂歷史的傷口，就是在撕裂我自己的心靈，我也是那場浩劫的參與者，1966 年盛夏，當「文化大革命」的狂潮席捲神州大地，我才是該年度的小學畢業生，卻也以狂熱的「革命」激情在觀察和投身於動亂的狂風暴雨之中。年紀尚小，體單力薄，我的雙手沒有觸及過任何人的皮肉，可是，我卻不能欺騙自己說我沒有參加過對於任何人的批鬥，可是，我卻不能欺騙自己說我沒有參加過對於他人的精神虐殺，對曾經淳淳教導過我的小學老師，對站在高高的桌凳上被批鬥的「牛鬼蛇神」，我都揮動過高呼「打倒」的手臂，自己寫過或者幫助他人抄寫過揭發其「反動罪行」的大字報；在此之前，我還曾經給《中國少年報》投寄過批判所謂「三家村」黑店的文章，而後來的派性對立爭鬥不休，我也曾「隨緣」；儘管血統論的恐怖陰影，也曾經扭曲和摧折過我和我的一家，曾經使我成爲可憐的阿 Q，嚮往「革命」卻又「不准革命」，但我卻沒有權利宣稱我是「無辜的受害者」。我甚至以爲，我也沒有權利懺悔，懺悔是爲了取得饒恕，取得赦免，用跪拜和眼淚沖洗罪孽，以換取進入上帝的天國的通行證。但是，罪孽就是罪孽，一朝犯罪，終生遭譴，釘在歷史的恥辱柱上，並不能企待有解脫和再生的歡悅，而是像推滾巨石上山的西西弗斯一樣，把苦役和懲罰認作自己的宿命，並在其中汲取一種超越和自由的力量。豺狼搏殺同類，是天性使然，永遠不會由此而痛悔和自責，人卻是在漫長的自相殘殺的進程之中產生了罪孽感，因爲看到了靈魂的殘暴、血腥而悚然而自省，因此而進化而偉大。

那麼，當代知識分子又從這浩劫這苦難之中，留存下什麼樣的記憶，生發出什麼樣的思考呢？

第二章　社會健忘症

　　1975 年，法蘭克福學派的成員拉塞爾・雅各比出版了他的《社會健忘症》。雅各比是從發達資本主義的社會現實和馬克思主義的物化理論，以及法蘭克福學派的有關命題之總結，提出他對於社會性的而非個人的童年的健忘症的剖析和批判的；但是，這一命題，以及雅各比的有關論述，卻是「它山之石，可以攻玉」，可以透視我們的某種社會心態的。

什麼是紅衛兵

　　1994 年的第一天。我們一行數人攀援而上，從昆明湖幽静的後湖上行至萬壽山頂端。環視蒼翠的松柏掩映中的一處處飛簷畫棟、亭榭樓臺，俯瞰昆明湖銀白色的冰面上嬉戲的幢幢人影，玉泉山的寶塔遙遙在望，十七孔橋長虹橫跨，巍峨的佛香閣，蜿蜒的東堤，威鎮浩渺湖面的湖心島，冬日的頤和園，疏疏朗朗，更顯其峭拔和雄闊。天氣也是如此善解人意，在這去舊圖新的一年之始，在這例行的節日裏，收斂起狂嘯的北風和凜冽的嚴寒，把暖烘烘的陽光毫不吝嗇地拋灑在人間，拂照著節日出行的老人和孩子，拂照著遠道前來的遊人和外賓，拂照著這壯闊的湖光山影。

　　智慧海的那一座彩色琉璃鑲就的巨大影壁上，滿佈層層排列的小小佛龕，一幢幢造型精美的坐佛，正以其恬淡從容的神色凝視著紅塵世界中的芸芸眾生。燦爛的陽光照耀得他們光彩四溢，更顯得神聖莊嚴。然而，大煞風景的是，有許多佛像都是有身無首，被鑿去頭臉，只剩下一片粗糙的磚礫，赫然刺目，慘不忍睹。

　　不經意間，我聽到了這樣的對話——

　　　　一個跟隨著父母前來的小男孩問他的父親：爸爸，這是誰把這
　　些佛像的頭都鑿沒了？

　　　　是紅衛兵。

　　　　什麼是紅衛兵？

　　　　你媽媽就當過紅衛兵。

　　　　紅衛兵就是媽媽這樣胖乎乎的，穿皮夾克的？

　　　　……

1966，1976，1994，從動亂爆發的年頭算起，是 28 年，從動亂結束的時刻想來，尚且不足 20 年。連親身經歷過那個年代的人們，都覺得恍若隔世，往事依稀。孩子問，什麼是紅衛兵，也讓人難以應對。

　　我們從老祖宗那裏，習得了「否極泰來」，學會了「天道周星，物極必反」；我們又從馬克思主義經典作家那裏，領受了「歷史的巨大災難是以歷史的巨大進步作爲補償」的教誨。十年動亂結束之後，思想解放運動的狂飆突進，改革開放的大潮浩浩蕩蕩，歷史的災難，推動了時代的進步，人民的血淚，換來了中華的崛起。趨避苦難，尋求歡娛，人同此心，心同此理。猶如一位名重一時的詩人所言：

　　　　如果大地的每個角落都充滿了光明

　　　　誰還需要星星　誰還會

　　　　在寒冷中寂寞地燃燒

　　　　尋求星星點點的希望

　　　　誰願意

　　　　一年又一年

　　　　總寫苦難的詩

　　　　每一首是一群顫抖的星星

　　　　像冰雪覆蓋心頭

　　　　　　　　　　　　　　　　　　　　　　江河《星星變奏曲》

這首歌，大抵是寫於「冰雪覆蓋心頭」的歲月裏，寫於苦難的壓迫中，詩人把自己的詩比作在寒冷中寂寞地燃燒的星星，在沒有光明的日子裏尋求著星星點點的希望，並祈願這苦難和黑暗的消逝。在這樣的情志支配下，個人的詩作之存無已經無足輕重，只要能呼喚出朝日，星星甘願被光明所吞沒。

　　何況，商品社會的呼喚，現實功利的追求，五光十色的誘惑，人欲橫流的展示，加上生存條件的改善，物質手段的豐富，「下海」、「經商」、「股票」、「公關」、「經濟人」、「廣告術」等正在成爲社會的主題詞，誰還願意回首當年、執著於苦難呢？

爲了忘卻的紀念

　　我想起了魯迅先生在《阿 Q 正傳》中寫過的人物，那個可憐而又可氣的健忘的阿 Q。

　　阿 Q 的精神勝利法的招術之一，便是忘卻，忘卻羞辱，忘卻煩惱，忘卻人世間的諸種不平，忘卻自己的生存困境，在「我們先前——比你闊多啦！」的「論辯」之中，在自己打自己的耳光卻宛如「自己打了別個一般」之後，便成爲得意洋洋的勝利者。他向吳媽求愛失敗，被秀才用大竹槓打出院門，爲時不久，他便忘記了方才的行跡，去看自己惹出來的這場熱鬧，幸災樂禍地問，「哼，有趣，這小孤孀不知道鬧著什麼玩意了！」在遭到王胡和「假洋鬼子」的痛打之後，後者的凌虐奇跡般地抵消了前者的不堪——「在阿 Q 的記憶上，這大約要算是生平第二件的屈辱，幸而拍拍的響了之後，於他倒似乎完結了一件事，反而覺得輕鬆些，而且『忘卻』這一件祖傳的寶貝也發生了效力，他慢慢的走，將到酒店門口，早已有些高興了。」魯迅先生如是說。

　　忘卻，祖傳的寶貝。

　　忘卻，可以說是魯迅先生診查國民性弊端的一大發現。孱弱的阿 Q，以忘卻爲自我保護、精神勝利的良方，卻稀裏糊塗地被砍了腦殼；秋瑾的同志王金髮，辛亥革命後做了紹興總督，他忘卻前嫌，釋放了殺害秋瑾的謀主，後來卻反遭其害；閏土忘卻了他和「我」少年時的眞純友誼，一聲「老爺」，飽含了人生的苦痛辛酸；高老夫子在女學堂給新派女學生上了一堂課，以其昏昏，使人昭昭，憤憤不平地感歎世風日下，痛心疾首，耿耿於懷，不過，坐在牌桌前面玩了不滿兩圈麻將，他便隨著手氣看好而覺得時移俗易，時風也終究覺得好起來；力求自我救贖的涓生，在迷惘和困惑之中，也在尋覓新的生路的時候，乞靈於遺忘，「要將眞實深深地藏在心的創傷中，默默地前行，用遺忘和說謊做我的前導……」忘卻現實和往事，在心造的幻影和自欺欺人之中沉迷，忘卻，成爲這形形色色的人物的共同特徵。連共和的英雄們流血犧牲所創立的中華民國的「雙十節」，不過數年，便也被人們淡忘，以致《頭

髮的故事》中的主人公 N 先生，憤怒地大叫：「他們忘卻了紀念，紀念也忘卻了他們！」

　　終於，魯迅先生暴怒了，他拍案而起，蘸著死者的血跡，寫下一行殷紅的大字：

　　　　爲了忘卻的紀念

被遺忘的角落

　　據《文學報》1988 年 8 月 4 日報導，身爲全國政協委員的上海作家趙麗宏對一批沒有經歷過「文革」浩劫的青少年的調查表明，「文化大革命」已經成爲被遺忘的角落。年輕的戰士有的不知道林彪是誰，年輕的工人有的不知道「牛棚」是什麼東西，大學生有的怎麼也不相信「早請示、晚彙報」這種愚昧行爲曾在「文化大革命」中流行。

　　趙麗宏的這一調查，顯然是有著警世意義的。數年之後，《「文化大革命」中的名人之思》〔註 1〕一書的編者，在該書的編後記中又一次嚴肅地指出這一點──

　　　　現在 20 多歲的年輕人，儘管有些還頂著「文革」痕跡的名字如「衛東」、「向陽」之類，可是對於「文革」即使不是全然不知，至少也相當淡漠了。那場對於過來人來說如同噩夢般的浩劫，似乎已經化爲十分久遠的歷史陳蹟。「忠字舞」、「天天讀」、「紅海洋」、「大批判」等「文革」現象，彷彿只剩下了當笑料的功能，而且漸漸地連找人發笑也不能夠了……許多「文革」中受到磨難的中老年人，好像也羞於重提舊事，一方面大概出於國人健忘的天性，另一方面可能由於一肚皮的善良美德：害怕回憶的痛苦拂擾了快樂無憂的新一代世風。即使不健忘也無「善心」的人，恐怕也憚於祥林嫂反覆敘說兒子被狼吃掉故事的結局，怕連老太婆也失掉了耐性，知趣地三緘其口。

善良的人，知趣的人，在我們這個時代裏比比皆是。90 年代初期所風靡一時的電視連續劇《渴望》，以及它的主題曲，正是知趣的影視工作者向善良的人們奉上的憂鬱而甜膩的一份厚禮，並且理所當然地得到了社會的回報。它是在淡淡的感傷、朦朧的夢幻中所舉行的一次告別禮，告別歷史，忘卻往事，

〔註 1〕　《「文化大革命」中的名人之思》，中央民族學院出版社 1993 年版。

在人們的記憶中修正和抹盡十年浩劫所遺留下來的幢幢魔影，以便輕輕鬆鬆、瀟瀟灑灑地去投入新的生活。

作為國內第一部成功的大型室內劇，《渴望》在中國電視藝術史上無疑具有重要地位。對它的研究和分析，可以有各種角度，各種方式，去進行各方面的研究。我所注重的是它所做出的、為眾多觀眾所潤物無聲地接受的對於「文革」歷史的淺俗解釋。

《渴望》的主要衝突在王劉兩個家庭的諸多成員中展開，背景是十年動亂及人們為了清理歷史的遺跡而掙脫命運的和心靈的枷鎖的 80 年代。作為一群年輕的知識分子，王滬生、王亞茹、羅剛等或者因為他們的文化知識獲罪，或者因為是幹部家庭出身而受到牽連，淪落於社會底層、遭到磨難，身為平民的劉慧芳一家則處於政治風雲的邊緣而相對平靜，並與王家結了姻緣；王滬生和劉慧芳由相識而相戀，在王滬生處於人生的最低點的時候，他獲得了普通女工的愛情，並以此而相互支持著挺過了苦難歲月。被策劃人和編劇設定為集中地代表和體現了東方女性傳統美德的劉慧芳，溫柔賢惠幾至於逆來順受，忍辱負重近乎於麻木不仁，捨己為人，單純善良，她不只是在生活上支持了王滬生，還以無怨無悔、苦熬苦忍的品德燭照出王滬生的卑瑣、王亞茹的怪戾。時代的淒風苦雨、民族的血浸淚染，被這種帶有陳舊的倫理色彩的道德頌揚和道德譴責所遮掩得朦朧不清。「好人」與「壞人」，不求回報的捨己和始亂終棄的忘恩，寬容承受的襟懷和偏執怪鷲的狹隘，道德化的煽情和淡化的憂傷，消解了人們對於十年浩劫的思考和追尋。對痛苦的往事的回溯，最終消散在「恩怨忘卻，留下真情從頭說」的淡化之中，落足於「好人都一生平安」的祈願上——這最普通的最良好的祝願，應和著該劇的善善惡惡、恩恩怨怨的主題，在使人們感動的同時，也使人們墜入夢幻般的情境之中。

通過追溯既往而告別既往、遺忘既往，就是這樣地由《渴望》肇其端，而漸漸地彌散開來。在十年內亂中曾經成為唯一的歌聲的「紅太陽頌」在經過新的包裝之後，發行了幾百萬盒磁帶，從今日經濟最活躍的上海和廣東，到邊陲的雲南、內地的黃土高原，風靡於全國各地。「毛澤東熱」的浪漫，由紀實文學而電影電視，由頌歌再起到論著紛湧，固然與 80、90 年代的市場和商品化密不可分，卻又不言而喻地紛紛跳過 50 年代末期以來愈演愈烈的極左思潮和十年浩劫的追根尋源，為尊者諱，而把人們的目光引向領袖的生活瑣

事、軼聞秘事，而在剛過去的 1993 年達於峰巔。領袖──人民──歷史這一宏大的命題，被毛澤東自詡為他一生中做的兩件大事之一的親手發動「無產階級文化大革命」，以其「缺席」和「不在」，顯示著今日的某種社會心態。

歷史，真是一個任人打扮或者任人強暴的女孩嗎？

記住過去，才能超越

生命的留戀，情感的懷舊，理智的歧途，金錢的誘惑，傳媒的誤導，似乎都在迫不及待地把那愚昧和狂熱、血腥和夢魘的一幕禁錮在歷史的魔瓶之中，然後用時間的流水將其淘洗盡淨。

趨利避害，遠悲近喜，乃是人的天性。但人之所以為人，就是因為他有記憶，個人的記憶和群體的乃至全球人類性的記憶，通過記憶，把人類的經驗和教訓都積累起來，前事不忘，後事之師，從而取得不斷的發展和進步。列寧曾經說過，忘記過去就意味著背叛。過去，我們總是在不能忘記舊時代的階級壓迫、階級苦難的意義上理解列寧的名言的，今天，對於十年浩劫這樣的過去，若是忘卻，便意味著什麼呢？

雅各比在批判社會健忘症的時候，做了如下論述：

> 今天，以新的名義排除對舊事物的批判是時代精神的一部分；它通過遺忘而努力進行辯護和捍衛。在使轉瞬即逝的行為成為歷史或根本不成為歷史的過程中，社會的和心理的思想將變成辯護。富於戰鬥性的、唯物主義的和啟蒙資產階級思想的英雄時代（如果有過這樣的時代的話），已不再存在了……

> 「綜合症是一種全面的病症。簡言之，社會已失去其記憶，並隨之喪失其理智。不能或拒絕思考過去將對自己造成損害，喪失思考的能力。記憶的喪失表現為許多形式，從擺脫像全是『精神包袱』的以往思想的『激進的』經驗主義和實證主義到把過去的巨人和天才說成是過早產生的不幸之人的時髦理論……正是由於忘記了過去，所以這種情況才沒有受到普遍的挑戰；要超越首先就必須記住過去。社會健忘症是社會對記憶──即對社會自身過去的記憶的抑制。社會健忘症是商品社會的精神性商品。〔註2〕

────────────

〔註2〕 雅各比《社會健忘症》。轉引自加拿大學者本‧阿格爾著《西方馬克思主義概論》第 275～277 頁。中國人民大學出版社 1991 年版。

「要超越首先就必須記住過去。」對於曾經有過的歷史，是沒有其他的超越之路的，對痛苦和創傷的執著，要求有著堅強的理性和堅韌的意志，然而，健忘卻只能醞釀新的災難。

這句話不是危言聳聽。

在我們這個剛剛結束了政治動盪十幾年的國度，是不是可以高枕無憂呢？

答案顯然是否定的。我們已經粗略地描述過我們的社會健忘症。

正是基於這樣的社會背景，當代知識分子對於十年浩劫的思考才格外引人注目。作為時代的頭腦，時代的良知，他們的思想質量和思考趨向，是至關重要的。普通民眾的視線越是被重商主義的時代引向切近的功利性和實用主義，拋棄似乎是虛無縹緲的精神追求和理性思考而追求物質利益和享樂主義，當代知識分子的這一使命就越是沉重和艱辛。

讓我們掀開這心靈的一頁。

第三章　申訴和懺悔

　　對於今天的中國知識分子，他們都是十年浩劫的親身經歷者，自覺或不自覺地，從我們可以見到的書面文字中可以見出，他們正在用各種方式對那一段無法忘懷的往事加以回溯和反思，在與社會健忘症做頑強的鬥爭。

　　是的，生活就是這樣奇妙難測，人心就是如此撲朔迷離。忘卻和記憶，是如此難解難分，那夢魘一般的往事，不思量，自難忘，越是想將它塵封於忘卻之中，它就越是忍俊不住，騷動不已，不僅僅是呼喚著清醒的理性，更摧殘著敏銳的情感，迫使人們去回味它，思索它，傾訴它。無論是殘酷的暴力，還是巧舌的詭辯，無論是金錢的誘惑，還是時間的進程，都不可能抹盡人們心頭的記憶，反而會形成一種反作用。70～80年代之交，「傷痕」文學大潮初起，便有人以「歌德和缺德」的話柄，閉目不看十年浩劫留在人們心頭的幢幢魔影和累累傷痕，教訓作家去寫「河水漁漁，蓮荷盈盈，綠水新池，豔陽高照」的作品；然而，文學的發展卻是，沉舟側畔千帆過，清算和蕩滌歷史遺跡的文學作品層出不窮。在後來的演進中，儘管有關方面曾有意識地迴避和諱言有關「文革」的話題，但是，人們對十年浩劫的情愫和反思卻是綿延不絕；直到鄧小平南巡講話之後，反對極左思潮的號角再次吹響，以十年浩劫為題材的紀實文學作品，又形成一個熱潮。

　　然而，記憶與遺忘的鬥爭不只是一個政治學的命題，它更是一個人類學命題。捷克作家米蘭・昆德拉以其思維的睿智和凌厲，在他的《笑和遺忘之書》（英譯本為 The book of laughter and forgetting，中文譯本則是以《笑忘錄》的書名面世）中，在作品中的人物麥瑞克等人身上，探索笑和遺忘這一對相互交叉、無法切割的命題，並把他的筆鋒用於解析後一命題。針對許多讀者

把麥瑞克的一句名言「人反對強權的鬥爭就是記憶反對遺忘的鬥爭」誤認作是作品的主旨，米蘭·昆德拉解釋說，「對我來說，麥瑞克的故事的獨創性完全是在其他方面，這個麥瑞克正以他全部的力量進行鬥爭，以確證他（他和他的朋友們以及他們的政治鬥爭）沒有被忘記，而與此同時，他又在竭力使人們忘記另一個人（他從前的情人，他因為她的衰老和醜陋感到羞愧）。遺忘的意志在成為一個政治課題之前就已經是一個人類學的課題了：人們常常懷有這種願望，願意重寫他自己的傳記，改變過去，掃除痕跡，既掃除他自己的也掃除他人的痕跡。遺忘的意志非常不同於一種想要欺騙人的簡單欲望……忘：絕對的非正義同時又是絕對的安慰」〔註1〕。如果說，政治學上的記憶與忘卻、堅強與怯懦、良知與強權之間的對抗和選擇，相對而言是容易判識的，那麼，作為人類學意義上的記憶與忘卻的關係，就要複雜得多，難以作出簡單的分類。今天的人們，今天的知識分子，在回溯和思考十年浩劫的時候，在強化民族記憶的時候，卻又是在有意或者無意地迴避或者忘卻本來是不容迴避、必須直面的問題。我們的思索，也不能不因此而感到困惑和迷惘。

依照我們預設的順序，這一部分所討論的主要是知識分子對於自我與「文革」的思考。

聖徒情結與無罪辯白

馮驥才是作家中對文革命題思考較多的，他在80年代後期就開始做關於文革記憶的人物訪談，結集而成《一百個人的十年》。其中，在《一個老紅衛兵的自白》的結末，馮驥才寫下了這樣的判詞——

世上最大的悲劇，莫過於聖徒受騙。〔註2〕

這判語和作品的主人公，當「文革」風暴驟起之時正讀大學一年級的老紅衛兵的自白是相吻合的。這位帶著純潔的理想主義的青年，在下鄉的經歷和求學的途程上，都曾受到一些挫折，「文革」初期被打成反動學生，當「文革」的高潮掀起之後，他便自然而然地成為帶頭造反的紅衛兵，在經歷過沉浮動蕩的歲月之後變得消沉和開始醒悟。按理說，這樣的人生歷程，在紅衛兵一

〔註1〕 艾曉明編譯《小說的智慧——米蘭·昆德拉》第101頁，時代文藝出版社1992年2月版。

〔註2〕 馮驥才《一百個人的十年》，第242頁，江蘇文藝出版社1991年7月版。

代中是相當普遍的，是很有代表性的，他的憤憤不平的心態，聖徒受騙的冤屈，也是很有代表性的。「來時候，幾個當年老紅衛兵說，你去把咱悶在心裏的話衝他說說吧！我找你不是懺悔來的。我感覺直到今天對我們也是不公平。」這是他開門見山地對作家所表述的。在陳述的過程中，他又表白說，「想起『文革』，說老實話吧我不後悔，我可以懺悔，但我不後悔。因為當時我們不是懷著卑鄙的目的參加的。……我總覺得整個『文革』的過程，是毛主席領導『文革』，後來他領導不了這個過程。人們開始投身這場『文革大革命』的時候，還都是由衷地參加革命，以一種虔誠的水晶般的人，跟著領袖去幹，去進行一場反修防修的鬥爭。」到他的陳述結束的時候，他再一次地表露他的這種「聖徒情結」，「說起對於『文革』中自己那一段呀，到現在為止我也不後悔。從政治上徹底否定這場『文革』，我沒有任何異議。但是作為一場運動不能簡單地否定，不能簡單地政治劃線。……我覺得不該否定的就是紅衛兵。對紅衛兵應該做歷史的分析。我感到對宏偉的歷史分析不用我們這一代人考慮了；說老實話，對一場偉大的鬥爭，或者對一場錯誤的鬥爭，不是一個很近的距離就可以做出正確評價的。我對這點充滿信價。」

所以用大量的篇幅引述上面這些自敘和自辯，是為了較好地傳達出敘述人的頑強的姿態，那種認定了自己是受蒙蔽受欺騙的聖徒，以為自己先是受利用後來又被作為歷史替罪羊的憤懣心情。而且，這種「聖徒情結」，在這「紅衛兵的一代」之中，是普遍地存在的，是時時地有所流露的。

這位現身說法的老紅衛兵，用「水晶般的心」表述這一代人投身於「文革」狂潮時的心態，並非巧合地，作家鄭義在他的一篇創作談中也採用了近似的比喻，「冰晶」。

鄭義的《楓》，寫的是一對青年男女的時代悲劇。李黔鋼和盧丹楓是一對戀人，在動亂年月中，他們滿腔激情地投入「文攻武衛」之中，分屬於對立的兩派組織，兵戎相見，殊死相搏，在李黔鋼帶人攻克對立派死守的大樓時，盧丹楓大義凜然地縱身跳樓而亡，她寫給李黔鋼的情書卻也在這時送到李黔鋼手中。和當時的大量文藝作品一樣（《楓》發表於 1979 年 2 月 11 日《文匯報》），它的主旨是批判和聲討「四人幫」的，是揭示「文革」創傷的。作為六六屆高中畢業生的鄭義，對他筆下的男女主人公，他的同齡人，是寄予了深切的同情的。他說：「在構思故事情節及人物性格時，直覺立即把我的思緒引向戰鬥。因為正是在這血與火的陶冶下，人們的熱情、勇氣和宗教的狂熱

同時昇華為最純淨的冰晶。……我一閉眼，許多女同學在文化大革命中那種聖潔的殉道者的形象立刻浮現出來，勾起我心底陣陣辛酸。熱愛生活，忠於革命，為追求真理不惜拋頭灑血，這本是我們這一代最可寶貴的性格，但被林彪、『四人幫』導向新宗教，竟釀成一個時代的悲劇。我決心寫好丹楓，讓仇恨的火焰燒毀林彪、『四人幫』封建法西斯殿堂，戳穿他們的騙術！」〔註3〕

可以說，作家的全部憤怒和仇恨，都傾瀉在林彪、「四人幫」和極左思潮上，對於盲目、無知和狂熱的紅衛兵，則是充滿了同情、哀憫、乃至敬意的。無論如何，盧丹楓捨身以殉自己的理想的行為，是需要英雄氣概和獻身精神的，是超乎於常人之上的。

與《楓》處於同一創作思潮之中，先後問世的《傷痕》、《重逢》、《在小河那邊》等一批作品，都以其對時代創傷的勇敢而尖銳的揭露和批判引人注目，而且，不約而同地，作家在表現他們的同代人的時候，都把人物寫成了無罪的羔羊，純潔的聖徒。作品所突出地表現的，是一代人的純真和熱血如何被誤導被玷污，靈魂被戕害，生命被踐踏，信念被欺騙；作家們是以揭示十年浩劫的罪孽和沖決剛剛結束的時代殘留在意識形態和社會心理中的桎梏為著眼點。這批作品的問世，推動了思想解放運動，有助於人們從長期地反覆宣傳的「史無前例」的「無產階級文化大革命偉大勝利」的思維定式和兩個「凡是」中解放出來，為徹底否定「文化大革命」作了情感和思想上的準備。作家和他們筆下的人物，則都是充當了受害者和申訴者的角色的。痛定思痛，長歌當哭，它切中時弊，及時地滿足了被壓抑和禁錮甚久的社會情感亟需表達的迫切需要，尤其是一代青年的迫切需要；因此，它們得到廣大讀者尤其是青年讀者的普遍認可和高度評價。連同蘊含於其中的「聖徒情結」，也得到了同情、理解和贊許。這一批作品，都曾經引起過或大或小的爭論，肯定和否定的意見都很激切，但它們終於沒有被「打倒」，而是作為一個時代的文化標誌，而流傳下來。

這種「聖徒情結」，同樣地彌散在紅衛兵一代走向鄉村和邊疆即上山下鄉之後的知青生活之中。儘管生存的環境變了，面對的現實矛盾變了，但這一代人的雄心壯志未變，他們勇於獻身的激情未變，他們頑強的鬥爭意志未變。甚至在歷史掀開新的一頁，知青運動早已落幕告終的80年代中期，當他們中

〔註3〕 鄭義《談談我的習作〈楓〉》，《文匯報》1979年9月6日，轉引自閻綱、許世傑編《小說・爭鳴》第1輯，文化藝術出版社1982年版。

的一些人開始拿起筆寫作的時候，這「聖徒情結」依然縈繞在他們的心頭。

我這裡指的是老鬼和梁曉聲。老鬼因寫作自敘狀式的紀實作品《血色黃昏》引人注目，梁曉聲則是以寫知青題材小說名世的知青作家。把他們放在一起加以比較，是非常有趣的；老鬼是寫過《青春之歌》的著名作家楊沫的兒子，潛移默化中受到文學的薰陶，梁曉聲則是出生於哈爾濱的平民家庭，先是靠勤奮好學，在文學創作上嶄露頭角，後來又幸運地成爲被推薦上大學的工農兵學員，而走上文學之路；老鬼的《血色黃昏》寫的是他自己到內蒙農墾兵團，被錯定爲「現行反革命」之後的悲慘遭遇和辯誣的艱難，是作者用文學方式所寫的一份申訴辭，梁曉聲則是致力於謳歌奮戰在北大荒的一代青年的英雄業績，《今夜有暴風雪》就是在兵團解體、知青大返城的前夜爲這行將結束的歷史譜寫一曲悲壯的輓歌。這樣鮮明的差異，使我們容易在對比中見出不同，卻會忽略二者的內在的血脈相通，即二者共有的「聖徒情結」。老鬼的《血色黃昏》是反題，是以一個被冤屈被誣陷的「聖徒」竭盡全力地證明自己的獻身於革命和領袖的狂熱和清白的角色表達自己的，越是被視爲「現行反革命」，就越是要證明自己忠於革命，證明自己無罪，證明自己是「聖徒」。梁曉聲的作品則是正題，是要竭力地證明這一代人是眞正的「聖徒」，他們在嚴酷的大自然前面，在不公正的社會環境下，都是不乏理想氣息和英雄主義，都是充滿忘我的獻身精神的。

最能體現老鬼的「聖徒情結」的，大約要算作品中引錄的、絕非虛構的一份血書，一份爲自己辯誣的血書。他在被關押之中，爲了表現自己的忠誠，割破手指寫下一封一百餘字的給農墾團領導的申訴，信中表白，「來牧區後，因不注意思想改造，犯了許多嚴重錯誤，我願意接受組織上的任何處理。但是我不反黨，不反社會主義，不是反革命。」這樣的忠誠表白，在當時那種「忠不忠，看行動」的特定環境裏，是屢見不鮮的，值得考慮的是，在歷史前行了十幾年之後，老鬼卻仍然沒有能力進行自我反思，仍然延續了他的「聖徒情結」。在作品中所表現出來的，的確如敏銳的批評家所言，幾乎自始至終只有紅衛兵＋知青的情緒反應而找不到今天的反思角度。

這位批評家指出，老鬼的心態，完全是「文革文化」的產物——同時兼有野蠻、蒙昧的非理性行爲特徵及某些情感合理因素。「審判老鬼知青行爲和培養老鬼紅衛兵心態的是同一政治文化（乃至情感語言邏輯）系統，所以這種審判一旦發生必然帶來家庭氣息，而依據倫理道德原則（有時也會充滿『家

庭溫暖』），在文化心理上一定是不平等的。對老鬼及很多別的紅衛兵來說，向上述政治文化秩序的心理認同和依附是唯一的，他們既沒有上帝（超世俗的秩序），也沒有外國（不僅地理上太遠，而且精神空間裏不容納）。最絕望時，老鬼也唱：『抬頭望見北斗星，心中想念毛澤東……』他可以恨少數壞人，但面對整個精神秩序的長輩式的威嚴，他只能獻上自己委屈的淚：黨啊，母親啊，請相信我吧，你的孩子並沒有錯，你的孩子在受苦啊……」〔註4〕

梁曉聲的《今日有暴風雪》中也有這樣一個不惜用自己的生命去證明自己的清白和忠誠的兵團戰士裴曉雲。這樣一位滿腔熱忱卻又因為受「血統論」株連的年輕姑娘，第一次受到信任，被委派在暴風雪之夜持槍上崗；人們都在為返城之事奔忙，忘記了要去接替她下崗，於是，她竟然一直堅守崗位，直至凍死在那裏，心中還存滿美好的希翼，關於明天，關於生活，關於愛情……令人不禁為之心悸，為了證明自己的真誠，這一代人曾經付出了怎樣的代價！

或許，從骨子裏說，梁曉聲和老鬼都是為了這一頑強證明而寫作的，只不過，老鬼是從個人經歷落筆，梁曉聲卻具有更廣闊的視野，更自覺地為一代人立證，為一代人申辯。在一篇創作談中，梁曉聲如是說──「被捲入這場運動前後達十餘年之久的千百萬知識青年……是極其熱忱的一代，真誠的一代，富有犧牲精神、開創精神和責任感的一代。」「我寫《這是一片神奇的土地》、《白樺林作證》、《今夜有暴風雪》，正是為了歌頌一代知青。歌頌一場『荒謬運動』中一批值得讚頌和謳歌的知青。」〔註5〕

於是，梁曉聲便不得不謹慎地避而不談地繞過這「荒謬運動」的大背景，而把他的目光執著於對一代熱血青年的精神狀態的肯定上，從精神上回顧那一片黑土地。

擺脫生活的原始形態，迴避歷史的荒謬本性，而著意於從精神上肯定和張揚自己的同代人，具有特定的時代前提。如一位批評家所指出，十年內亂結束以後，大批幹部回到領導崗位，被污蔑為「臭老九」的知識分子開始受到社會的關注與重視，錯劃右派問題得到改正，歷史上的冤假錯案得以平反，一大批人通過不同的補償形式重新調整了他們在生活中的位置。而「文革」中上山下鄉的知識青年，當他們從昔日的狂熱中清醒過來，千方百計奔回城

〔註4〕 徐子東《對「文革」的兩種抗議姿態》，轉引自《「文化大革命」中的名人之思》，中央民族學院出版社1993年8月版。
〔註5〕 梁曉聲《我加了一塊磚》，《中篇小說選刊》1984年第2期。

市的時候，他們發現，他們似乎是被生活遺棄的人。或升學，或就業，而立之年一切都必須重新開始。在無法抗拒的歷史面前，他們一方面爲命運的不公平而感到憤懣，另一方面又必須建立自信的勇氣去迎接命運的挑戰。出於這樣的背景，梁曉聲的知青小說是爲肯定這一代人自身價值而奏出的一串強烈的音符。〔註6〕

對同代人之命運的關切，對時代大變局中給同代人造成的失落和迷惘，化作梁曉聲的創作激情。當狂風暴雨驟然襲來，固然會對每一株林木都造成損害，但是，受害最深的，最缺乏抵抗力的，是那些出土不久的幼苗；它們最嬌嫩，最脆弱，最需要照料和愛護，卻又被狂風逆流連根拔起，捲入時代狂潮之中，浮浮沉沉，還自以爲是弄潮兒，待到風浪平息，它們卻發現，自己需要重新尋找立足之地。相比之下，那些被摧折了枝幹、被扭曲了身姿的大樹和老樹，還是要幸運許多。這就是這一代人在惡夢結束之後面對的無情現實。涸轍之魚，相濡以沫，相噓以濕，正是這種道義感使梁曉聲變得莊嚴，在眾多的知青作家中也顯得佼然不群。

青春無悔和生命血性

時至 90 年代初期，這種「青春無悔」、自我確證的情緒，依然是支配著這一代人的。梁曉聲自己因爲被推薦上大學，在這一代人之中較早地選擇好了新的立足點，使他有可能得以重新回味那剛剛過去的歲月，尋找青春的證明——與他同時湧現出的知青作家，大抵也都是此類情形，大都是先後跨入大學校門的，是這一代人中的捷足先登者。時至今日，作爲整體的一代人，經由 10 餘年的努力和進取，也都在各自的崗位上站穩了腳，適應了新的生存環境。於是，埋藏在心底的青春記憶，便又一次悄然升起，而且參與者甚眾，聲勢更爲浩大。知青生活回顧展，先後由北京知青和廣州知青舉辦，參觀者甚眾；《草原啓示錄》、《北大荒風雲錄》等一批由多人撰寫的知青生活回憶錄取代了 80 年代由作家創作的知青文學；四川文藝出版社氣派不凡地推出《知青歲月書系》4 冊，分別爲《青春無悔——雲南支邊生活紀實》，《知青檔案——知識青年上山下鄉紀實》，《知青小說——蹉跎歲月詠歎調》，《春華秋實——今日知青奮鬥篇》，頗爲壯觀；近一些時候，北京又出現了「老插酒家」、

〔註6〕 董之林《走出歷史的霧靄》第 79～80 頁，陝西人民教育出版社 1991 年 6 月版。

「北大荒酒家」，把一代人的懷舊情緒和自我確證進一步形式化實物化了。

《金牧場》是張承志的重要作品，也是我所說的「聖徒情結」和青春無悔的心態之最突出的文字標本。張承志寫作他的迄今為止唯一一部長篇小說的時候，他是把它作為青春的告別禮的；因此，他才濃墨重彩、酣暢淋漓地抒寫青春的追求、青春的躁動、青春的迷惘和青春的悲壯，唯有惜別之日，方覺倍加可貴。如作者所言，這部作品中最激動人心的，是殘缺懵懂的青春夙願，是作品的敘述者與主人公相疊合在一起的孜孜不倦、經磨歷劫的 20 年的追求和奮鬥。「我」充滿理想主義的激情踏上人生的長旅，去尋找心靈的聖地，尋找那輝耀在心頭卻又是難以企及其實在的黃金牧地。他曾經因為「六衝公安部」〔註7〕被關起來，卻依然默頌伏契克《絞刑架下的報告》，「從門到牆是七步，從牆到門也是七步」，心中滿是自豪和激動；他曾經和同伴們組成紅衛兵長征隊，打著「中國工農紅軍三軍後衛團」的旗子徒步踏上當年紅軍走過的長征路；他曾經在內蒙古草原插隊，度過了艱辛而豪壯的歲月，但他卻只有溫馨的回憶而沒有哀婉的哀歎，因為他有著蒙族額吉的慈母之愛；後來被推薦上大學，踏上學術生涯，他在西亞大陸和東瀛日本都在苦苦追求他心目中朦朧而又真切的理想，一個能令他為之獻身的理想……而且，為了印證這樣一種追求是一代青年的天賦，《金牧場》採用了一種特別的結構方式，把 60～70 年代之交全世界的青年造反風暴，日本的「全共鬥」〔註8〕，美國青年的反戰運動，都交織在一起，以表明青春之反叛性的必然；而且，作品還進一步拓展視野，通過主人公所從事的歷史學研究，把古代典籍中以死亡為代價去尋找黃金牧地的傳說，中國西北部回民的朝聖和聖戰，日本真弓教授的家族不甘屈辱而追求崇高的史蹟，去論證作品所傳達的生命讚歌，「是的，生命就是希望。我崇拜的只有生命。真正高尚的生命簡直是一個秘密。它飄蕩無定，自由自在，它使人類中總有一支血脈不甘於失敗，九死不悔地追尋著自己的金牧場。」

我之所以注重《金牧場》，便是因為，它對於紅衛兵運動的某些片斷的然而又是非常寶貴的描寫，在歷史和文學中都填補了某種空缺。如一位關注紅衛兵運動的作家所言，「文革過去了僅僅 20 年，一個曾經震撼過神州大地的

〔註7〕 「六衝公安部」是北京的老紅衛兵即所謂「聯動」組織的活動，遭到鎮壓和拘捕。參見《紅衛兵秘錄》中的有關記述。
〔註8〕 即「全日本學生共同鬥爭委員會」，是激進學生的鬥爭組織。

紅衛兵歷史就變得這麼撲朔迷離，這種情況至少說明一個問題：最初那一批自稱為紅衛兵的人，人數可能很少，這些人和後來捲入『文化大革命』的絕大多數並不相干，而且這些人因為某種原因，再不願講述自己的歷史」〔註9〕。在《金牧場》中，張承志不僅是出於為青春辯護的渴望而講述這一歷史，還特意把它放在一個廓大的時間空間中去加以思考；而且，張承志自己就是全國第一個紅衛兵組織清華附中紅衛兵的創始人之一〔註10〕。而且，紅衛兵一詞，就是由他首創的，他對於歷史的思考，自然就格外值得重視。

然而，這種用青春和血性、用心靈和生命為一代人辯護的激情，雖然大氣磅礴，時空宏闊，卻不能不用情感和信仰掩蓋了理性，掩蓋了我們回顧十年內亂時必不可缺的自省和自我批判。青春無悔、生命作證的宣言令我們感奮，令我們沉迷，令我們感到心靈的激蕩，然而，毫無保留的青春詠贊，連同青春的錯誤，青春的殘缺，果真像張承志宣稱的那樣，充滿永生難忘的美好而沒有摻雜其他嗎？更進一步地，從梁曉聲、老鬼到張承志所張揚的「聖徒情結」，果真那麼聖潔而不容質疑嗎？

正如一位評論家在討論這一批作品的時候所指出的，也許對青年人來說，崇高是特別能鼓舞人奮發昂揚的字眼。但他們對崇高的追求，往往掩飾著青春期的衝動與不成熟所導致的敏感與盲目。因為他們還未及認識社會生活的真實面目及其複雜性，以為真正的生活應該充滿崇高精神與理想的詩意，因而也很容易鄙薄世事至超凡脫俗的程度。〔註11〕進而言之，在一個特定的歷史條件下，在充滿荒誕和迷狂、盲目和衝動的時代氛圍之中，充滿激情而又小心翼翼地反覆證明自己的聖潔和純粹，為一代人的曾經有過的動蕩歲月頑強辯護，這樣一種心態，是否也顯示著一種扭曲和畸變，顯示著青春的延滯和思想成熟的時代遠遠沒有到來呢？

認識自己即是認識世界

對於這種「聖徒情結」進行必要的批判，是我在時代風雲與心靈歷程的並進中開始意識到的。作為至今仍然被視作青年作家、青年知識分子的人們，在歷史的進程中是要擔當承前啟後的使命的，他們的精神面貌，將會影響乃

〔註9〕　何為《紅衛兵運動興衰之謎》，《紅衛兵秘錄》第333～334頁。
〔註10〕　秦曉鷹《紅衛兵之旗》，同上書，第8頁。
〔註11〕　董之林《走出歷史的霧靄》第114頁。

至決定世紀之交的中國的；此其一。徹底否定「無產階級文化大革命」的重
要性，經由 80 年代的末期所出現的政治風波和 90 年代初期的全民「下海」、
全民經商而被有識之士稱之為「經濟大革命」的狂潮，更加顯示出來；但是，
今天對「文革」的否定，還遠遠談不上什麼徹底不徹底，它的主要原因，不
是在於來自某些行政權威或者「左」傾思潮的阻力，而是在於整個民族的和
知識分子的精神缺憾所致；此其二。我這裡所言的徹底不徹底，又不是一個
玄不可測的無法把握其衡量尺度的模糊觀念，而是盡可能地建立一個參照
系，通過對當代世界精神文化的某些特徵的領悟和感知，尤其是希望在這紅
衛兵一代中的某些清醒者中間聽到清醒地反思的聲音；因為這二者的存在，
給我們提供了一種可能性，即我們的思維有可能企及的思想高度，而躍向思
想的制高點。而且，後者的聲音，因為和我們有過共同的經歷和共同的思想
文化背景，他們的醒覺，也就更切近於我們自己，使人們無法昏睡，無法迴
避，無法繼續沉醉於「青春無悔」和「聖徒情結」之中，而喚起理性的力量，
智慧的沉思。

　　然而，這簡直是近乎奢望。無論是紅衛兵運動還是知識青年上山下鄉，
都沒有得到認真的總結。我在前面曾經歷舉近年來大量出現的知青回憶錄，
然而，迄今為止，它們還只是原始材料的收集，真正地具有翔實的統計資料
和理智的全面分析的知青運動概論尚未出現。《草原啟示錄・序》中有這樣的
話語，「歷史已經作出結論：『文化大革命』不是也不可能是任何意義上的革
命或社會進步。對於發生在那樣一個大背景下的知識青年上山下鄉運動應當
如何評說，並不是本書所要承擔的任務。數百位作者向您提供的只是他們在
那個時期的社會生活、文化心態中親身經歷的片段，其中許多係有價值的第
一手資料。」然而，總結和評說知青運動的重任誰來承擔，目前尚是疑問。
有了第一手資料，並不等於必然導引出總結和評說。一方面，許多人像張承
志一樣，抱有對於未來的樂觀主義，希望歷史可以證明這一代人的價值；另
一方面，在傾訴過知青生涯在心靈中的鬱積之後，願意做進一步思索的人似
乎難以找到，人們的傾訴，只是為了卸下情感的負累，卻不願意、也無能力
去總結它概括它。因此，所謂對於未來的樂觀主義，又變成一種盲目的自慰，
變成逃避自己的使命的遁辭。

　　至於紅衛兵運動，由於各種原因，更是在原始資料的累積和思想情感的
清算上付之闕如。一冊《紅衛兵秘錄》，紅衛兵回憶當年歷史的篇什，印證的

是張承志《金牧場》中那樣的自我證明。

　　……雖然在那個迷茫的歲月我們都沒有駛達彼岸，而遇見了森
然的冰山，但我們畢竟奔馳過，畢竟贏得了奔馳時兩側變幻的風光
景色。

　　……我總是小心翼翼地，謹慎地守護著那塊堵著洞口的巨石。
20多年過去了，壓在那塊石塊下面的東西，無論在我的潛意識裏，
或在我的行動裏，都成爲了一個「聖壇」。這聖壇裏祭著的，是我的
青春和熱血！〔註12〕

這兩段話，分別引自兩個紅衛兵的自述，前者是清華附中紅衛兵創始人之一
的卜大華，後者是北京戲劇專科學校紅衛兵創始人之一的徐丫丫；前者的歷
經滄桑的洞達，後者的被嘲弄被毀滅的悲愴，可以說代表了這一代人之情感
的兩極。《紅衛兵秘錄》中的另一部分文字，印紅標的《紅衛兵狂飆：全景大
素描》、《老紅衛兵與造反派：紅衛兵運動兩大潮流》、何爲的《紅衛兵運動興
衰之謎》和張占斌的《共和國第三代人：沉浮反思錄》，都是力求宏觀地描述
紅衛兵運動由萌芽到鼎盛再到衰落的過程，並對此進行客觀、冷靜的評述，
在對紅衛兵運動的總結和反思上，作了積極的開創性的工作。但是，要在簡
短的篇幅之中容納豐富的歷史內容，已經顯得遠遠地不相襯，在總結歷史的
經驗教訓上，它就更多地停留於對紅衛兵運動作初步概括的階段，著重於一
些現象的描述和概括上，無法切入更深刻的命題，也難以達到應有的思想高
度。

　　正是在這一意義上，陳凱歌發表的文字和言論引起了我的關注。他先是
發表了他的文學自傳《我們都經歷過的日子——少年凱歌》〔註13〕，後來在
一篇訪談錄中又進一步地闡發了他在文學自傳中表述過的對於十年浩劫的思
考〔註14〕。這位因拍攝《孩子王》、《邊走邊唱》、和《霸王別姬》而引人注目
的第五代導演的傑出代表，「文革」初起之時，正在北京男四中讀書，這所因
教學質量甚高而享有盛譽的學校，與清華附中、北大附中一樣，一方面是選
拔了一批學習尖子，另一方面是集中了一批幹部子女（當然，二者也存在重
合現象），在紅衛兵運動中也曾相當活躍。這給陳凱歌的觀察與思考提供了有

〔註12〕　《紅衛兵秘錄》第29頁、第31頁。
〔註13〕　《我們都經歷過的日子——少年凱歌》載於《中國作家》1993年第5期。
〔註14〕　羅雪瑩《陳凱歌出語驚人》，《生活潮》1993年第6期。

利條件；但更重要的卻是他的銳利目光和深刻自省，他毋庸置疑地把這一為許多人有意或無意地迴避的問題置於人們面前，厲聲宣稱：

> 每次社會的政治的災難過後，總是有太多跪著的人站起來說：「我控訴！」太少的人跪下來說：「我懺悔！」而當災難重來時，總是有太多的人跪下去說：「我懺悔！」而太少的人站起來說：「我控訴！」問到個人責任，人們總是談到政治的壓力、盲目的信仰、集體的決定等等。打開地獄，找到的只是受難的群佛。那麼，災難是從哪裏來的呢？我覺得面對民族出現的任何重大災難，我們每個人都應捫心自問：我扮演了什麼樣的角色？都應當有勇氣站出來承擔自己的一份責任。如果都去指責別人的過錯，標榜自己的無辜，這個國家和民族就不會有希望。
>
> 我所經歷的「文革」動蕩歲月，給了我許多寶貴的東西。其中最重要的是幫助我認識了自己，認識自己即是認識世界。〔註15〕

嚴格地說，陳凱歌並非發出這種追究個人的、自我的歷史責任的呼籲之第一人，他的可貴在於，在紅衛兵──知青這一代人中，他是率先發出這一吶喊的──我期待這種吶喊已經很久。作為同代人，我不能不格外地關注這一代人的命運和心靈，在那樣一種普遍的混沌狀態之中，我想，總是應該有能夠正視自己從而也能夠正視歷史的覺悟者的，並從而能夠改善這一代人的精神的某些方面。陳凱歌說得對，認識自己，即是認識世界，如果沒有更新自我的能力和勇氣，是根本談不上正確地認識世界和改造世界的。

那些充滿「聖徒情結」的人們的迷誤正在這裡，他們或是表白自己的動機之純潔，或是申訴幼稚單純的自己如何先是被利用後來又被拋棄而遭受磨難，申訴自己受到的不公正對待。在個人對時代應負的責任上，卻所思甚少，所見甚少，青春的迷失，幼稚的輕信，使他們把自己輕而易舉地從歷史的十字架上解脫下來。他們只是願意控訴歷史和證明自己，而忘記了自己對歷史的那一份責任。

是的，在前面論述過的作家作品中，不是沒有寫到一代青年人的惶惑和自省，但是，這種惶惑和自省，又往往輕易地從他們筆下溜走。他們的寫作激情，是在於為自己這一代人申辯，申訴他們的純真和熱情、青春和生命如

〔註15〕羅雪瑩《陳凱歌出語驚人》，《生活潮》1993 年第 6 期。

何在動亂歲月中被扭曲又如何被頑強地保留在他們心靈的淨土上。

《血色黃昏》中的主人公，曾經敘述自己的造反經歷，給母親楊沫貼大字報，押著當時的團中央書記胡耀邦進入批鬥場地，在草原上抓「階級鬥爭」毆打「反動牧主」，但是，這些暴行尚未得到必要的清算，老鬼自己便也成了受害者，被打入「地獄」，被監督勞改數年之久，他所承受的苦難足以數倍數十倍地抵付他的過錯，他作為一個受害人的形象也沖銷了他先前的狂熱和殘暴。

梁曉聲的《今夜有暴風雪》，有過「小鐮刀戰勝機械化」的場景，使人看到，大批知識青年的汗水在廉價地流淌，愚昧和迷狂使這一代人的獻身熱情蒙上了陰影。但是，梁曉聲的注意力顯然不在如實地描繪知青生活上，而是要從精神上張揚知青的忘我的激情、奮進的意志和英雄主義氣概，而忽略了其他。

《金牧場》的主人公，在總結自己的人生歷程時，說自己是罪人，「歷史的一切罪惡也都潛伏在我的肉體上。而且，而且我還──別以為我溫和善良我是嗜血的！」他甚至還回顧了自己幾次動手打人的往事。但他所言的罪惡卻不是指這種殘忍的打人，而是話鋒一轉，朗聲宣告，「我的血裏深深藏著一種罪，它會害我的親人尤其是害我的女人我總把我的女人當成解罪的藍草」；而這樣的充滿男權主義和自我欣賞的話正是面對一位傾心於他的日本女子夏目真弓時所言，無怪乎後者再一次驚歎：太美了。主啊⋯⋯

這是領罪還是自炫？

也許，把距離拉得大一些，把參照系設定得遠一些，我們才能看清這種青春無悔和「聖徒情結」中的冥頑不化；由於這二者的存在，人們無法正確評價自己，因而也就無法正確評價和總結歷史。他山之石，可以攻玉，讓我們聽聽來自中部歐洲的、一個同樣經歷過革命的狂熱和青春的狂熱的智慧長者的回顧和沉思。

人生都有過青春時代，一個充滿憧憬和浪漫的抒情時代，因此，古往今來多少文學藝術作品都在不絕如縷地詠贊青春，哪怕是十年浩劫中的動盪青春，都在被一代人執拗地證明和謳歌著。米蘭・昆德拉（1929～）的青年時代也是在伴隨著斯大林主義陰影的共產主義運動如火如荼的 50 年代度過的，和那一代人一樣，他也曾投身革命，在廣場上跳集體舞，加入捷克斯洛伐克共產黨，狂熱地追求革命。而且，回首往事的時候，他仍然沒有否定那個時

代的社會心態，「值得強調的是，這一時代充滿了眞正的革命心理，它們的信徒懷著巨大的同情以及對一個嶄新時代的末世學信仰體驗了它們」。〔註16〕在他的另一篇文字中，他又再一次強調，這一時代的革命浪潮是對 1848 年歐洲革命的模仿和回應。然而，對於自己這一代青年，他並沒有像我們用「青春無悔」等詞語爲紅衛兵一代作開脫一樣，而是冷峻而犀利地對同代人的青春狂熱做了毫不留情的剖析和批判。《玩笑》中的主人公盧德維克，在回顧自己的青春迷失時說，「一陣憤怒的波濤吞沒了我：我爲自己和我在那個時代的年紀氣憤，那個愚蠢的抒情的年紀」。他因爲開了一個不合時宜的玩笑而被大學開除學籍，在勞改營中消磨了他的青春年華，然而，他並不是作家所詠贊的九死不悔的堅貞志士，他不僅僅是被同情被哀憫的受迫害者；他要用性報復的手段羞辱他的迫害者，但他採用的方式與迫害者是相同的，他用玩笑摧毀了海倫娜的眞誠，向無辜者發泄了惡意。正如昆德拉所言，「假如一個人被迫在個人生活中處於微不足道的地位，他能避開歷史的舞臺嗎？不能。我一直相信，歷史的悖論與個人生活具有相同的基本特性：海倫娜陷入了盧德維克爲她設的圈套；盧德維克和其餘的人又陷入了歷史爲他們設的玩笑的圈套：受到烏托邦聲音的迷惑，他們拼命擠進天堂的大門，但當大門在身後砰然關上之時，他們卻發現自己是在地獄裏」〔註 17〕。請注意作品中的敘述順序，路德維克受辱弄受迫害在前，但是，當他歷盡磨難重新歸來的時候，他卻充滿惡意地幾乎摧毀了海倫娜的生活；受難者是沒有資格享有靈光圈的。《生活在別處》則是將青春、革命和愛情做三位一體的思考。作品的主人公雅羅米爾，從本原上和我們的紅衛兵一代並無二致，「我必須死嗎？那就讓我死於烈火吧。」這是他充滿青春憧憬的浪漫詩句。他滿腔熱情地投入新的鬥爭生活之中，參加集會，參加五一節遊行，辯論，呼口號，他還在投身生活的同時愛上一個紅頭髮姑娘，體驗青春的激情。正如論者指出的那樣，對青年人來說，沒有夢想的生活是可怕的，青年人拒絕平庸實在的生活，而總是嚮往著動蕩的歲月，火熱的鬥爭，這就是青春、愛情和革命之所以激蕩著一代代年輕的心靈的原因。顯然，三者的共同處在於，它們都富於詩意和崇高感。然而，這種崇高感並非必然地值得肯定（如同我們在梁曉聲、張承志等人的作品中所看到的那樣）。「如果說我們爲了超越自身的生存狀況必須具有對崇高

〔註16〕米拉・昆德拉《生活在別處・序言》，景凱旋等譯，作家出版社 1991 年版。
〔註17〕米蘭・昆德拉《玩笑・自序》，景凱旋譯，作家出版社 1991 年 2 月版。

的感受的話，那麼我們就還應當記住，崇高往往也會導致絕對和專制。這是一個存在的悖論，心靈中沒有崇高的東西，人會顯得卑微渺小，感到自己無所歸依，所以千百年來人們總是以追求崇高爲榮。然而悲劇也就在這裡，反抗與專制，崇高與殘酷，這是一個事物的兩極，它們往往同時存在於一個人或一個事物身上。」雅羅米爾一心追求崇高，「結果時代給了他一個表演殘忍而不是表演崇高的機會，最終導致了情人的毀滅，也導致了自己的毀滅。他的死不禁使我們聯想到當年的紅衛兵的命運」〔註18〕。

這樣，我們對於「青春無悔」，對於「聖徒情結」，對於紅衛兵一代對自己在動亂年月中的經歷的反思，便因此而受到新的啓示，獲得了新的視點——青春的憧憬，青春的狂熱，青春的激情，崇高的理想，爲紅衛兵一代所反覆申辯、頑強證明的東西，並不僅僅是自我相關和自我證明的；它既需要理性的制約，又要在社會實踐中去檢驗，才能知道它所召喚出來的是天使還是惡魔，是美女還是野獸。「那些巨大的激烈情感，如果沒有理智的控制而任其爲自己盲目、輕率的衝動所操縱，那就會像一隻沒有了壓艙石而漂流不定的船那樣陷入危險。它們每每需要鞭子和韁繩。」這是朗吉努斯《論崇高》中早已論述過的，遠有朗吉努斯，近有米蘭・昆德拉，對陷入迷狂和放縱的「崇高誤」提出質疑和批判，我們自認是生活在一個社會和文化都全方位地開放的時代裏，爲什麼對這樣的警策視而不見，反而陷入青春的自戀之中，久久不能解脫，久久地不能對自己的心靈和動亂的時代做一番深刻的清算呢？

〔註18〕景凱旋爲《生活在別處》中譯本寫的《譯後記》。《生活在別處》，作家出版社1991年5月版。

第四章　流放者歸來

擁有這種「聖徒情結」和「青春無悔」、「青春作證」的心態的，嚴格地說，並不僅僅是紅衛兵一代所獨有；任何一種普泛性的社會思潮，不僅有其斷代性的特點，它還是一種繼承和延續，是有著頗為廣泛的社會心理基礎的。

從 50 年代成長起來的一代人，尤其是 50 年代的青年作家，那些被打作「右派」、住過監獄、受過放逐的一群作家身上，我們也同樣地看到了這種頑強地證明自己的忠誠和堅貞的動人的卻又是發人深思的心態。當苦難終於結束，壓在頭上的五行山被掀掉之後，他們所展露的，仍然是清純依然的、從 50 年代延續下來的青春心態。而且，苦難的生活，對於他們來說格外漫長，他們是經歷了從 50 年代中期的大規模反右鬥爭到十年浩劫這雙重災難的，從煉獄裏歸來，他們的身上的累累傷痕，成為聖潔的受尊敬的標誌，他們的血淚，凝縮成璀璨的晶體，正所謂「蚌病結珠」；然而，在抵抗時代的風刀霜劍侵襲的同時，為了抗爭，為了救贖，為了生存，他們的精神狀態也不能不產生畸形——正是這後者，在相當長的一個時期裏，沒有被人們察覺，也沒有被受難者自省；心靈的蛻變期，或者是久久沒有完成，或者是又轉向新的偏畸。

貝殼與鮮花

70 年代末期，一大批流放者重返文壇。昔日曾經被視為「非我族類」而驅逐出人民的行列和文學的園地的孽子，用他們長達 20 年的九死不悔、癡情不變，用他們對祖國對人民的苦戀，證明了他們是人民之子，革命之子。這種鬱積甚久而無法表白、滿腔忠貞又無處可訴、無人願聽的情緒，這種頑強

地證明自己、用各種苦行和自責乃至不惜粉身碎骨以證明自己的心態，終於
得以表達，終於可以一吐爲快。

> 我追求，我尋覓，
>
> 我挖出當年那顆珍藏進泥土的淚滴。
>
> 時間已把它變成琥珀，
>
> 琥珀裏還閃動著溫暖的記憶。
>
> 愛，本身就是種子，
>
> 生命，怎會死去？
>
> 我還是說，我愛。
>
> 今天的愛，
>
> 正是昨天愛的繼續。

這是趙愷的《我愛》。儘管淒風苦雨飽歷艱辛，但是詩人的摯愛之情依然，他
愛生活，愛音樂，「愛上了公共汽車月票」，「愛上了報紙」，他甚至宣稱「愛」
上愛的仇敵：誣告和陷害，阿諛和嫉妒，枕在金錢上的愛情，浸在酒杯裏的
權力，「感謝你們，／並且惶恐地脫帽敬禮：／多虧醜惡的存在，／愛，才是
一個有血有肉的立體」〔註1〕。這裡所說的「『愛』上了愛的仇敵」，顯然是一
種反語，但對於一個經歷了苦難而證明了自己的高潔的詩人來說，他的確以
爲，是因爲在苦難和醜惡的磨礪和對比中，自己的眷眷之情才得以賦形，得
以檢驗。

　　另一位詩人梁南，也沉浸於這種經由煉獄而復歸淨土的欣悅，一而再，
再而三地表訴自己的苦戀，袒露自己的堅貞，他用遭受驚濤駭浪的襲擊而不
改變對海水忠實愛情的貝殼，用泥土乾涸得沒有一絲水分而即使枯萎了也眷
戀大地的枯樹，用狂熱地渴求著被投入爐膛焚身以去除渣滓昇華精蘊的鐵礦
石，去表述自己的心靈歷程〔註2〕。回顧既往，他既不痛悔，也不怨恨；

> 誘惑人的黎明，
>
> 以玫瑰色的手
>
> 向草地趕來剽悍的馬群。

〔註1〕　趙愷《我愛》，《1979～1980 詩選》，詩刊社編，四川人民出版社 1982 年 10
　　　　月版。

〔註2〕　梁南詩作《貝殼・樹・我》，《鐵的礦石》。梁南著《野百合》，江蘇人民出版
　　　　社 1981 年 1 月版。

> 草葉看到了自己的死亡，
>
> 親昵地仍伸向馬的嘴唇。
>
> 馬群踏倒鮮花，
>
> 鮮花，
>
> 依舊抱住馬蹄狂吻；
>
> 就像我被拋棄，
>
> 卻始終愛著拋棄我的人。

這首詩的詩題叫作《我不怨恨》。草葉和鮮花，本來是有自己的生存權利和生存價值的，但這種價值，卻又陰差陽錯地要用毀滅來證明，用毀滅之際的心甘情願被毀滅來證明，這使人們在讚歎草葉和鮮花的忘我獻身之際，也感歎造物的殘忍。梁南自己也感到了這一組意象的內在矛盾，因而在描述馬蹄抱著鮮花狂吻之後，繼之以這樣的詩句，「呵，愛情太純潔時產生了堅貞。／不知道：堅貞，／可能變為愚昧的天真；／我死死追著我愛的人，／哪管脊背上鮮血滴出響聲⋯⋯」在這裡，「愚昧的天真」一語是值得玩味的，詩人在展示自己的心境時，是以此自許而不是自省的。因為歌唱聖潔而迷戀苦難，因為讚頌堅貞而誤及愚昧，在理智上也許有所覺察，在情感上卻無法得到解脫；雖然歷史的夢魘已經結束，但心靈的傷痕上依然在滴血，受難者用這血色殷紅證明自己的真情不渝，但卻沒有顧及對這血滴進行取樣和化驗。

　　這種「我不怨恨」的情態，在小說家筆下，得到更加酣暢淋漓的表達：

> 　　這20多年間，不論他看到和經歷到多少令人心痛、令人惶惑的事情，不論有多少偶像失去了頭上的光環，不論有多少確實是十分值得寶貴的東西被嘲弄和被踐踏，不論有多少天真而美麗的幻夢像肥皂泡一樣地破滅，也不論他個人怎樣被懷疑、被委屈、被侮辱，但他一想起這次黨員大會，一想起從1947年到1957年這10年的黨內生活的經驗，他就感到無比的充實和驕傲，感到自己有不可動搖的信念。⋯⋯他寧願付出一生被委屈、一生坎坷、一生被誤解的代價，即使他戴著各種醜惡的帽子死去，即使他被17歲的可愛的革命小將用皮帶和鏈條抽死，即使他死在自己的同志以黨的名義射出來的子彈下，他的內心裏仍然充滿了光明，他不懊悔，不傷感，也毫無個人的怨恨，更不會看破紅塵。

王蒙寫在中篇小說《布禮》中的這段話，是可以給趙愷和梁南的詩句做恰當

的詮釋的。作品中的主人公鍾亦成，正是懷著這樣的信念，度過了 20 年的艱難時世，當他重新被革命所接受的時候，他激情燃熾青春依然，連他所採用的語言，都是 50 年代所流行的詞語，布禮，布爾什維克的敬禮。當鍾亦成身背「右派」罪名，被放逐到荒遠山區的時候，他想的是，就算過去的 26 年全錯了，白活了，全是罪過，今後他還有幾十年的時間去洗雪恥辱，重新生活，重新革命，直到感到莫非他「多年來所尋找、所期待、所要求的正是黨給他安排的這樣一個寬廣的天地」，於是，命運強加給他的一切，都變成他多年尋找、不期而遇的夢想。這不也同樣是那種「愚昧的天真」嗎？

這種「愚昧的天真」不但沒有引起作家的反省，反而被他們當做滴血的花朵，證明他們的堅貞，證明他們的榮光。《布禮》中的淩雪，鍾亦成的未婚妻，比鍾亦成更為成熟更為理智，她聲稱，「一個共產黨員，不僅要有火一樣的熱情，還要有冰一樣的頭腦」；在鍾亦成遭受厄運又痛切地懺悔自己的「個人主義」罪行的時候，她不只是毅然與他舉行婚禮，忠於自己的愛情，還堅信他是被弄錯了，事情還會回到正常的軌道。但她同時又提出了著名的「母親打孩子」的理論：

> ……也許，這只是一場誤會，一場暫時的怒氣。黨是我們的親母親，但是親娘也會打孩子，但孩子從來也不記恨母親。打完了，氣會消的，會摟上孩子哭一場的。也許這只是一種特殊的教育方式，為了引起你的警惕，引起你的重視，給你一個大震動，然後你會更好地改造自己……

「愚昧的天真」和「母親打孩子」互為表裏，表露出這一群作家的童稚心態，原來，儘管他們已經飽經滄桑，但他們的心靈卻依然幼小，歷史得到溫情脈脈、皆大歡喜的詮釋，一場誤會煙散雲消，20 年的苦難，不過是證明了「孩子」的戀母情結。然而，正如一位論者指出的那樣，它雖然充滿善意和寬慰，卻無助於人們正確地反思歷史，確定每個人對歷史應負的責任，也無助於人們意識到自己向惡抗爭的權利。這是用宗法制度，用肯定血親關係中的父母一輩對兒女一輩的支配權，來代替革命政黨的內部關係。受盡磨難的當代作家，沉浸在二度解放的欣悅之中，卻無意地認可了這種變形的封建宗法觀念。比之於「五四」時代，那些肩負起黑暗閘門的思想先驅，從魯迅、李大釗到陳獨秀、吳虞，都以現代的民主意識，反覆批判積澱在宗法制度中的專橫性和野蠻性，堅決反對父母對兒女的封建性的支配權。二者相較，在思想形態

上的回流現象多麼發人深省〔註3〕！

把這種「愚昧的天真」發揮至極致，把性格的扭曲變形發揮至極致的，是從維熙和張賢亮的小說創作。歷史的殘酷性又一次在他們身上得到印證，比起王蒙和梁南，從維熙和張賢亮都曾經被強迫進行「勞改」和「勞教」，長期沉淪於社會生活的最底層，坐過牢獄。於是，他們的這種自我證明，便成倍地艱難，在監獄之中，他們同時要向監管人員和同被關押的人們證明，他們雖然屈居於罪犯之中，但他們既不同於那些殺人盜竊強姦的刑事犯和社會渣滓，又不同於真正的反動分子，而是獨特的一族，是被黨和人民誤解或者罰非所罪的一族，是戴著荊冠、穿著囚衣的聖徒；他們承受了最嚴厲的處罰，卻也反激出他們最強烈的願望，或是用最大的努力證明自己的無辜，或是用最虔誠的懺悔去消弭自己的過失，乃至在自己身上去尋找罪行，進行原罪。

從維熙屬於前者，張賢亮屬於後者。

從維熙的成名作《大牆下的紅玉蘭》，從創作意圖來講，是要表現一場特殊的鬥爭，1976 年清明時節在監獄的大牆裏面為了表達悼念周恩來總理之情而引發的一場流血事件。被關進監獄的「走資派」葛翔，與「造反派戰士」鬥爭，與同關一獄的當年的還鄉團、「紅眼隊」成員鬥爭，與那些確有罪行的流氓集團分子鬥爭，維護著自己的人格尊嚴。為了能夠做一個悼念周恩來總理的花圈，他冒險攀上監獄的圍牆去摘玉蘭花而中彈身亡。他以自己的生命為代價證明自己的虔誠。這部作品曾經感動了眾多讀者，並獲得 1977～1980 年全國優秀中篇小說獎。但是，它的缺憾不只是由於在思想理念上，它有著將「文化大革命」演繹為毛澤東所表述的是「共產黨與國民黨的長期鬥爭之繼續」的痕跡，還在於葛翔那種證明自己的方式中透露出來的愚忠心態：當年，在還鄉團突然襲來的危急關頭，他本來已經是撤出村外，又為了怕掛在鄉村舞臺上的一張毛澤東像落在敵人手裏，去而復返，雖然經受了敵人的嚴刑拷打，卻保護了那張領袖像；如今，在登上梯子採摘玉蘭花之前，他分明發現了預設的陷阱和殺身的危險，但他念念不忘的是自我的證明。「這一瞬間，葛翔不知道為什麼思緒飛得十分遙遠。他記起馬玉麟領著還鄉團殺回馬家寨那一天晚上，他在子彈的呼嘯中爬上梯子，去摘舞臺上那張毛主席的相片，那是用生命去保衛毛主席的崇高形象。在這個歷史上特殊的歲月，他為保衛黨的純潔而做了沒罪的勞改犯人；眼下，他要做的，正是過去鬥爭的繼

〔註3〕 曾鎮南《王蒙論》第 52 頁，中國社會科學出版社 1987 年 11 月版。

續——對敬愛的周總理獻上一顆老共產黨員的紅心！」實在地說，這種鬥爭方式中，摻入了十年浩劫中惡性膨脹的個人崇拜和現代迷信的因素，向領袖獻忠心以證明自己，以虔誠得無可懷疑的動機取代理性思索和判斷，正如同梁曉聲和張承志以知識青年的獻身精神掩蓋了對知青運動的理性思索一樣。

葛翔這種不惜以生命證明自己的純潔的心理趨向，在從維熙的另一部作品《雪落黃河靜無聲》中得到進一步的張揚。作品的主人公范漢儒，從名到實都是被塑造爲民族精神和傳統道德的擔當者的。他雖然置身於勞改農場，又處於極端的飢餓年代之中，人瘦如「木乃伊」，卻依然清白磊落，身處養雞房，卻不但不動一顆姓「公」的雞蛋，連從耗子洞裏挖出來的四個雞蛋都交了公，「看不見他身上的一點雜質，透明得就像我們醫藥上常用的蒸餾水」。他不只是不惜以切開腸胃檢查的方式證明自己的白璧無瑕，還固執地苛求於他人，與他在苦難中相憐相助而相愛近 20 年的陶瑩瑩，一旦說出當年曾經因爲被錯劃爲「右派」而圖謀出逃境外的隱衷，自認爲是一個「叛國犯」，范漢儒便決絕地與她斬斷愛情關係，對這個弱者的「過失」施以誅心之術；作者爲了表明范漢儒的行爲之大義凜然，又讓陶瑩瑩懾服於他的面前，完全贊同范漢儒對她的懲處而毫無怨言，繼續她那懺悔和贖罪的苦行。

生命誠可貴，愛情價更高，若爲證明故，二者皆可拋；這其中飽含著多少人生的苦澀、世事的悲涼。從維熙是從人格的純潔上去爲「大牆」之中的忠魂作證，在張賢亮筆下，這種證明更具有多重色彩，更具有豐富性。《綠化樹》中的章永璘，和范漢儒一樣，都是落難「右派」，都處於全民大飢餓的年代，卻也都贏得了一位落魄女子的愛憐和扶助，只不過對於章永璘來說，這種救助首先是一碗熱飯，解救他積久的飢餓和贏弱，然後是女性的溫情和心靈的復蘇；腸胃的飢餓和情感的乏匱得以解除，章永璘轉而追求精神的超越，便有了在馬纓花家的小屋裏油燈下捧讀《資本論》的場面——他是以他的全部身心投入這種閱讀的。於是，章永璘就有了更廣闊的表現天地，勞動、讀書和情感生活，這其中又貫穿著一種看似矛盾對立的自我證明與自我懺悔的交織縈繞，在自我證明中懺悔，在懺悔中自我證明。他沒有范漢儒那樣純粹，卻因此而展現了自己豐富複雜的精神世界。

哀莫大於心死，哀莫大於心靈之自戕，哀莫大於誤把這種自戕認作是拯救。追求精神的超越，身處逆境仍然追求眞理，表明了一個知識分子的本性，以及他與馬纓花等普通民眾的差異；爲了追求眞理，他赤誠地用《資本論》

的原理對照和剖析自己，這不是那種強迫性的表演性的「活學活用」，而是發諸內心地認識和昇華自我的道德衝動。但是，這又引發出宗教式的原罪，他把自己的種種值得省視的行為和被自己誇張地發現的「劣跡」都歸諸資產階級家庭的出身，認同於「血統論」，認同於所謂「資產階級知識分子」的劣根性，進行深刻的懺悔，又在這懺悔中體驗著聖徒的崇高，「我所屬的階級覆滅了，我不下地獄誰下地獄？」「我雖然不自覺，但確實是個資產階級右派分子，其所以不自覺，正是因為這是先天就決定了的」；在讀到馬克思關於勞動力的買賣和契約時，他竟然會清算自己頭腦中的「資產階級理性王國」，感歎他人批判章永璘的文章「加起來可以塞滿一個龐大的書庫，卻抵不上馬克思這段不足 300 字的文字，竟也沒有一個人使用這段文字來把我從所謂人道主義文學的睡夢中喚醒。我有點憤慨了，我憤慨的不是他們對我的批判，而是對我沒有做像樣的批判，把批判變成一場大喊大叫的可笑的鬧劇，從而使我莫名其妙，也只好變得可笑地玩世不恭起來」。甚至，當他決定要與馬纓花結婚的時候，他都想到以此改變資產者的血統，「讓體力勞動者的新鮮血液輸在我的下一代身上」。為了證明這種「在清水裏泡三次，在血水裏浴三次，在鹼水裏煮三次」的苦難而神聖的聖徒歷程，他更是產生了「要追求充實的生活以至去受更大的苦難的願望」。

　　能夠超越自己的受害者身份，避免了一味地傾訴自己的痛苦和忠誠，而發掘人物更深層的心靈世界，並產生少有的自省意識，這是張賢亮的作品的獨到之處。他筆下的人物，有著各種生命欲望和生存本能，並沒有戴上一副純而又純的人格面具，而是充滿活生生的七情六欲的血肉之軀，有著真正豐厚的藝術生命。但是，作家所作的懺悔，卻又導向那個方向呢？時代的苦難扭曲了作家的心靈，連他們的控訴和懺悔、自辯和證明都是被扭曲的。懲罰者用「血統論」和「資產階級知識分子」的棍棒把章永璘打得遍體鱗傷，但這種摧殘的合理性，卻在章永璘閱讀《資本論》的時候得到了印證，使他自己也心悅誠服地承認自己有罪，這罪過是先天的血統和後天的生活所習得的；作家本意是要表現在地獄裏苦熬苦忍猶不忘追求真理、批判和超度自我的真誠和聖潔，我們想到的，卻是心靈的自省中所滲透著的自戕的毒藥，作家越是津津樂道和炫耀這種自省的深切，就越是令人感到作家的這種迷誤的深切。正如米蘭‧昆德拉在論說卡夫卡的小說《城堡》和《審判》時所說，以前是罪行找懲罰，現在呢，不僅僅是懲罰尋找罪行，而且是被懲罰的人乞

求確認他們所犯的罪行；只有認罪，才能進行懺悔，才能乞求赦免，也才能在荒謬的現實世界中尋得某些合理的解釋，以便與現實妥協、和解，使世界和自我都有理由繼續存在下去〔註4〕。

過於漫長的青春

1986 年歲末，在首都體育館舉行的「文學之夜」大型晚會上，挺立著的是一群文學的英雄。張承志朗誦了他的《黑駿馬》片段，楊煉朗誦了他的《諾日朗》，鐵凝、張潔、劉賓雁等都在此露面；王蒙則在晚會上吟誦了他在 50年代中期寫作的長篇小說《青春萬歲》的卷首詩句：「所有的日子都來吧，讓我編織你們，用青春的金線，和幸福的瓔珞，編織你們……」然後，他又補充說，當年宣稱青春萬歲，現在至少可以說，青春 30 歲。這裡所講的 30 歲，顯然是指從 1957 年到 1986 年歲末的日子。50 年代的青年作家，在重新歸來之後，激情依然，純真依然，王蒙創作的大面積豐收和燃炙的「少共」精神，得到普遍的讚譽。

這種明顯地滯後的青春心態，具有一種普遍性。作家諶容曾經用黑色幽默的筆調寫出荒誕小說《減去十年》，展示和嘲諷之。再往前移幾年，一位詩人曾經感歎青春不再，流光難覓，「輕信的少女尋覓青春的風采，而風采早溶為苦淚灑落乾淨」（朱紅《尋覓》）。楊牧則充滿酸澀地描述這一令人尷尬的事實：雖然他已經 36 歲，額上有皺紋，頭頂已脫髮，但他仍然被視作青年，以青年的身份參加無數的青年會議；然而，詩人並沒有落入沮喪和頹唐的泥淖，反而激發出青春的豪邁慷慨的誓言：「我愛，我想，但不嫉妒。／我哭，我笑，但不抱怨。／我羞，我愧，但不自棄。／我怨，我恨，但不悲歎。／既然這個特殊的時代／釀成了青年特殊的概念，／我就要對著藍天說：我是——青年！」

70～80 年代之交的中國大陸確實洋溢著一種返老還童、青春煥發的氣氛：粉碎「四人幫」的喜訊傳來，小腳老太太和自己的兒孫輩一起在大街上扭秧歌；高考制度恢復，那些依他們的年齡應該早就是站在高校講臺上的「老三屆」，帶著早生的華髮背著書包作「老童生」；50 年代的罹難者重返社會，在人們的記憶和理解中卻仍然是屬於「青年作家」的形象；向林彪、「四人幫」

〔註4〕 米蘭·昆德拉《某處之後》，艾曉明編譯《小說的智慧》，時代文藝出版社 1992年 2 月版。此文的中譯本刪削過多，支離破碎，但目前尚無更合適的中譯本。

討還損失、討還青春的口號，和歡呼寒冬之後是春光的喜悅融合在一起；延安時期和建國初期的革命歌曲、抒情歌曲唱了又唱，半是懷戀、半是感傷……

對青春的執著和迷戀，是建立在一種盲目的歷史樂觀主義之上的。在 70～80 年代之交，我們對於十年浩劫的認識是非常膚淺的。十年浩劫不過是歷史超出了正常的軌道而出現的意外災禍，只要撥亂反正，重新回到建國初期的局面，刪略十年動亂或者更多一段時間，社會就會合乎理想地向前發展。在總結歷史失誤的時候，不只一個作家用「月食」和「天狗吞月」這樣的隱喻，以取其皎潔的明月形容黨和革命、用烏雲蔽月形容幾個姦佞作祟為患之意，只要拂去毒菌和灰塵，歷史就會重新純潔起來。李國文就把他反思歷史的小說命名為《月食》。蔣子龍的《喬廠長上任記》因為率先發出工業生產企業改革的呼喊而引人注目，因為塑造了第一個改革家形象，開「改革文學」先河而備受讚譽，究其實，他筆下的喬光樸實行的改革，在很大程度上不過是恢復 50 年代從蘇聯搬過來的管理模式而已。既然歷史的灰塵可以拂淨，烏雲可以蕩盡，生命中的荒蕪和失落便也可以省略不計。何況，歷史的巨大災難必然會以歷史的巨大進步作為補償這樣的信念正在彌散開來，人們正在為這種必然性所鼓舞，卻忘記了要實現這種必然性所必須具備的對歷史對自我的深刻反省和總結之前提。

這種青春的滯後又是以潛在的悲哀和傷感、以生命的蹉跎和空幻為反向推動力的。無論是「右派」的 20 年沉淪，還是紅衛兵一代的狂熱獻身，都付出了慘重代價，都湮沒了建國之後成長起來的青年和少年的熱血青春，卻並沒有在可以證見的物質生產和精神產品方面產生出多少價值，沒有直接地推動歷史的進步。固然，這種悲劇性並非是由於他們的主觀願望所造成，但是，在批判和鞭撻歷史罪人的同時，醒悟到自己被剝奪得一無所有，最可寶貴的青春被滔滔的歷史狂潮席捲而去，卻沒有留下什麼實實在在的業績，畢竟令人感歎、失落和惆悵。哪怕是為了自我安慰，也要在歷史的沉沙中去尋找金粒和鐵戟，既然不能在外部世界尋得證據，那就要在自己的心靈中尋找某些值得肯定的定西，尋找精神的價值，以肯定自己的生命並非虛無。成功者是無須刻意證明自己的，他只管去創造去攫奪去拼搏去專營，而把別人的評價的目光遺棄在身後，只有那些曾經殫心竭慮地追求和奉獻而又毫無所得的人們才想在回顧既往時於失敗中抓住什麼意義、尋得某些支撐，以便有能力有信心繼續前行。這種證明，是當代知識分子被高壓所扭曲的明證。無論是學

有所成的作家和學者，或是青年學生，都曾經被冠之以「資產階級」和「小資產階級」，都是被認作異類的，有罪孽的。為了洗刷這種罪過，他們首先要確認自己有罪，然後再用各種狂熱的努力和「改造」以證明自己或是無意犯罪或是動機純良，以致於用近乎矯情的自我剋制和苦行、用自覺自願的獻身和獻祭證明自己的悔過之意，以便被接納被承認，列入「正冊」。

於是，這種「有罪證明」和「無罪證明」的怪圈中的掙扎和表白，幾乎成了他們的宿命。社會存在決定社會意識，此之謂也。遺憾的是，為我們所關注所評述的這兩批作家，在總結既往時，並沒有找到真正的支點，重新評論和思索歷史與人生，從悲劇中獲得歷史的啟悟，智慧的超越，卻紛紛轉向對自身的倫理道德的褒揚，迷戀於自己的「聖徒情結」，落入帶著自設的神聖光環的新的陷阱之中。

梁曉聲新近說道，「『文化大革命』成了我們這一代人唯一普遍獲准的一次，可以理直氣壯地表現自己證明自己的機會。其表現方式是演習『革命』。其證明內容是『無限忠於』。其理論基礎是『造反理論』。這是整整一代人心理能量的一次性的大釋放大宣泄。它耗掉了作為每一個單獨的人來說，至少需要1／3生命進行儲備的那一種『自我表現』的激情。同時嚴重挫傷整整一代人將這一種激情化為自我實現的衝動。此後10年內他們只能聽憑時代的擺佈。其中某些人『自我表現』的種種努力，實質上體現為一種低級的本能。一種自我異化。一種自我安撫的虛幻的追求。」〔註5〕很難確定地說，梁曉聲有沒有把自己的知青小說也劃入這種自我安撫的虛幻的追求之列，但他對這一代人的自我實現之激情的無謂耗竭，無法使之對象化，而不能不在虛幻的心靈上尋求自我安撫的內在關係的揭示，卻是切中要害的。

梁曉聲曾經宣稱「荒原作證」，從維熙和張賢亮們則是要求「苦難作證」，證明他們的無辜和崇高，把苦難看作是「為了一個光輝的願望而受的苦行」和「歷史必須要我們付出的代價」，陷入心造的幻影之中，以便為失落的生命造一座豐碑。如一位學者所言，經受過苦難的人回過頭去，為自己的耐受力而感動，他們不由自主地把苦難「神聖化」，甚至產生了「要追求充實的生活以至於去受更大的苦難的願望」。然而，倘把這種心理學上的真實性當做歷史哲學或者人生哲學上的真理性，那就很可懷疑了。苦難就是苦難，苦難本身

〔註5〕 梁曉聲的報告文學《同代人賦》。該文分上下篇分別刊載於《光明日報》1993年6月15日和22日第五版。

是沒有什麼意義的。說苦難有意義，只能是事先的「預支」，以便有勇氣熬過浩劫而生存下來，或者是事後的追認，以免墮入虛無主義或者看破紅塵。但這決非知識分子通往馬克思主義的必由之路〔註6〕。而且，還應該補充說，把苦難神聖化的意旨在於把承受苦難的自我神聖化，這才是作者的最深刻的創作動機。

　　過於漫長的青春，它的內在特徵之一是狂熱的自戀，沉醉於自我欣賞之中。在人生門坎上的青少年，正是情感急劇地膨脹的時期，充溢到自身無法容納和承受的程度，而這種情感的大裂變又是與理智和思考的稚弱相伴隨的。為了使這情感外化、對象化，青少年追求浪漫蒂克的冒險，追求高亢激揚的情致；但是，嚴格地說，這種帶有青春狂熱特色的追求，與其說他們的追求目的之意義何在，還不如說他們更多地是在這種追求中體驗和沉醉於自己的超凡的情感之中。他們自以為自己已經投入生活的大洋大海，但是，這大洋大海的彼岸或許仍然是他們心造的幻影。所謂的「影子愛情」，一些青年人最關注的，並不是現實中的、某一有著特定氣質和性格的人，而是一個可以供他們傾注感情的對象，一個可以使他們展開遐想的翅膀的騰飛點，一個可以由他們根據自己的心願任意美化和裝飾的「他」或「她」。也就是說，他們所需要的，不是一個實體的存在，而是一個飄忽的影子，當他們以為是愛著什麼人的時候，他們最欣賞的卻是他們自己的情感，他們在認認真真地去愛，卻又是在做浪漫的情感遊戲，雖然這些對於他們自己來說並不能自我察覺。

　　青春的浪漫幻想，人皆有之，但在其後的發展進程中，有的人可以在現實中磨礪自我，校正目標，逐漸走向成熟和堅定，有的人卻始終停留在這種青春自戀之中，成為長不大的孩子。希臘神話中的美少年那喀索斯，在水中看到自己美貌的倒影，竟然對之留連苦思，不能離去，憔悴而死，最後化作水仙花，它所揭示的正是那些青春滯後的人們的困境。我們所面對的一批當代中國作家，也正是為這種顧影自憐所感動，為他們的虔誠和聖潔，為他們的荊冠和傷痕，而遲遲不願離去。

　　西方學者在評述今日之自戀主義文化時指出，60 年代的黑人運動、反戰鬥爭、校園學潮、婦女解放等激進的社會活動，曾經帶給人們許多幻覺，左

〔註6〕　黃子平《我讀〈綠化樹〉》，《沉思的老樹的精靈》第 153 頁，浙江文藝出版社
　　　　1986 年 12 月版。

派思想過多地成了人們躲避內心生活的恐懼的避難所，「個人成長這一問題可以等到『革命成功以後』再考慮」；然而，只要政治運動還不可抗拒地吸引著那些企圖用集體活動來淹沒其個人生活的失敗感的人，似乎參加集體活動能從某種程度上消除個人生活的注意，那麼政治運動就不大可能對社會危機、對個人生活的影響做出多少貢獻。因此，當這社會鬥爭的浪潮消退之後，人們意識到個人成長和發展的如此艱難，並由此而退入「內心革命」和「心路歷程」，由對社會進程的投入轉爲對個人心靈的關切，陷入自戀主義的泥沼。正如論者所言，「這種『集體的自我反省』不管就個人而言還是就集體而言，都沒有帶來多少眞正的自我理解。……如許多激進分子一樣，他也只不過成功地把過去他有口無心地高呼過的政治口號換成了今天的精神治療的口號而已」〔註7〕。

這種由激進主義的追求之受挫、轉而把改造和變革社會的激情退縮到「集體的自我反省」，並爲個人成長的艱難坎坷所嚇倒，退入「內心革命」和「心路歷程」的描述與沉溺其中，與中國當代知識分子的心態有許多相近之處。如果在一個常態地發展的社會中，青年人本來是可以在跨入社會之後由激進變得穩健，由浪漫變得沉實的，可以較好地完成由青年人到成年的過渡和轉變的；但是，或者被投入火山熔岩的迸發之中（如紅衛兵一代），或者是突然從燦爛的峰巔墜入冰谷被冷藏起來（如青年獲咎、壯歲歸來的「右派」），時光已經流逝，但他們復出之際，卻不能不從歷史的斷裂處、青春的斷裂處獲取彌合這斷裂的力量，不能不以這斷裂點作爲自己的新的起點，失而復得的歷史，失而復得的青春，都混雜在一起，眼界的狹隘，思辨力的匱缺，無法賦予他們擺脫思想局限的新的推動力，於是，便只能任由青春的引力支配著他們，或自覺或盲目地在自戀主義的軌道上作重複運動。

告別舊夢之後

青春的短暫，使人感歎，正所謂「勸君莫惜金縷衣，勸君惜取少年時」；青春的延滯，又阻礙了生命的成熟和理性的昇華，猶如不結果的花朵；所幸的是，在徘徊和留連過久之後，人們終於掙脫陳舊的繭殼，告別舊夢，尋找新路了。

〔註7〕 克里斯托夫‧拉斯奇《自戀主義文化》中文版第14～15頁，陳紅雯、呂明譯，上海文化出版社1988年11月版。

　　昨天的夢帶有共同的印記，因為它具有整齊劃一的社會背景和社會心理，具有同一的情緒色彩和基調；掙脫舊夢的時間和方式，卻是由於每個人的處境、遭際和感悟而顯出各自的特色，而且還選擇了不同的方向，指向不同的目標。

　　梁曉聲曾經執拗地為他們這一代人的理想主義辯護的和張揚，他曾經宣稱這一代人「是極其熱忱的一代，富有犧牲精神、開創精神和責任感的一代」〔註8〕，維護他們的理想主義。但是，在他寫《同代人賦》的時候，他對於人與時代的關係、對於人對時代的作用的評價，已經有了新的見解。或許，這種轉變是從《雪城》開始的。作為知青運動的尾聲，知識青年大返城，在嚴酷的生存危機和求職競爭中重新踏入城市生活；梁曉聲曾經再一次地謳歌他們的理想主義和集體主義，謳歌他們未曾衰竭的青春，但他卻不能不看到，這些作為群體而存在的兵團戰士，曾經相濡以沫，患難與共，但他們的求職就業，卻只能是現實的和各自須尋各自門的，就業和重新適應城市生活的過程，便是他們分化和務實的過程。現實的力量使《雪城》不能不在理想的雲天與生活的大地之間彷徨。到了《同代人賦》，在時間的淘洗中，梁曉聲對理想主義由堅信不疑演變到斷然否定的地步：

　　　　結束舊時代的是英雄。抗拒新時代的是瘋子。置身於二者之間的是理想主義者。時代派生出英雄和瘋子的數量大致相等。而理想主義者的數量從不曾超過前兩者的總和……

　　　　理想主義者是這樣一些人——他們贊美玫瑰卻道「倘無刺多好！」理想主義者是任何時代都曾有過的僅供欣賞的副產品……

如果說這樣的宣告使人無法理解梁曉聲是何以在思想上拐了這麼大的彎子，居然轉到了先前為理想主義不遺餘力地謳歌的自我的反面，他的《同代人賦》則可以透露出其中的奧秘。這篇報告文學的主人公，當年在大批熱血青年志願上山下鄉的時候，被遺落在城市裏，在人家下鄉的時候他當了工人，當知青回城剛剛抱上「鐵飯碗」的時候他卻辭職去「倒煤」，幾經沉浮，成為一個相當規模的合資公司的董事長，商業社會的弄潮兒，把昔日的「兵團戰士」、如今默默無聞的國有企業職工或者進入仕途博得一官半職者比得黯然失色。不排除作家在藉此文以反省自己，也不排除這種「以成敗論英雄」中有新的

〔註8〕　梁曉聲《我加了一塊磚》，《中篇小說選刊》1984年第2期。

偏狹和短視，但梁曉聲告別昨日的「聖徒情結」則是可以肯定無疑的。

　　張承志則屬於另一種情形。在《金牧場》中，他已經宣佈，他要告別這「太長的青春」，走向成熟和強大，並要像他心目中的英雄、日本歌手小林一雄一樣，作孤獨的前衛，踏上自由的長旅。但他身上的「聖徒情結」卻沒有消褪，他曾經舉著紅衛兵長征隊的紅旗跋涉在當年的長征路上，他曾經爲追求心中的金牧場在茫茫草原和東瀛島國苦苦尋覓，到了他寫《心靈史》的時候，他又皈依在伊斯蘭教的一個支派哲合忍耶門下，舉起了底層民眾正義與反抗的綠旗，成爲這一憑依信念憑依捨棄生命直面死亡，反抗鎮壓與殺戮而不斷壯大的「異端」的聖徒。他依靠大量的實地考察和文字資料寫成的《心靈史》，便是哲合忍耶的第一部完整的書面的教派史，是一部東方的《聖經》。張承志的確是充滿虔誠和敬仰而命筆的：

　　　我無言，我沒有

　　　　　適當的禮儀和贊詞。我沒有形式

　　　我無力，你降示的奇跡太強大了

　　　　　在這你與我的時刻——我體味你寫完了的和沒有寫的，體味這伸手可能的神交，體味我的罪孽和你的寬恕。你離我這麼近，你和我在一起。我沒有儀禮，沒有一句贊詞。我只是緊緊地握牢你伸來的手，閉上眼睛，聽著我微弱的心音，在你黑暗般的博大慈愛之中

　　　　　一步一步地消失

　　　　　一絲一絲地溶化〔註9〕

從《金牧場》那樣的外在的鋪張揚厲和內在的浪漫精神，到《心靈史》的文字的謹嚴虔敬和濃烈的宗教氛圍，追求的對象變了，但作者的「聖徒情結」卻是如烈火一樣燃熾不衰的。這種現象令人深思。

　　棄舊不等於圖新，告別舊夢不等於踏上坦途。尤其是在過份地執迷於「聖徒情結」，而沒有對自己對歷史作出嚴峻的清算之前，或驟然一躍，搖身一變，或改換門庭，再作聖徒，這都離我們所期待的對紅衛兵一代自身的反省和對歷史的批判相去甚遠。

　　同樣的情況也發生在王蒙、張賢亮等人身上。梁曉聲和張承志的轉變期剛剛開始不久，尚未充分展開，王蒙和張賢亮等由於更早地捲入歷史的狂潮，

〔註9〕　張承志《心靈史》，花城出版社 1991 年 1 月版。

對歷史對人生的感受更爲豐富，因此，他們也得以較快地告別舊夢，掙脫「聖徒情結」，換一種態度反思歷史。非但如此，王蒙和張賢亮還是被人們所公認的最富有思想性的當代作家。而且，或許正是因爲他們所具有的思想者的氣質，使他們的創作始終保持了旺盛的活力，一直居於文學大潮的顯要位置，使我們不能不分外地看重他們對於災難歲月的評判和思索。

　　然而，坦率地講，當我在 90 年代的第五個年頭的新春伊始之際，重新翻閱有關資料，整理我的思路的時候，我卻感到了新的困惑：這兩位最富有思想性的作家，同時也是他們那一代人中兩位最具有抒情詩人氣質的作家；王蒙的《布禮》、《相見時難》，他的大量的創作談和評論文字，以及他的長篇小說《活動變人形》和《戀愛季節》，都具有濃烈的抒情性和自白性，直抒胸臆，議論風生；張賢亮的創作，從《靈與肉》、《綠化樹》、《男人的一半是女人》到《習慣死亡》，都活躍著作家自己的投影，融入作家的經歷和身世，以至於使人不由自主地把作家與作品主人公混爲一談；但是，這種放縱自己的情感，揮灑自己的才華，或者是忘卻理性思索，或者忙於袒露自己的畸形心態，而進入新的誤區，卻使他們在自我感覺良好和淺俗的喝彩中，離歷史的沉思越來越遠，也活得越來越輕鬆越瀟灑。

　　1993 年 1 月，王蒙發表了一篇洋洋灑灑的文字，《躲避崇高》〔註 10〕。如同梁曉聲看到昔日的失落者今天成爲一家合資公司的董事長，在現實的成功者面前降下理想主義的聖旗，王朔在圖書市場上「走紅」、暢銷，也使王蒙不由得對他充滿欣賞和讚譽，甚至引發對自我的反省。他在敘述了作家是啓蒙者、是靈魂的工程師，具有「先行者、殉道者的悲壯和執著，教師的循循善誘，思想家的深沉與睿智，藝術家的敏銳與特立獨行，匠人的精益求精與嚴格要求」的傳統性理解〔註 11〕之後，然後說道：

　　　　我們大概沒有想到，完全可能有另外的樣子的作家和文學。比如……（引者刪略）不寫任何有意義的歷史角色的文學，即幾乎是不把人物當作歷史的人社會的人的文學；不歌頌眞善美也不鞭撻假惡醜乃至不大承認眞善美與假惡醜的區別的文學，不準備也不許諾

<hr>

〔註 10〕　王蒙《躲避崇高》，刊載於《讀書》1993 年第 1 期。
〔註 11〕　如果我理解的不錯的話，王蒙對這些定義是抱有不以爲然的態度的，把它的前後文聯繫起來，便可以感覺到文中的調侃和嘲弄語氣。可惜再長的引文也無法保留其原始風貌。

> 獻給讀者什麼東西的文學，不「進步」也不「反動」，不高尚也不避
> 下流，不紅不白不黑不黃也不算多麼灰的文學，不承載什麼有分量
> 的東西的（我曾經稱之爲「失重」）文學……

對於文學和影視圈中的王朔現象，我們不擬在此進行分析。吸引我們關注的
是王蒙對王朔之欣賞及其背後的寓意。雖然在文中某處，王蒙曾聲稱王朔「撕
破了一些僞崇高的假面」，（不知這種「僞崇高」是否也包括王蒙在內〔註12〕），
但上面這段文字，顯然無意於區別崇高和「僞崇高」，而且一味誇耀「不把人
物當作歷史的人社會的人的文學」（不知道在排除了這二者之後的人還剩些什
麼內容），「不歌頌眞善美也不鞭撻假惡醜乃至不大承認眞善美與假惡醜的區
別的文學」，這恐怕就不僅僅是「假崇高」所能包容的了。

《躲避崇高》發表後，同年第 7 期《讀書》刊發史唯的短文《崇高無須
躲避》。該文在肯定王蒙的《躲避崇高》的冷靜、客觀和科學性的同時，也明
確指出的，「王朔的作品爲什麼會『出格』，也就在於他不再做道德的傳聲筒，
拋棄了功利色彩的說教。遺憾的是，他只是轉到了道德的側面或者反面，而
沒有看到比道德更高更深刻的東西。」「崇高是無須躲避的，關鍵是看作家本
身是不是具有這種崇高感，它決定了作家的品位。願某些作家不要把自己搞
得太花哨了，眞摯地、全身心地投入對世界本質的關注中。」諷諫之意昭然。

年輕人揮霍生命和情感，「玩文學」，自有其個體選擇的自由，但是，王
蒙在稱贊王朔的時候，卻似乎忘記了他的《布禮》、他的《相見時難》，忘記
了他所宣稱的「創作是一種燃燒」，「有一種理想，希望生活更美好，就想要
把這美好的生活記錄下來。因爲美好的東西又是轉瞬即逝的。一種崇高的思
想感情不可能 24 小時每分鐘都是崇高的，但可以有那麼一陣非常崇高的感
覺，你希望把它記錄下來。這也是一種理想」；「不論寫什麼作品，對祖國大
地、對人民、對生活的熱愛和對革命的追求，對共產主義理想的追求，都是
我們的作品的主旋律」〔註 13〕。有著如此執著信念的人，怎麼會如此熱情洋
溢地爲王朔、爲王朔的創作傾向張目呢？曾鎮南在《王蒙論》中這樣說：「當
事情涉及到理想、原則、正義、終極目標、民族尊嚴、人生信念等等的時候，

〔註12〕 王蒙如是説，「他（即王朔）的另一句名言，『青春好像一條河，流著流著成
了渾湯子』，頭半句似乎有點文雅，後半句卻毫不客氣地揶揄了『青春常在』
『青春萬歲』的浪漫與自戀。」
〔註13〕 王蒙《創作是一種燃燒》，人民文學出版社 1985 年 11 月版。

王蒙的認眞、執拗和眞誠是令人驚訝的。那種認爲他有點圓滑世故、花馬弔舌的看法是太皮相了。」

　　王蒙稱贊王朔說，「多幾個王朔也許能少幾個高喊著『捍衛江青同志』去殺人與被殺的紅衛兵。王朔的玩世言論尤其是紅衛兵精神與樣板戲精神的反動。」但是，細檢王朔的作品，卻很難令人認同於王蒙所言。對紅衛兵一代的「聖徒情結」，我們予以嚴肅的評析；但是，並非一切有異於紅衛兵精神的東西便都具有肯定的價值，譬如說信念破滅之後的虛無主義和玩世主義。而這些東西，正是王蒙先前盡力摒棄、深惡痛絕的，《布禮》中的鍾亦成，《相見時難》中的翁式含，《深的湖》中的楊恩府，面對各種虛無主義和懷疑論者，便都身體力行地激情噴湧地作過辯駁。

　　當眾多的同代人一味地表白「愚昧的天眞」和「我不怨恨」的時候，王蒙卻已捕捉到一種懷疑論的影子，即是《布禮》中的「灰色的影子」所信奉的，「全他媽的胡扯淡，不論是共產黨員的修養還是革命造反精神，不論是三年超英，十年超美還是五十年也趕不上超不了，不論是致以布禮還是致以紅衛兵的敬禮，也不論是衷心熱愛還是萬萬歲，也不論是眞正的共產黨員還是黨內資產階級；不論整人還是挨整，不論『八‧一八』還是『四‧五』全是胡扯，全是瞎掰，全是一場空……」。對此，鍾亦成不遺餘力地予以辯駁，高呼「布禮」，並以此作爲作品的篇名。但這種偉岸的形象與「灰色的身影」的對比，在激情的宣泄中，忽略了甚至抹殺了懷疑論者提出的某些有待深化的命題，使作家失卻了一個冷靜思考的契機。如今，這「灰色的身影」附著在王朔身上復現於世。當年用狂熱的激情取代冷峻的思索，如今用躲避「僞崇高」的名義贊同躲避社會躲避歷史，當年不容分說地把懷疑論者趕得無處容身，如今卻盡釋前嫌笑臉相迎，這樣巨大的兩極在王蒙那裏是如何完成的呢？

　　從《躲避崇高》中，可以覺察王蒙對紅衛兵一代的評價。這種嚴厲的批判，在他的先於《布禮》等作品問世的《最寶貴的》中，也疾言厲色地提了出來。一個 15 歲的孩子蛋蛋，在「文革」初期的混亂局面和恐怖氛圍中，泄露了被造反派殘酷迫害的市委陳書記的行蹤而導致陳書記被害致死，蛋蛋的父親、現任市委書記嚴一行也知道對年幼無知的兒子「可以找出許多理由來譴責蛋蛋，也可以找出不少的理由來爲他辯護」，但他仍然毫不容情地對他進行良心的審判。

　　這種被常人認爲是過份苛刻的嚴厲‧在荒煤的一篇文字中有充分的表

露。荒煤在肯定《最寶貴的》作品的精緻和使人深思的同時，也明確指出，「嚴一行認爲這是『叛賣』，是『保全自己，犧牲別人』。認爲兒子本應能夠識別到『四人幫』的走卒是『賣身投靠，手上沾滿同志鮮血的野心家』。這就過份寸了。當時，多少孩子不是由於受到林彪、『四人幫』的煽動，才給父母貼大字報，揭發他們的『黑』罪行的？這種劃清界限，和『黑家庭』徹底決裂的『革命行動』風行一時，難道是『叛賣』嗎？」「當然，蛋蛋是有錯誤的，就是他在入黨時，隱瞞著錯誤，沒有勇敢地向黨交待這件事。但這終究不能說錯誤已經嚴重到這種地步：『鮮紅的心』已經『換上一塊黑色的石頭』，沒有革命理想，沒有原則，沒有對眞理的追求和獻身……」〔註14〕

與之恰成對照的，是《如歌的行板》。周克在極左狂潮吞噬戰友金克的時候，受他人「啓發」，落井下石，檢舉揭發金克的「罪行」，使他雪上加霜，備受摧殘。20年後，歷史眞相大白，金克得到「改正」，周克回首往事，卻很少愧疚之情，把自己以往的行爲歸咎於「太多的激情」，並把要求分清歷史是非的人譏笑爲「用比諸葛亮還高明的預見、比華羅庚還精細的計算」去指摘革命的失誤，自以爲仿傚馬克思對巴黎公社失敗後挑剔起義的失誤的學究的嘲諷，而迴避對自我的批判和反省。周克以「革命激情」而開脫自己，與《最寶貴的》中的蛋蛋的受騙上當不知悔悟相比，其錯誤有過之而無不及，如論者分析《如歌的行板》時指出的那樣，「雖然錯誤的形成具有各種錯綜複雜的原因，可是錯誤終歸是錯誤，……至於錯誤的感情伴隨物，當它們也促成了、觀望了、參與了錯誤的歷史活動，那就必須重新加以審視，而不應盡情謳歌乃至忘記了理性」〔註15〕。何以處於同樣的情勢下，犯有類似的過錯，對少年人蛋蛋嚴屬得無以復加，對自己的同代人卻如此寬容，讓他盡力爲自己開脫和辯解？

正是這種溫情和寬容，使王蒙在他最可能作出深度的思考的領域即對於同代人的反省上躲避開去，而以天馬行空的姿態在文壇上縱橫馳騁。他可以寫出具有強烈的「審父意識」的《活動變人形》，卻未曾以同樣的冷靜審視自己和同代人。他的《戀愛季節》比起《青春萬歲》來說，少了些清純，多了

〔註14〕荒煤《篇短意深，氣象一新》。這是荒煤爲《1977～1978 短篇小說選》寫的序言。人民文學出版社 1978 年 12 月版。

〔註15〕吳亮《王蒙小說思想漫評》，《文學的選擇》第 151 頁，浙江文藝出版社 1985 年 10 月版。

些惶惑，但顯然還沒有很好地經過理性的耙梳。更多的時候，他是在揮霍自己的才華，他過於聰明，卻又爲聰明所誤。時事洞明皆學問，人情練達即文章，王蒙的聰慧和閱歷，使他的確臻於世事洞明、人情練達的化境，千伶百俐，一點便通，紛紜萬狀的生活信息，紛至沓來的藝術浪潮，王蒙於此是得心應手，左右逢源，既做官也作文，既創作又論評，始終保持了旺盛、高產的創造力，令人目迷神醉，應接不暇。「王蒙的思想一旦迸發，就像水銀瀉地、泥丸走阪、駿馬駐坡，具有令人暈眩的遷移的神速……王蒙習慣於思想突發的閃擊和極速的遷移。無論是創作還是評論，他的文思之快是一般人難以企及的」〔註16〕，此言極是。王蒙才思敏捷，他善於抓住生活中的吉光片羽、隻鱗半爪，生發開來，敷衍開去，以「令人暈眩的遷移的神速」，寫出一篇篇具有辛辣諷刺色彩的喜劇作品。這就是從《說客盈門》、《風息浪止》、《莫須有事件》、《冬天的話題》到引發一場官司的《堅硬的稀粥》；這些作品機智有餘，沉實不足，浮光掠影性的世態速寫掩蓋著內在的浮泛。他的另一批作品，《鈴的閃》、《來勁》、《在我與他來》等則是作家小說操作的一次炫技，過份迫切地顯示自己非凡的駕馭語言、自由聯想的能力，把創作變成了文字遊戲。其實，他的這種缺憾，過於良好的自我感覺。不加節制的主觀隨意性，聽任情感的自由宣洩和自由放縱，由辯證思維滑向詭辯法的歧途，已經有人指出。曾鎮南在《王蒙論》中說，「王蒙這種迅速地進行辯證思維的習慣，有時候也會產生缺點。列寧指出過，『辯證法曾不止一次地作過——在希臘哲學史上就有過這種情形——通向詭辯法的橋梁』。我當然不認爲王蒙有什麼詭辯法的傾向，而是想請王蒙注意一下列寧所指出的這個辯證法本身固有的轉化爲詭辯法的危險，在淋漓盡致地發揮辯證思想的靈活性的時候，不要過份陶醉於概念和語言的靈活性而已。主觀隨意性是很容易在這種靈活性中下意識地產生的。」然而，這並沒有引起作家的警覺，自然也就難以承擔思想者的使命，提出反思歷史的有深度的命題。

　　張賢亮則是在另一條曲徑上徘徊。

　　一位論者在比較王蒙和張賢亮的創作時指出，「《如歌的行板》在揭示1957年那種極左的聲勢、氛圍改變人的正常理智，裏挾人、煽惑人變得狂熱的邪勁方面，有相當深刻的描寫。……張賢亮的《土牢情活》，描寫受難的詩人石在怎佯在軍代表那些極左的概念鼓勵、撫慰下自覺地出賣、交待了喬安萍的

〔註16〕曾鎮南《王蒙論》第6～7頁。

經過，曾經使我怵目驚心：極左思潮對人的靈魂的鉗制，一至於斯！王蒙描寫的這一場批判會，與《土牢情話》中的逼供、誘供一幕，實異曲而同工。不過後者引向了深刻而痛苦的自懺，以拷問自身的靈魂畸變出之；前者卻引向了不無漏洞的自解，以慨歎身外的狂潮難擋作結。這種反思歷史時達到的不同史識，是和作家不同的氣質、經歷有關的」〔註17〕。王蒙的少年布爾什維克的情懷，和他在落難之後，在新疆邊陲躲避過了「文革」狂潮的經歷，使他的精神狀態在告別「青春證明」、「忠誠證明」之後，便也告別了那段歷史；他為自己的忠誠而驕傲，他的血從少年時代就融入了旗幟的鮮紅，而無須懺悔。張賢亮呢，由於他的資產階級家庭出身，由於他的西方文化的薰陶，以及他的幾次被勞改勞教被「專政」的經歷，使他長期處於外部的高壓和內心的愧疚之中，如我們在分析《綠化樹》時表述的那樣。即使在走出「聖徒情結」的迷宮之後，他都無法擺脫他的沉重記憶，無法擺脫他的自我分析的習慣，而繼續在生活的煉獄中穿行；只不過，作品中的主人公，在偶而閃現過自我批判的慧光石火之後，忽然由虔誠的聖徒蛻變為狂放的浪子，一個背著刻骨銘心的苦難記憶而故作狂放的浪子。

這就是他的兩部仍然以章永璘為主人公的長篇小說《男人的一半是女人》和《習慣死亡》。在他的《綠化樹》及先前的《靈與肉》之中，都有著來自社會下層而又溫柔善良、善解人意的多情女子，以其天然的母性本能扶助落難的男主人公度過人生的艱難時刻。然而，這種地獄邊上的曼陀羅花，畢竟帶有過多的人工矯飾；完全排除了肉體欲望的精神戀愛，也帶有過多的理想色彩；還有，那種在苦難之中仍然捧著《資本淪》懺悔自己的血緣之罪、宣稱「我的階級覆滅了，我不下地獄誰下地獄」的悲壯，隨著時間的推移和認識的變化，也無法繼續；於是，在《男人的一半是女人》之中，張賢亮在不加掩飾地袒露生活的真實和粗鄙的同時，在對自身靈魂的拷問之中，由道德的懺悔轉向理性的剖析，既延續更深化了《綠化樹》提出的重大命題：在苦難和逆境中的知識分子何為？如何去爭取自由？

把粗鄙的赤裸裸的生活真實與形而上的思索扭結在一起的是「欲望」與「閹割」。章永璘在長期的勞動改造中，一直處於禁欲主義的狀態，並且和他身邊的人們一樣，為欲望的禁錮和焦灼所折磨，去編織各種有關性欲與滿足的白日夢。然而，當他後來有機會與同樣是落難者的黃香久結成夫妻的時候，

〔註17〕曾鎮南《王蒙論》第54～55頁。

卻忽然發現，他已經喪失了實現這本能欲望的能力。從《綠化樹》中「紅袖添香夜讀書」的優美境界，到《男人的一半是女人》中展示新婚之夜無法遂行夫婦之禮的尷尬場面，作家切入生活的能力顯然更沉著深入；相應地，作品中的群眾角色，也不再像《綠化樹》中那樣單純地顯示底層民眾的純樸美德，而是活生生的、具有多種側面的圓型人物，帶著他們的優長和缺憾而生活著。但是，這種欲望的壓抑和閹割，並沒有繼續糾執於肉體的層面，而是飛升至思想的高空，生發出對當代知識分子的嚴厲批判——

> 正像你，誰也不能不說你在勞改犯中，在賣苦力的農工當中，背馬恩列斯毛的語錄是背得比較熟的。而另一方面，因為你又並不是被騙掉了什麼——請原諒我用詞不當——如司馬遷那樣，卻是和我一樣在心理上也受了損傷，所以你在行動上也只能與我相同：終生無所作為，終生任人驅使、任人鞭打、任人騎坐……這方面我們也有相似之處，冷嘲熱諷、經常來點無傷大雅的小幽默、發空論、說大話，等等。唉，我甚至懷疑你們整個的知識界都被閹掉了，至少是被發達的語言敗壞了。如果你們當中有 10% 的人是真正的鬚眉男子，你們的國家也不會搞成這般模樣。

這真是入骨三分的批判。知識分子的社會功能，就在於創造社會的文化價值，給社會提供精神的尺度和批判的武器；然而，在特定的歷史環境中，他們的創造力，他們的心靈，都受到了致命的創傷，喪失了活力，變成供人驅遣的囚徒和罪人，徹底地喪失了自身的社會價值。可歎百煉鋼，化為繞指柔。然後，又在愧疚自身的一無所有和一無是處的時候，在無力向社會奉獻自己的精神產品的同時，轉而對那些默默無聞地創造物質財富的底層民眾抱有由衷的敬意和由衷的負罪感，以後者的簡單和純樸對照自己因為經受文化薰陶而豐富複雜的心理狀態，以後者的不假思索隨遇而安比較自己的思索判斷選擇取捨，以後者的直觀坦率不加掩飾否定自身的遊移不定矯情文飾，就像章永璘面對馬櫻花們所自責自省的那樣。從聖母般的馬櫻花到追求自己的生活權利的不高尚也不卑劣的黃香久，從仰視到平視，標識著章永璘從道德的自省到理性的自省的大飛躍，他在明瞭自己的真正悲劇所在的時候，也開始直面粗俗的充滿粗糙的生命欲望和嘈雜的悲劇環境。遺憾的是，這樣切中要害的批判，在當時的鬧鬧哄哄的文化熱和文學作品不斷轟動的狀況下，被自命為握珠握玉、指點江山的文化人所忽視，圍繞《男人的一半是女人》展開的是

關於作品中的女性之地位的論爭。時至今日，重新考察張賢亮所提出的創造力喪失的命題，仍然感到它的敏銳和犀利，它的慧眼獨具，時至今日，它仍然具有重大的現實意義。

然而，隨著對於道德的靈光圈的摒棄和精神桎梏的掙脫，被釋放出來的不光是理性的力量，還有欲望的魔鬼。精神上和肉體上的饑渴衝破了禁欲的閘門，苦難和淪落使人頹喪和自暴自棄，命運把人貶抑到只剩下生存和勞動、吃飯和睡覺的生命機能時，心靈上的堤防也就難以持久。面對黃香久的豐腴裸體，章永璘失去了理性而陷入沉迷：「倘若我迎了上去，世界也並不會因此更壞些；我轉身逃了開去，世界也沒有因此變得更好。我，一個勞改犯，一隻黑螞蟻，還談得上用行為合乎道德規範這點來自寬自慰？」「各種觀念在我的頭腦中攪成一團，擾得我頭痛欲裂。最後，攪成一團的觀念全部消失，疲乏使我的頭腦、我的眼前成了一片空白。沒有了什麼道德的、政治的、倫理的觀念，沒有了什麼『犯人守則』，沒有了什麼『勞改條例』；我也不存在了。只有她那美麗的、誘人的、豐腴滾圓的身體，她那兩臂交叉地將兩手搭在兩肩的形象，聳立在一片空白當中。」

沿著這條由情慾的騷動到放縱聲色的拋物線下滑，被個人的痛苦得刻骨銘心的情緒記憶所推湧，去一次又一次地撕裂時間的彌合力量，沉浸於往事的氛圍之中，尋找一種準確地捕捉和打撈苦難的碎片的方式，尋找告別歷史的夢魘、實現自我拯救的道路。這就是張賢亮的長篇小說《習慣死亡》。

《習慣死亡》彌漫在一片熱烘烘的肉欲氛圍之中。已經走出煉獄並已經成為著名作家的章永璘，正在大洋彼岸作交流訪問，伴隨他的匆匆行蹤的，是他的一連串的豔遇，他與舊友新交的大陸演員、臺灣婦女、法國女郎等，都有一段浪漫的情史，而且成為他此行的重要內容。作品的大量情節，便是在對情慾的焦渴、床笫的媾合、反覆的憶念、無止的求歡之中進行，刻畫具體入微，性描寫赤裸大膽。

然而，張賢亮無論如何都不是沉湎聲色的浪蕩子，而是始終執著於人生和歷史的。在《男人的一半是女人》中的主人公章永璘和黃香久的性愛關係中，寄寓了作家對知識分子的創造力喪失的痛思，在《習慣死亡》那尋歡逐豔的佯狂作癲的背後，又浸染了多少血淚。

讓我們把話題宕開去。在一篇記敘從維熙印象的文字中，張賢亮寫到，他們兩個從監獄大牆裏走出來的「老右」，兩人一握手之間，卻也馬上對上了

勞改隊的黑話和切口，「我們經常關起房門，邀上三兩知己，拾起那套黑色的行頭，重新扮演勞改犯的角色。長期從事一項職業的人，退休以後，積習難改，夢寐之中，回味無窮。我們幾個『老右』，不知怎麼，倒常常懷著深長的情愫，回憶我們一生中最倒楣的時刻：『改造，改造，改那麼個造呀！晚上回來一大瓢呀！』淺斟低唱，擊節吟歡，感慨萬千。蕭蕭蘆葦，瀲瀲秋水，土路夕陽，黑衣如蟻，『班長』的吆喝，犯人的『報告』，叮叮噹噹的開鎖聲，淅淅瀝瀝的尿桶音……恰是前無古人，後無來者，念天地之悠悠，獨有我輩趕上了『史無前例』，真不禁令人愴然而涕下了」〔註18〕。這是苦中作樂，還是憶苦思甜？這是以毒攻毒，還是飲鴆止渴？沒有人願意耽溺於苦難，苦難卻糾纏住他們不放，已經成為他們的潛意識，一遇適當的時機，便會浮現出來，沒有黑色幽默的輕鬆和調侃，只有怫鬱的鬼氣──「從煉獄中生還的人總帶有鬼魂的影子」〔註19〕。

　　如果說，張賢亮的諸多作品。都是力求擺脫這鬼魂的影子，卻又始終未能如願，反而被它追趕得氣喘吁吁，那麼，在《習慣死亡》中，作家第一次明確了自己的真實處境，功成名就也罷，譽滿中外也罷，都無法銷蝕和抵償他所曾經遭受過的厄運，都無法消彌他心靈上的鬼魂，於是，他索性反轉過身來直面這鬼魂，擁抱這鬼魂，甚至不惜與這鬼魂同歸於盡。作品一開局便要殺死主人公、不但要殺死其肉體而且要殺死其鬼魂的設想顯然是意味深長的。在作品中，章永璘與眾女性的交歡，都不過是一種觸媒，以便使他能夠一次又一次地召喚潛藏甚深的記憶，重新體驗當年所經歷的一次次死亡：由於萬念俱灰而預謀未遂的自殺，被綁縛刑場所遭受的假槍決，因饑餓過度被抬進停屍房和險些被作為屍體埋掉；這些慘痛的經歷，一已不堪，豈可再三再四？生死茫茫，渾然難辨，鬼魂在毫不容情地追逐他，使他無所遁逃，使他只得一次又一次地躲入女性的懷抱，「從每一個女人眼裏都看到母親的眼睛」。當有人譏笑主人公的放縱不羈的時候，他為自己辯解說，「我之所以想和你做愛只是為了向我自己證明我還活著」，「除此之外，還有什麼能夠證明我有生命？」然而，這樣的死裏逃生又是與自我毀滅的欲望混雜在一起，如主人公所自白的那樣，「每在做愛的興奮之後我便跌落到死亡線上，死亡其實

〔註18〕　張賢亮《我寫維熙》，《文匯月刊》1986 年第 8 期。

〔註19〕　張賢亮語，轉引自王曉明《潛流與漩渦──論二十世紀中國小說家的創作心理障礙》第 199 頁，中國社會科學出版社 1991 年 10 月版。

和高潮的滋味一樣」。

這種在性愛的高潮中同時體驗生命的峰巔與死亡的深淵的感覺復合，不只是有著性心理學的依據，還有作家的獨特遭遇作其支撐；然而，精微的感覺片斷，不足以支撐起宏闊的作品，因爲擺脫不了煉獄的鬼魂而墜入畸型情愛之中，並非罕見，但過於清晰的理性痕跡和反反覆覆的自我表白自我炫耀，卻難免不流之於登徒子的自辯和自供──張賢亮的創作乃至他們那一代人的創作中，大多有著理性思索過於直露，藝術直覺和生活感悟卻常有欠缺的毛病〔註20〕，情不勝理，思考大於形象，這一缺點帶入《習慣死亡》，便造成作品的內在裂痕，越是用既往的苦難爲今天的放縱狂歡尋找根源，就越是透出某些虛僞，透出主人公追求生活的補償和貪求享樂的另一面，「是誰曾經談過你是悲劇的性格而這種性格從來不拒絕現世的享樂？」這既是質詢又是辯白，暴露出作品主人公的享樂主義，卻又將其歸諸一種特定的性格，而推諉自身的責任。

作爲知識分子的心路歷程，我們應該質問的是，難道經受過一次又一次的死亡和苦難，所換來的就僅僅是一次又一次的床笫之歡，而放棄歷史的思考，甚至宣稱「多少年以後我才知道是飢餓挽救了我，使我不致於陷入思考的痛苦。如果不是因爲飢餓，復活了以後我就會想『我是誰？』想什麼狗屁的人生悲劇，我的肚子雖然空虛但早就灌滿了哲學家關於生與死的名言，那些狗屁肯定會折騰得我再次死去」。何止如此，在苦難的一頁掀過去之後，章永璘又一次地從《男人的一半是女人》中的自我拷問逃避開去，躲到女人懷中去陶醉自己。作爲一部藝術品，我們所責怪的，則是作家未能實現自己的創作意圖，他自以爲是根深蒂固、理直氣壯的合理行爲，終因藝術表現力的不足，而顯得蒼白乏力，被稀釋和平淡化。可以說，作家的確是選擇了一個富有足夠深度的藝術題材，並且努力地在尋找一種直面生活還原生活的敘述角度，但是，卻未能把握和駕馭這一契機，既沒有在拷問靈魂和拷問歷史的方面向前邁出一步，又沒有凝聚起強烈的藝術衝擊力，卻退卻到《男人的一半是女人》的高度之下，令人嗟歎不已。

〔註20〕 張賢亮、王蒙等人的作品中，都喜歡讓主人公自我辯白、說理，或者徑直進行抽象分析的習慣。

第五章　凌雲健筆意縱橫

　　我們的視線移到從舊中國走過來的那些老作家們。他們年事已高,在創作方面自然無法像王蒙、張賢亮、梁曉聲、張承志們那樣活躍,但他們跨越了兩個新舊不同的歷史時代,具有豐厚的生活閱歷和人生智慧,又是直接承五四新文學之餘緒的,「庾信文章老更成,凌雲健筆意縱橫」,便自然而然地比那些後生晚輩們顯得深沉、老到。因此,雖然他們的人數和作品都不算多,但在文學對歷史的思考之中,他們卻發出了自己獨特的聲音。

化石再生之後

　　不同於趙愷那樣詠歎苦難的淚滴經年歷久而變成琥珀,也不像梁南那樣用忠愛海水的貝殼表白自己,老詩人艾青在重新歸返詩壇之後,他所寄物寓懷的,是被自然的災變所埋葬的化石和遭人工斧戕的盆景;如果說,前者是怨而不怒,哀而不傷,艾青的詩句則是在冷峻和凝重之中注入了熾烈的憤怒,掩藏不住滿腔的悲愴。他寫的《魚化石》,使人想到魯迅在《野草》中的名篇《火的冰》:一團火苗,突然墜入冰谷,被冰封起來,只以其凝固的火焰證明它曾經燃燒過;「依然栩栩如生」的魚化石,被從岩層中發現,「但你是沉默的,/連歎息也沒有,/鱗和鰭都完整,/卻不能動彈……/看不見天和水,/聽不見浪花的聲音」。他的《盆景》,則使人想到龔自珍的《病梅館記》,同樣是「夫子自道」:

　　　　在各式各樣的花盆裏
　　　　受盡了壓制和委屈
　　　　生長的每個過程

都有鐵絲的纏繞和刀剪的折磨

任人擺佈，不能自由伸展

一部分發育，一部分萎縮

以不平衡爲標準

殘缺不全的典型

……

留下幾條彎曲的細枝；

芝麻大的葉子表示還有青春

像一群飽經戰火的傷兵

支撐著一個個殘廢的生命

如果說，艾青是以這傷痕累累、畸曲變形的殘存者的姿態顯示著歲月的艱辛和生命的堅韌，那麼，兩位智慧的長者，錢鍾書和巴金，都是用雜感的形式，不約而同而又旗幟鮮明地提出了對「文化大革命」的反思中不容忘卻、不容漠視的問題。

雖然曾經在 40 年代寫過風格獨特的長篇小說《圍城》，在今人眼中，錢鍾書卻是以《管錐編》、《談藝錄》等理論著作顯示了他在融彙中西文化方面的深厚功力，給人以一種超然世外、閉門著述的學者形象。但是，生活在 20 世紀的中國，動蕩的時代風雲，無人能夠幸免，也無法超脫。1957 年，錢鍾書在《宋詩選注》脫稿之後，曾寫有七絕一首，「晨書暝寫細評論，詩律傷嚴敢市恩。碧海掣鯨閒此手，衹教疏鑿別清渾。」〔註1〕這位本來自視爲「碧海掣鯨手」、有可能在繼《圍城》之後再創作出新的佳作的作家，卻不得不扼殺自己的創造性衝動，一心去鑽故紙堆，選注宋詩，心中感慨自然是耿耿難平。再加上他在動亂歲月中的坎坷生涯，使他不只是用他的著名論文《詩可以怨》支持了以傾訴心頭血淚爲主旨的「傷痕文學」，還在他爲夫人楊絳《幹校六記》寫的「小引」中，提出了「運動記愧」說：

> 楊絳寫完《幹校六記》，把稿子給我看了一遍。我覺得她漏寫了一篇，篇名不妨暫定爲《運動記愧》。
>
> 學部在幹校的一個重要任務是搞運動，清查「五一六分子」。幹校兩年多的生活是在這個批判鬥爭的氣氛中度過的；按照農活、造

〔註 1〕 楊絳《將飲酒》第 137～138 頁，三聯書店 1987 年版。

房、搬家等等需要，搞運動的節奏一會子加緊，一會子放鬆，但彷彿間歇瘧，疾病始終纏住身體。「記勞」，「記閒」，記這，記那，都不過是這個大背景的小點綴，大故事的小穿插。

現在事過境遷，也可以說水落石出。在這次運動裏，如同在歷次運動裏，少不了有三類人。假如要寫回憶的話，當時在運動裏受冤枉、挨批鬥的同志們也許會來一篇《記屈》或《記憤》。至於一般群眾呢，回憶時大約都得寫《記愧》：或者慚愧自己是糊塗蟲沒看清「假案」、「錯案」，一味隨著大夥兒去糟蹋一些好人；或者（就像我本人）慚愧自己是懦怯鬼，覺得這裡面有冤屈，卻沒有膽氣出頭抗議，至多只敢對運動不很積極參加。也有一種人，他們明知道這是一團亂蓬蓬的葛藤賬，但依然充當旗手、鼓手、打手，去大判「葫蘆案」。按道理說，這類人最應當「記愧」。不過，他們很可能既不記憶在心，也無愧怍於心。他們的忘記也許正由於他們感到慚愧，也許更由於他們不覺慚愧……〔註2〕

錢鍾書和楊絳夫婦在當時遍佈全國的「幹校」中生活兩年有餘，甘苦備嘗，感慨萬端，以至於「回京已經八年。瑣事歷歷，猶如在目前。這一段生活是難得的經驗，因作此六記」（楊絳語）。下放記別，鑿井記勞，學圃記閒，「小趨」記情，冒險記幸，誤傳記妄，生活中的點滴斷片，娓娓道來，從容恬淡，苦中作趣，忙裏偷閒，自有一番滋味在心頭；明明是動盪歲月，卻又戲擬《浮生六記》的閒情逸志，足見大家風範。攝入筆端者有數，遺落紙外的更多，錢鍾書為《幹校六記》作序，不足1000字的短文，沒有別的話題，全圍繞「運動記愧」落筆，急切之心溢於言表，直到文章的結末處，他仍然企盼這從理論上應該有七記的「六記」之「缺掉的篇章會被陸續發現，補足填滿，稍微減少了人世間的缺陷」。或許可以說，錢鍾書的這篇千字文，不只是可以看作該書的言簡意賅的第七記，使這本薄薄的小冊子增添了分量，而且可以見出錢鍾書的思慮所在。這位謹言慎行、甘於寂寞的學者，很少跳出學術的範圍去面向社會發言，偶而離開凌虛高蹈的境界顧盼人間，便提出了這直指世人心靈的尖銳命題。

〔註2〕 楊絳《幹校六記》，三聯書店1981年7月版。楊絳後來發表的長篇小說《洗澡》，也許可以看作是一篇「運動記愧」之作，這愧非一人之愧，而是一群文化人的愧疚。

　　時隔不久，巴金在一篇雜感中指出了同樣的現象：「在十年『文革』期間我確實見過一些人大言不慚地顛倒是非、指鹿爲馬，後來他們又把那些話賴得乾乾淨淨，在人前也不臉紅。但甚至這種人，他們背著人的時候，在沒有燈光什麼也看不見的時候，想起過去的事，知道自己說了謊騙了人，他們是不是也會受到良心的譴責，是不是也會紅臉……的確有這樣一種人，他們不但說了假話，而且企圖使所有那些假話都變成眞理」〔註3〕。對於那些曾經助紂爲虐如今卻依然志得意滿者的憤慨，對於自己心靈上曾經有過的怯懦、動搖和被迫作出的違心之事的愧疚，對於民族浩劫的至死不忘的悲愴，在錢鍾書是偶然的不能自己的流露，在巴金則是念茲在茲、一而再再而三地自覺爲之的重大主題，他的五冊《隨想錄》，便是他在人近晚年的時候「執著如怨鬼，糾纏如毒蛇」地與歷史夢魘無倦地搏鬥的輝煌記錄。

心靈的懺悔與道德的超越

　　巴金曾經回顧說，寫過《懺悔錄》的盧梭和寫過《往事與隨想》的赫爾岑，都是他創作的啓蒙老師。他回憶在巴黎的日子時說道：「……我走到了盧梭的銅像腳下，不自覺的伸手去撫摩冰冷的石座，就像撫摩一個親人。然後我抬起頭仰望那個拿了書和草帽站著的巨人，那人被托爾斯泰稱爲『十八世紀的全世界的良心』的思想家。我站了好一會兒，我完全忘記了我的痛苦，一直到警察的沉重的腳步聲使我突然明白自己活在怎樣的一個世界裏的時候」〔註4〕。對赫爾岑，他同樣是充滿敬意地說道：「《往事與隨想》可以說是我的老師。我第一次讀它是在 1928 年 2 月 5 日，那天我剛買到英國康·嘉爾納特夫人翻譯的英文本。當時我的第一本小說《滅亡》還沒有寫成。我的經歷雖然簡單，但是我心裏也有一團火，它也在燃燒。我有感情需要發泄，有愛憎需要傾吐。我也有血有淚，它們要通過紙筆化成一行、一段的文字。我不知不覺間受到了赫爾岑的影響」〔註5〕。在巴金的《隨想錄》中，正可以看到盧梭和赫爾岑的巨大影響。

　　如果說，巴金對「文革」的深入骨髓的仇恨和不依不饒的批判，表現出他嫉惡如仇的性格，那麼，他所反反覆覆地進行的反省和懺悔，便是對盧梭

〔註3〕　巴金《賣眞貨》。《無題集》，人民文學出版社 1986 年 12 月版。
〔註4〕　巴金《〈巴金文集〉前記》，引自《巴金論創作》第 134 頁，上海文藝出版社 1983 年 2 月版。
〔註5〕　巴金《〈往事與隨想〉譯後記（一）》，同上書第 673 頁。

《懺悔錄》的精神的發揚光大，並以此而使自己臻於「當代中國的良心」的高度。從他 1979 年寫《紀念雪峰》，寫《懷念老舍同志》，到他於 1986 年寫《懷念非英兄》，寫《懷念胡風》，在那一個個亡靈面前，在眾多的讀者面前，他反覆地剖析著自己的心靈，懺悔自己的怯懦和卑污——

　　爲了寫這篇「懷念」，我翻看過當時的《文藝月報》，又找到編輯部承認錯誤的那句話。我好像挨了當頭一棒！印在白紙上的黑字是永遠擦不掉的。子孫後代是我們眞正的裁判官。究竟對什麼錯誤我們應該負責，他們知道，他們不會原諒我們。50 年代我常說做一個中國作家是我的驕傲。可是想到那些「鬥爭」，那些「運動」，我對自己的表演（即使是不得已而爲之吧），也感到噁心，感到羞恥。今天翻看三十年前寫的那些話，我還是不能原諒自己，也不想要求後人原諒我。〔註6〕

　　我寫文章同胡風、同丁玲、同艾青、同雪峰「劃清界限」，或者甚至登臺宣讀，點名批判，自己弄不清是非、眞假，也不管有什麼人證、物證，別人安排我發言，我就高聲叫喊。說是相信別人，其實是保全自己。只有在「反胡風」和「反右」運動中，我寫過這類不負責任的表態文章，說是「劃清界限」，難道不就是「下井投石」！我今天仍然因爲這幾篇文章感到羞恥。我記得在每次運動中或上臺發言，或連夜執筆，事後總是慶幸自己又過了一關，頗爲得意，現在看來不過是自欺欺人。終於到了「文革」運動，我也成爲「無產階級專政死敵」，所有的箭頭都對準我這個活靶子，除了我的家人，大家都跟我「劃清界限」；一連十載，我得到了應有的懲罰，但是我能說我就還清了欠債嗎？〔註7〕

在全民性的忘卻和逃避之中，巴金的執拗而堅韌的自我解剖、自我懺悔，顯得格外動人。李大釗當年說過，「最可敬的是懺悔的人，因爲他是從罪惡裏逃出來的，所以他對於罪惡的本體和自己的墮落的生活，都有一層深嚴而且透徹的認識，以後，任是罪惡怎樣來誘惑他，他絕不會再上當了。我們對於懺悔的人十分尊敬，我們覺得懺悔的文字，十分沉痛、嚴肅，有光華，有聲響，

〔註6〕巴金《懷念胡風》，《無題集》第 176 頁，人民文學出版社 1986 年 12 月版。
〔註7〕巴金《懷念非英兄》，《無題集》第 140 頁。

實在是一種神聖的人生福音」〔註8〕。如果說，以魯迅爲代表的一代人，正是以從封建舊營壘中殺出來的叛逆者和懺悔者的雙重形象，構成了五四時代精神界之深刻而又迷惘的覺悟者的複雜形象，那麼，巴金的《隨想錄》，正是以其光華和聲響，震聾發聵，昭示人間。

這樣的文字，用巴金自己的話來說，一篇《懷念胡風》，「從開頭寫它到現在快一年了，有時每天只寫三五十個字」，衰老抱病之身，耗竭生命之作，一部《隨想錄》，更是斷斷續續地寫了8年，以空前的強悍、坦率和熱情，放射出人格的光華和智慧的火花。有的論者曾經從文學性的角度對巴金的《隨想錄》提出過質疑，孰知巴金老人落筆之際，並非是爲了文學，而是爲了時代、社會和人心。如同晚年的魯迅一樣，意識到形勢的嚴峻和鬥爭的迫切性，便不能不放棄了小說和散文的寫作，只使用「匕首和投槍」式的雜文，從潛隱在文學的樣式後面抒情言志到毫不隱晦地現身說法、直抒胸臆，不依不饒地與「文革」的陰魂、與自己心靈上的陰影頑強搏鬥，給歷史豎起一座無法逃離開去的雪亮的鏡子。

《隨想錄》的思想高度，代表了當代思想文化反思十年動亂的最高水準。如果要說，其中還有什麼欠缺的話，那就是它凸現的是心靈的純潔和道德的自省，卻未能在理性的深度和力度上對「文革」中的民眾心態做出深切的剖析；它是通過對自我靈魂的拷問去感化和喚醒讀者的良知，但是，卻未能提供一座人人都無可遁逃的審判臺——當然，這只是就進一步的可能性而言，對於一位年過八旬的老人，他已經扛起黑暗的閘門，不過，這一次，不是要放人們逃到光明的地方去，而是讓人們窺見自己心靈的魔鬼；這已經是道常人所不能道，至爲難能可貴的了。

〔註8〕 《李大釗文集》（下）第 200 頁，人民出版社 1984 年版。

第六章　打開「魔瓶」

有一則神話，說的是所羅門王擒獲了妖魔，把它禁錮在銅瓶中，沉入海底。許多年之後，一個打魚的漁夫把這銅瓶捕撈上來，並且無意之中把這魔瓶打了開來。孰料，這個惡魔不但不感激漁夫的救命之恩，反而要一心加害於他，幸虧漁夫很聰明，用他的智慧制服了魔鬼，又將魔瓶沉入大海。

如今，「文革」這頭怪獸，在許多人看來，也是禁錮在銅瓶之中，沉沒於遺忘之海。但是，卻也有不少有識之士，不少的過來人，在警覺著這魔瓶的存在，並且無所畏懼地打開這只魔瓶，與這惡魔作決死的搏鬥；儘管在有的人眼中，他們就像與風車作戰的堂吉訶德一樣可笑，但是，正如一位學人所指出的那樣，所有的當代中國問題，所有的當代中國人的心靈畸變都彙聚和展露於「文化大革命」，因此對這所有問題的解決也必然取決於對「文化大革命」的認識。對「文化大革命」反省程度的深淺不僅直接關係到人們心理的康復，而且關係到是否能真正汲取教訓而在未來的日子裏少走彎路以立於世界先進民族之林〔註1〕。只有這樣的信念，才會使人能夠逆流而行，承受著諸多的漠視和不理解，承受著來自權力中心和來自民間的壓力和指責，而勇猛地前往。

人與獸的困惑

巴金在《隨想錄》中寫道：

> ……有人認為家醜不可外揚，傷疤不必揭露；有人說是過去已

〔註1〕 王東華《新大學人》第24～25頁，海天出版社1993年10月版。

經過去，何必揪住不放。但是在不少人身上傷口今天仍在流血。十年「文革」並不是一場噩夢，我床前五斗櫥上蕭珊的骨灰還在低聲哀泣。我怎麼能忘記那些人獸不分的日子？我被罰做牛做馬，自己也甘心長住「牛棚」。那些造反派、「文革派」如狼似虎，獸性發作起來兇殘還勝過虎狼。連十幾歲的青年男女也以折磨人為樂，任意殘害人命，我看得太多了。我經常思考，我經常探索：人怎樣會變成了獸？對於自己怎樣成為牛馬，我有了一些體會。至於「文革派」如何化作虎狼，我至今還想不通。〔註2〕

是的，對於如此巨大的歷史災難，延續時間之久，捲入人數之多，都是不容忽視，也不能不從民眾尤其是其中最活躍的青少年身上探詢其發生病變的原因。巴金的困惑，也是很有意味的，那些曾經噙著眼淚讀他的《激流三部曲》和《愛情三部曲》的小讀者，那些曾經圍繞在他身邊稱他為「作家爺爺」的紅領巾，怎麼會在一夜之間面目猙獰地向他揚起銅頭皮帶？他在自己的作品中，對青年人一向是寄予厚望、充滿熱情的，他的作品也首先是為青年讀者寫的，最能打動那一顆顆年輕的心，他在青年的心頭播種愛和光明，怎麼會在此時收穫恥辱、痛苦和血淚？

正是由於這種人獸莫辨、善惡難分的狀況曾經盛行於一時，所以才有關於人性和人道主義的倡揚和論爭。一位專攻中國思想史的著名學者，在回顧總結中國現代思想歷程的時候指出：

　　真正在馬克思主義理論領域中展示出新時期特點的是關於「人道主義」的論爭。

　　如前所述，「文化大革命」把從上到下整個社會中的傳統的與革命的信念、原則、標準統統破壞了，人們在思想、心理、身體、生活各個方面受到了空前的痛苦和損傷。人們或被迫或自願地出賣自己、踐踏自己、喪失掉自己。人不再是人，是匍伏在神的威靈下的奴僕、罪人，或者則成了戴著神的面目的野獸。

　　於是，神的崩潰便從各個方面發出了人的吶喊，人的價值、人的尊嚴、人性復歸、人道主義，成為新時期開始的時代最強音。它在文學上突出地表現了出來，也在哲學上表現出來。它表現為哲學

〔註2〕 巴金《我的日記》，《隨想錄》。

上重提啓蒙，反對獨斷（教條），反對愚昧，反對「異化」，表現爲對馬克思《1844年經濟學——哲學手稿》的研究盛極一時。當然是集中地表現爲呼喚人道主義，把馬克思主義解釋（或歸納或規範）爲「人道主義」。強調馬克思主義是「以人爲中心」，「人是馬克思主義的出發點」，等等。這當然是對「文化大革命」以及前數十年把馬克思主義強調是階級鬥爭學説的徹底反動，是對「以階級鬥爭爲綱」的根本否定〔註3〕。

人道主義的思潮，在「文革」結束後的興起，除了當代中國的社會現實，還有兩個重要的思想淵源，一是被上文提到的馬克思《1844年經濟學哲學手稿》的再發現和重新評價，使人們從馬克思的早期著作中獲得了張揚人性和人道主義、批判人的異化和社會的異化的思想武器，二是在有關薩特所著《存在主義是一種人道主義》以及東歐馬克思主義理論家爲批判薩特而闡發的馬克思主義與人道主義之關係的論著（沙夫《人的哲學——馬克思主義與存在主義》）中得到啓發和證明，而增添了理論的勇氣和信念。爲人道主義張目的周揚、王若水、高爾泰諸人，從理論上講，他們的主張也有待嚴密和完善，但是，人道主義的旗幟，正因爲它適應了80年代初期的社會現實，才得以顯示出空前的思想活力和戰鬥鋒芒。如論者指出的那樣——

> ……意識形態並不等於科學，也並沒有所謂完全正確的理論，何況在理論上並不正確的東西在歷史上卻可以起重要的進步作用。
> 〔註4〕在粉碎了「四人幫」、中國社會進入「蘇醒的八十年代」〔註5〕的時候，多麼必然也多麼需要這種恢復人性尊嚴、重提人的價值的人的哲學啊！「自由」、「平等」、「博愛」、「人權」、「民主」……這些口號、觀念充滿著多麼強烈的正義情感而符合人們的願望、欲求和意向啊！它們在揭露林彪、「四人幫」的封建主義、「集體主義」的罪惡，表達對各種壓迫、迫害的抗議上，多麼切中時病啊！儘管它在理論上相當抽象、空泛、貧弱，不能深刻説明問題，而且情感

〔註3〕 李澤厚《試探馬克思主義在中國》，《中國現代思想史論》第199～200頁，東方出版社1987年6月版。
〔註4〕 恩格斯：「在經濟學的形式上是錯誤的東西，在世界歷史上卻可以是正確的。」（《馬克思恩格斯全集》第2卷第209頁）。列寧重複了恩格斯這一論斷並指出要「記住恩格斯的名言」（《列寧選集》第2卷第322頁、431頁）。原注。
〔註5〕 《中國近代思想史論》第471頁。原注。

> 大於科學，但是，它們表達了人們壓抑了很久的思想、觀念、情感、意識，激起了人們與以「文化大革命」爲代表的舊傳統相徹底決裂的鬥志和決心，喚起人們去努力爭取被否定了和埋葬了的個人的人格、個性、生活權利、正當欲求……所以，説「一個怪影在中國知識界徘徊——人道主義的怪影」〔註6〕便是有其眞實的現實依據的。這就説明，爲什麼人道主義的理論、觀點、思潮，儘管被大規模地批判，卻受到廣大知識分子以至社會的熱烈歡迎，並且它能與經濟改革同步，配合和支持著改革，把社會推向前進。因爲它們是在繼續清算「文化大革命」，是在繼續與封建主義作鬥爭。這也很清楚，爲什麼批判者們儘管引經據典，大造聲勢，力加駁斥，證明馬克思主義的確並不是人道主義，卻始終應者寥寥。〔註7〕

對於人獸互變的追問，理論家們力圖從人性的異化與人性的復歸、馬克思主義與人道主義的關係上立論作文章，作家們則是用色彩斑斕的生活畫面、或蒼白或厚實的人物形象，加入了對歷史的反省和對人性、人道主義的倡揚。劉心武的《如意》通過底層社會的石義海和末代滿清貴族的「格格」金綺紋幾十年間由互相憐憫到互相愛慕，相濡以沫，卻最終無法抵禦巨大的社會災難，有情人難成眷屬，不能如意的愛情悲劇和生活悲劇，揭示了狂暴的政治運動對人性、愛情的壓抑和摧殘，也歌吟了普通人身上樸實的美好的人性和人情。戴厚英的《人啊，人！》通過幾個知識分子的坎坷命運，男女主人公何荊夫和孫悅曲折的愛情故事和他們周圍的人的悲歡離合，展示了極左政治思潮對人的心靈的壓抑和扭曲，旗幟鮮明地發出應當尊重人、尊重人性的吶喊；儘管作品對人性和人道主義的思考還顯得稚嫩和不足，以人道主義作爲「改善現實，提高現實」的良方失之於過份理想化，但它卻是一部非常及時的書，給人們提供了諸多的思考並引起了軒然大波。人性熱和人道主義，作爲對「文革」反思的深化和發展，一時間成爲文學的主潮。作品眾多，蔚爲大觀〔註8〕。

年輕的作家把他們的視線投得更遠，他們對建國之後的歷史進程沒有劉

〔註6〕 王若水《爲人道主義辯護》第 217 頁，三聯書店，1986，北京，原注。

〔註7〕 李澤厚《試談馬克思主義在中國》，《中國現代思想史論》第 202～203 頁。

〔註8〕 張志忠主編《中國當代文學藝術主潮》第九章《理想的崇高與現實的感傷》，中國社會科學出版社 1994 年 1 月版。

心武、戴厚英一代人那樣感同身受、印象深刻，他們的目光卻更加開闊，思考更加冷峻。張煒的《古船》，80 年代最出色的一部長篇小說，從解放前夕的土改鬥爭與還鄉團的互相仇殺入手，表現在階級鬥爭的大旗下被召喚出來的傳統文化的幽靈和流氓無產者的瘋狂性破壞性如何一發而不可收，從 40 年代末期直到 80 年代初期，一直籠罩著古老而閉鎖的窪狸鎮；令人窒息的血腥和姦詐，扭曲了幾代人的心靈。而被摧殘與被損害的人，從工商業者隋迎之到他的兒子隋抱樸，卻因為自認「老惰家的欠帳」太多而自甘悔罪，充當被瘋狂獸性所摧折的贖罪者。不同於《如意》中寫的生活的邊緣人和對社會動蕩的側面描寫，不同於《人啊，人！》把筆墨限定在校園中而一派文質彬彬，《古船》以凌厲的氣勢、正面切入時代的筆法，袒露了在酷烈的時代氛圍中產生的一個個血腥場面，把獸性的瘋狂和人心的險惡刻畫得淋漓盡致。作者顯然是認為，他從 40 年代末期的那場鬥爭中——曾經有人論證說，《古船》中描述的，正是當年康生推行極左的恐怖的土改政策，以致造成極大損失的地區——捕捉到了導致「文革」之瘋狂的源頭和改革之艱難的阻力所在。趙多多這樣一個可憐巴巴、生性膽小的孤兒，是生活的殘酷塑造了他的殘忍，土改鬥爭以來的歷次政治運動，是依靠他這樣的「堅定分子」才得以實行，他則是借助著搞運動而充分發泄了他的殘暴和獸性。為了印證那一場苦難，作者把農會與還鄉團之間的迫害和復仇、血腥和殘殺講述了一遍又一遍，從目擊者心靈中的恐怖見出歷史的恐怖，讓目擊者帶著這濃鬱的恐怖去拷問歷史和人心。

針對人與人之間的殺戮和相殘，嗜血的欲望和獸性的釋放，作者所寄予厚望的隋抱樸，從《共產黨宣言》和《天問》中，從成文的窪狸鎮史和親見的窪狸鎮史中，從父親的帳本和叔叔的航海圖中，汲取著智慧和力量，以致認定，「兩個偉大的鑽研真理的人這樣告訴了我們，他們只想著那麼多的人，只想著讓受苦的人擺脫血淚，又善良又堅決。他們沒有一點小心眼，有小心眼的人只為自己想一點小辦法，想不出這樣一種大辦法。」這樣把馬克思主義認知為最高意義上的人道主義，並企圖以此療救人心、矯正時弊的趨向，與《如意》、《人啊，人！》的意旨是相吻合的，但《古船》在其展示歷史的深切和情感的震撼力上，要遠遠勝過前者，具有史詩的規模和氣度。

與張煒的飽含血淚和激情傾訴他對於歷史的思索不同，更年輕的余華在辨析人與獸的異同的時候，要冷峻得多，幾至於不動聲色。他對於人際的關係，充滿最惡意的猜測和虛擬，而且，對於血腥的暴虐和肢體的酷刑，他似

乎有一種病態的沉迷。父母兒女、兄弟姊妹、朋友鄰居以至素不相識的陌路人之間，都是充滿了冷酷、仇恨和肢裂他人身體的瘋狂欲望的，這一切，又都是通過作者的精細詳盡而又排除了任何感情色彩，像醫生做手術一樣的沉靜和有條不紊的描寫所完成的，愈益顯示出作品的寒意逼人肺腑，給人一種強烈的生理的和心理的刺激。有人說余華的血管裏「流的一定是冰碴子」，有人稱贊余華承繼了魯迅先生寫作《狂人日記》的「出離了憤怒」的冷峻和批判精神，我卻一直苦苦思尋，1960 年出生的余華，寫作的大多是只有前臺人物，沒有時代背景的作品，難道歷史真的會從這些 60 年代出生的作家身上斷裂嗎？那麼，他作品中的峻切和殘暴又是源自何處？兄弟叔侄妻嫂之間互相虐殺和報復的《現實一種》，以 3、4、5、6、7 命名的街坊鄰里之間做著死亡的環舞的《世事如煙》，從《閱微草堂筆記》和《聊齋誌異》中脫化出來的人肉屠夫與起死回生的《古典愛情》，隱在紙面後頭的又是什麼？

《一九八六年》和《往事與刑罰》解開了這個謎底。《一九八六年》講述了一個中學歷史教師的悲劇，他曾經研究過古代的種種酷刑，在「文革」中他受迫害而瘋狂之後，便突然失蹤，20 年後的 1986 年他再度歸來，不斷地以自己的身體為材料而演示「墨、劓、荆、宮、大辟」等五刑，在自我摧殘的同時享受施虐和受虐的快意，他的不忘舊情的妻子和不明底細的女兒，卻只是充當了漠不相干的看客和路人。這個瘋子，在幻覺之中屠戮芸芸眾生：

> 無邊無際的人群正蜂擁而來，一把砍刀將他們的腦袋紛紛削上天去，那些頭顱在半空中撞擊起來，發出了無比的聲響，彷彿是巨雷在轟鳴……他伸出手開始在剝那些還在走的人的皮了。就像撕下一張張貼在牆上的紙一樣，發出了一聲撕裂綢布般美妙無比的聲音。

在《往事與刑罰》之中，「陌生人」應召前去會見刑罰專家，去討論他所接受的刑罰，他接受刑罰的原因，在於往事所關聯的幾個日期，1958 年 1 月 9 日，1960 年 8 月 7 日，1967 年 12 月 1 日，1971 年 9 月 20 日，這些只有確切的時間卻又沒有更多闡釋的日子，暗示著一種歷史；與之相關聯的酷刑，既是執刑者又是受刑人同時又是「陌生人」的過去的刑罰專家，再一次構成新的謎語，卻又因為《一九八六年》的存在，而透露了作者的旨趣，即殘酷的歷史、殘酷的文化與石頭一樣冰冷堅硬的人心在刑人和自刑時的無動於衷。比張煒走得更遠，余華相信人即是野獸，不僅人與獸是可以互相置換的，文化與酷刑、施虐與受虐、殺人與自戕，都是可以互換的。

濕婆之舞與俄狄浦斯

對於人為什麼變成獸的追問，在人性熱和人道主義的思考中變成了以什麼來矯治獸性的思索，在張煒那裏歸結為殘酷的敵對者之間的仇殺和虐待使之然，余華則把它追溯到源遠流長的傳統文化之中；然而，對於現實和對於當代人的追問，卻被輕輕地滑了過去。

在正面表現紅衛兵運動和「文革」風雲上，首屈一指的要數連續性的長篇小說，《瘋狂的節日》和《瘋狂的上海》〔註9〕。這兩部作品以中國最大的都市、「文革」策源地上海為背景，以浦江大學的學生造反派領袖蘇東曦等為主要人物，描寫了在「一月風暴」中學生組織「紅革聯」與張春橋的較量和1968 年 4 月浦江畔第二次「炮打張春橋」的狂潮。它們所展示的，是從上海的造反派群雄到北京最高中樞的權力分配和權力交換，是大江南北的武鬥狂瀾，是紅衛兵運動由盛而衰的運行軌跡。而且，作品中的各種人物，都在從各自的角度去思索和判斷這突然興起的狂風驟雨、腥風血雨。被囚禁的老市長曹荻秋從 50 年代後期黨內生活的不正常、民主空氣的稀薄和個人擅權到「文革」所要達到的空前的「大集權」，從現實權力的運作與更替中清理自己的思路；研究明清史的老教授是從歷史與現實的對照中指出「現在人們正用封建主義反資本主義，這倒退的革命，只能產生一個『封建社會主義』」（雖然這樣的判斷因為缺少論證和闡發而顯得突兀，卻不失為最清醒的）；然而，他們畢竟是遠離權力中心或者被排除出權力中心、處於運動邊緣的人物（至少在作品中是如此）。更引起我們的關注的，是處於權力鬥爭漩渦之中的那些人，是張春橋、蘇東曦和北京的學生領袖桂大福，是這些一度在生活中也在作品中充當主角、對這場運動負有不可推諉的責任的決策人物的思考。

曾經風雲一時的桂大福，用「為他人作嫁衣裳」來總結紅衛兵運動，「紅衛兵運動是洪水，是猛獸，是大批判的原動力，二千萬紅衛兵用他們的赤膽忠心為改朝換代賣命，他們打倒彭、羅、陸、楊；打倒劉、鄧、陶；打倒譚震林；打倒楊、余、傅；打倒王、關、戚，可是得到什麼？為他人作嫁衣裳！在『九大』這場權力再分配中根本沒有我們一份刀叉。難道我們只配在人民大會堂外敲鑼打鼓放鞭炮！或許連這份權利也沒有。聽說主席打算馬上讓紅衛兵上山下鄉，要去一千萬！」這樣的歇斯底里的發作中，充滿了被欺騙被出賣的悲愴。

〔註9〕 《瘋狂的節日》，胡月偉、楊鑫基著，四川文藝出版社 1987 年 9 月版。《瘋狂的上海》，胡月偉著，四川文藝出版社 1986 年 9 月版。

　　一直被作者以全部力氣加以刻畫和歌頌的蘇東曦，卻連這樣的判斷力也沒有，他過於執著於與張群橋的較量，渴望取得這一回合的勝利，卻未曾有過總體性的思索，相反地，倒是作品中張春橋的思考，得到了他的認同，並以此粉碎了他執拗的信念：「年輕人，今天，我打倒了你，也許有一天你會感謝我。感謝我今天──1968 年 4 月 15 日打倒了你。倘若我不打倒你，你恐怕就得像徐景賢、乘風一樣跟著我往前走，幹到底。而『文化大革命』的底是不可知的。等到命運亦將我打倒的那一天，你將以受害者的身份獲得解放。歷史辯證法不承認永恒的生命，不問勢之強弱，位之高低，時之順逆；勢可以易，位可以移，時可以轉……但是，你不要高興得太早，因為在老幹部們，比如上海的陳丕顯、曹荻秋，還有老百姓們看來，你們永遠是某種危險分子，是不可重用的政治犯。就像你們對我的復興社問題糾纏不放一樣，人們也會對你造反派的歷史糾纏不放，裝入檔案。你可以摘掉『壞頭頭』的帽子，可你腦袋上那一圈帽沿的壓痕，將永遠伴著你走進墳墓！」

　　這彷彿是預言般的話語，勾勒出了紅衛兵尤其是它的領袖人物的未來之命運，即弄潮兒、受害者與負罪者的互相交織，將籠罩他們的一生。作者對於這一點，顯然是抱以深深的同情的，他們為自己的同代人的遭遇而感到憤憤不平，所以才在作品中不斷地展示蘇東曦和他的戰友們怎樣地為了新生政權的純潔，為了實現毛澤東賦予他們的歷史使命而經磨歷劫、百折不回的英勇奮鬥。

　　然而，這樣的情愫，在 80 年代來說，顯然是無法被人們毫無保留地認同的，「青春無悔」的抽象口號，在如此酷烈的情境中也不適用，於是，在張春橋和蘇東曦的思緒中，都漾起了不可知論的紋漪，即前引「文化大革命的底是不可知的」，並且以濕婆之舞蹈──由創造到毀滅的輪迴之舞隱喻「文化大革命」的歷史。張春橋特意節外生枝地向蘇東曦講解這印度教之中使創造和毀滅的過程得以發動、進行和完成的梵神，蘇東曦在信念轟毀開槍自盡的時候，也陷入梵神的迷惑之中，「在一片赤紅的血霧中，蘇東曦慢慢跪倒在地。他看到濕婆左手的火炬在天地之間，越燃越烈，越燃越烈，放射著令人暈眩的光芒。爾後，漸漸地熄滅了，熄滅了……」蘇東曦最終使自己的生命過程加入了濕婆之舞，在一種不可知的、定命式的歷史行程中結束了自己的一生。

　　這樣，為作者所同情和崇敬的這些悲劇英雄，便陷入了雙重的無知之中。他們在滿腔熱忱地為「捍衛毛主席革命路線」而衝鋒陷陣的時候，他們並不

知曉自己被利用被擺佈，充當了權力鬥爭的開路小卒；他們在與張春橋等人殊死搏鬥的時候，絲毫沒有意識到，正是他們這支上海市最大的學生造反派組織的參與和推動，才會有張春橋等人彈冠相慶的「盛大節日」；他們所參與過的血腥恐怖、踐踏無辜（如余平所驚恐地目擊的抄家中發生的一切），被以「要打出一個紅彤彤的毛澤東思想新天地，就得付出血的代價」而抹殺；由於單純，由於稚嫩，他們無須為這無知的行為承擔責任。更何況，連老謀深算、久經陣戰的政壇老手張春橋都會在作品中哀歎，「文革」本身就是不可知的盲目運動呢。對自己的無知，對歷史的無知，與青年學生的對純而又純的革命純潔性的追求和獻身精神，這種內在的悲劇意識，都被作者所忽略，青年學生與張春橋之間的較量，吸引了他們的全部注意力，而且也獲得了為蘇東曦們辯護和立傳的充分理由；但這種避重就輕的選擇，不但使作品失去了把握真正深刻的悲劇的契機，也無法對「文革」做出有意義的反省。

這就是「無知犯罪」向題。俗語云‧不知者不為罪。親歷過「文革」的人，包括大量曾經投入其中、推波助瀾的知識分子，都以自己的無知和盲目為自己開脫。巴金在道德上進行懺悔，錢鍾書指出「運動記愧」的缺席，但他們的聲音很少得到呼應。儘管有不少的人撰文稱道巴金自我剖析的勇氣和真誠，但卻鮮有人步其後塵去寫自己的「運動記愧」。嚴格地說，巴金所懺悔的，是在明確地意識到他對朋友的批判，是為了自我保護而迫不得已的違心之言的前提下所表現出來的懦弱和卑劣，而不是我這裡所講的無知犯罪和悔過。「受蒙蔽無罪」，這在「文革」中喊得震天響的口號，在今天仍然未曾失去其用場。

然而，正是從這「不知者不為罪」、「受蒙蔽無罪」中，見出了我們的心靈的缺憾和我們為什麼沒有力量去徹底地清算「文革」、總結歷史悲劇之教訓的重要根源之所在。

明理的方式在於對比。人類由於無知而犯罪，並非始於今日，古希臘的《俄狄浦斯王》，索福克勒斯的著名悲劇，就是表現人類的這種生存困境的。一個被預言為將來會弒父娶母的孩子，為掙脫自己的命運而漂泊異邦，卻又恰恰落入命運的陷阱，於無知無覺中殺死生身父親，與母親結婚並繼承了王位，真相大白之後，他憤然刺瞎自己的雙目，再度踏上贖罪的苦難之旅。黑格爾在論述這一悲劇的意義時說：

> 在英雄時代的情況裏，主體既然和他的全部意志、行為和成就

直接聯繫在一起，所以他也要對他的行為的後果負完全責任。我們
現代人卻不然，如果我們有所行動，或是批判一種行動，我們就須
要求主體對他的行動和他完成這行動的情境要認識清楚，才能要他
對這行動負責任。……如果由於對情境的無知或誤解而做出與本來
意志相違的事，他就會拒絕負責，他只會承認他認識清楚的，並且
根據這種認識，下過決心，蓄過意圖而做出來的事。但是英雄性格
就不作這種分別，而是要以他的全部個性對他的全部行動負責。舉
例來說奧狄浦斯在去求神降預言的途程中和一個人發生爭執，就把
他打死了。在那個好勇鬥狠的時代，這種行為並不算什麼罪行；本
來那人對奧狄浦斯就很兇狠，但是那人正是他的父親。他和一位王
后結了婚；這位妻子就是他的母親，他在不知不覺中犯了蒸淫的罪
過。但是知道了之後，他完全承認了這宗罪行，把自己當作一個弒
父娶母者來懲罰，儘管打死父親娶母親既出於他的無知，就不出於
他的意志。獨立自主的堅強而完整的英雄性格就不肯卸脫自己的責
任，也不認識到主觀意圖與客觀行動及其後果之間的這種矛盾，而
在近代，每一個人的行動都和旁人有千絲萬縷的糾葛和牽連，他就
盡可能把罪過從自己身上推開。〔註10〕

黑格爾還說，近代人的觀點是比較符合道德的，我們今天也大多持這一判斷，
以無知犯罪而赦免了自己和他人。然而，20 世紀後期的社會思潮，卻已經越
過了黑格爾的判定，達到了否定之否定的階段：在經歷過最黑暗的納粹主義
和斯大林主義的時代，經歷過毀滅性的世界大戰之後，對於億萬親歷者來說，
他們的良心無法繼續保持平靜，無法以無知和盲目為自己辯護。雅斯貝爾斯，
率先敢於正視德國民眾的容忍甚至支持了納粹政權的道德罪惡與道義責任問
題的極少數德國思想家之一，於大戰結束後的 1946 年，便出版了他的《罪責
問題》，渴盼他的同胞們能夠進行精神上的滌罪和更新。其後，他又鍥而不捨
地思考著心靈的救贖和悲劇的超越。「1933 年以來，在德國和德國青年身上所
發生的悲劇，有很多需要理解和同情之處：信守的盟誓、破滅的希望、英雄
主義、痛苦和成千上萬民眾的忍耐——所有這一切都注定要歸於崩潰、幻滅
和失敗。正是為了這幻滅的一代、失敗的一代，雅斯貝爾斯才進行有關悲劇

〔註10〕黑格爾《美學》第 1 卷，轉引自《古希臘三大悲劇家研究》第 144～145 頁，
　　　　陳洪文等選編，中國社會科學出版社 1986 年版。

問題的著述」,「『那些除了決心之外一無所有的人』,雅斯貝爾斯提醒我們,『他們堅定有力地保證,不假思索地服從,毫不質疑地蠻幹——而事實上,他們陷入粗淺狹隘的幻覺裏了。』他們的幻覺是『一種狂野而迫不及待地採取行動的智力低下的激情,表現出人類消極被動地成為自己本能衝動的奴隸』〔註11〕。與這種消極被動地成為自己本能衝動的奴隸的「偽悲劇」相對立,雅斯貝爾斯重新認同和推崇《俄狄浦斯王》說:俄狄浦斯是決意要洞悉一切的人。他運用卓越的智慧,解出謎語,征服了斯芬克斯。因此,他成為底比斯的統治者;他厭惡永久的欺瞞,他把自己毫不知情地幹下的可怕行跡暴露於光天化日之下。這一來,他招致了自己的毀滅,他完全意識到他的探索所帶來的福澤和詛咒,為了追求真理他甘願承受起這兩者〔註12〕。只有越過這以「無知犯罪」所構成的屏障,不惜以承受巨大的懲罰去追尋事實的真相和真理,才能超越命運的悲劇,展示人的心靈的偉大,這便是雅斯貝爾斯面對歷史廢墟發出的對良知對真理的呼喚。

　　無獨有偶地,米蘭·昆德拉在討論捷克斯洛伐克的當代歷史進程中,在討論無知犯罪的時候,也是援引了《俄狄浦斯王》。在《生活在別處》中,米蘭·昆德拉曾經描寫了自命為浪漫派詩人的雅羅米爾,如何為了個人的私念和虛幻的信念充當了可恥的告密者而不自知,以致於被作者歸結為「這個世界是由劊子手和詩人聯合統治的」這一令人震顫的結論。在《生命中不能承受之輕》中,作品的主人公托馬斯在看到人們討論斯大林主義在東歐的陰影,以及那些斯大林主義的各國追隨者的責任時,過份執著於「他們知道還是不知道」歷史真相的問題,即是無知犯罪還是自覺犯罪,而那些追隨者們也以不知內情為自己辯護;托馬斯援引《俄狄浦斯王》的自覺承當無知犯罪的後果的例子,憤怒地譴責那些「無知犯罪者」,「無論他們知道或不知道,這不是主要問題;主要問題是,是不是因為一個人不知道他就一身清白?難道坐在王位上的因為是個傻子,就可以對他的臣民完全不負責嗎?」

　　　　當托馬斯聽到追隨當局者為自己的內心純潔辯護時,他想,由
　　於你們的「不知道」,這個國家失去了自由,也許幾百年都將失去自

〔註11〕 《悲劇與雅斯貝爾斯》,雅斯貝爾斯著,亦春譯《悲劇的超越》所錄「英譯本序」,見該書第4～6頁,工人出版社1988年6月版。

〔註12〕 《悲劇與雅斯貝爾斯》,雅斯貝爾斯著,亦春譯《悲劇的超越》,第48頁,工人出版社1988年6月版。

由，你們還能叫叫嚷嚷不感到內疚嗎？你們能正視你們所造成的一
切？你們怎麼不感到恐怖呢？你們有眼睛看嗎？如果有的話，你們
應該把眼睛刺掉，遠離底比斯流浪去！〔註13〕

然而，這樣一種不惜一切代價以追尋真理的精神，寧可下地獄也要索求命運
之真諦的勇氣，正是我們所不具備的。巴金老人所做的懺悔，已經顯現了中
國知識分子最大的勇氣和最高的良知。但是，他似乎過於偏重於心靈的傾訴，
道德的昇華，過於為懺悔之情所制約，而未能以智慧的思考去切入歷史的深
處、心靈的深處，登上新的臺階——這樣說，也許有些不敬，五集《隨想錄》，
歷時 8 年之久，從第一集中的《紀念雪峰》，到結末之作《懷念胡風》，巴金
始終沉浸在悲切而愧疚的情感中，卻始終未能深化其理性的思維，登上思想
的高峰。更多的人們，則是在「無知犯罪」、「聖徒情結」的沉迷之中，如《瘋
狂的上海》的主人公蘇東曦，直至開槍自盡，仍然沉溺於夢幻之中，既無法
判明歷史的真諦，也無法確知自己的真實處境，比桂大福還低了一層，卻在
濕婆之舞中體會到虛妄的沉酣和陶醉，豈不令人生哀？

八方風雨來眼底

對於人為什麼變成了獸的尋蹤，很重要的一個方面便是探討那些最具有
可塑性又在「文革」中充當了最激進活躍的社會力量的青少年教育問題。他
們是如何從天真的學生轉變成狂熱的「革命先鋒」的？

這是一個全球性的命題。中國爆發「文革」、學生奮起「造反」的 60 年
代，正是全世界處於大的風暴和震蕩的時期，「布拉格之春」打破了東方世界
的壁壘，巴黎的「紅五月」動搖著法蘭西的權位，美國的黑人運動、反戰運
動、女權主義和嬉皮士、搖滾樂構成龐然大觀，在東瀛島國日本，鬧學潮的
大學生佔領東京大學校園……激進主義思潮風靡世界，它的主力則無一例外
地是青年學生。僅此而言，反思和總結「文化大革命」，便具有著重大的世界
性的意義，可惜我們還沒有意識到這一點，往往在不經意中讓它溜掉。反過
來，只有具有宏觀的世界眼光，在世界風雲中把握「文革」的實質，我們才
可能有更深的啟悟和教訓。

欲窮千里目，更上一層樓。此之謂也。

〔註13〕韓少功等譯《生命中不能承受之輕》第 182～183 頁，作家出版社 1991 年 3
月版。

　　遺憾的是，我們的目力過於短淺，在這口口聲聲「地球村」的時代，我們仍然是「桃花源」中人，不知有漢，遑論魏晉。

　　譬如說，薈萃了百家之言的《「文化大革命」中的名人之思》，不乏思想文化界的諸多名家，都是很有影響力號召力的名字；蕭乾、李洪林、宋振庭、於浩成、黎澍、金春明，王若水、李銳、李澤厚、廖沫沙；然而，他們的思考，都離不開撥亂反正的時代背景，大多是緊貼著現實的政治層面進行的，其大的分類為：

　　　　Ⅰ　紅色的祭壇──「文革」社會現象之思
　　　　Ⅱ　塞壬的歌聲──「文革」意識形態之思
　　　　Ⅲ　沉重的權杖──「文革」政治體制之思
　　　　Ⅳ　人道與獸道──「文革」人性道德之思
　　　　Ⅴ　撥不開的沉霧──「文革」文化傳統之思
　　　　Ⅵ　早慧者的聲音──「文革」中的「文革」之思〔註14〕

這裡所缺的，恰恰是它所不應該遺漏的、「文革」與世界風雲之思。

　　譬如說，從80年代開始公開介紹西方馬克思主義理論，陸續出版了一批譯著和評價性論著，尤其是號稱「青年造反哲學」之父馬爾庫塞的譯介，使我們有可能借助他山之石，剖析中國的現實。馬爾庫塞也的確曾經把中國的「文化大革命」置於他的研究之中的。「馬爾庫塞糾集的革命力量都是時髦的激進分子圈子裏很熟悉的人員。我們尤其不要忽視其極端的異質性：美國的學生運動、美國城市貧民區的黑人、中國的文化大革命和越南、古巴的民族解放戰線。這個大雜燴有三種成份：第一是美國真正有抱負的窮人和越南以及其他地區的農民（這裡不要把這些農民與他們之中自命的代言人混淆起來）；第二是為社會民主而鬥爭的白人中產階級學生以及在英國、德國和法國的中產階級白人學生。這些學生集造反精神與無政府主義於一身，是地地道道的列寧所診斷的左派共產主義幼稚病的典型；第三種是中國、古巴和越南的共產主義官僚政治的代表，這些人代表著右翼共產主義，即一種寡頭政治病。這三種力量僅有一點是共同的：他們皆與發達工業社會的政府相衝突。但是，正如馬克思和列寧所指出，與既定秩序相衝突並不一定是解放的原動力」。〔註15〕對於馬爾庫塞的這段批判性很強的論述，其政治見解未必能被我

───────────

〔註14〕《「文化大革命」中的名人之思》，中央民族學院出版社1993年8月版。
〔註15〕〔英〕阿·麥克倫泰著、詹合英譯《「青年造反哲學」的創始人──馬爾庫塞》

們所認可，但它的確是具有一種我們所不具備的新思路的。

於是，新的課題生成了——這一世界性的青年學生造反狂潮是如何掀動的？

張承志的《金牧場》，試圖探討這一問題。他採用了一種時間空間縱橫交織的結構方式，把中國的紅衛兵長征、日本的學生運動、美國的黑人鬥爭等融結在一起，加以表現和考察，顯示出一種獨特的開闊的氣勢；然而，面對現實的複雜的現象，他又急於作出詩意概括，以古往今來、世界各民族都有人不惜千難萬險去尋找「金牧場」尋找理想國，高揚自由和生命之旗幟爲答案，浪漫蒂克，壯懷激烈，卻無形中迴避了對現實的窮究不捨的追索。

作爲作家，張承志有充分理由去展露他的激情，去抒寫他的詩興，他可以理直氣壯地要求思想家理論家去接受這樣的難題。然而，卻沒有任何跡象表明有人接過了它，作繼續的追尋。

20 世紀後半葉的世界格局和社會秩序的建立，是以第二次世界大戰的勝利結束爲起點的，創造戰爭奇跡的英雄們爲世界立法，並統治著這個世界，長達 40 餘年。

《第四代人》，這在問世之初曾經引起過學術界相當熱情的反應的、討論中國現狀中的幾代人的特徵與「代溝」的專著，在講到新中國的開創者即作者所劃定的第一代人時說：

> 很少有哪一代人的政治生命（或社會生命）像第一代人這樣長，如果你回首看看中國的歷史和四代人的歷史，你會發現我們走過的歷程並不是一場接力賽，如果說是的話，那麼接力棒也是始終握在第一代人的手中，直到今天，他們才剛剛把這個接力棒遞給第二代人。我們走過的歷程像一場沒完沒了的馬拉松賽跑，第一代人始終是我們的領跑人〔註16〕。

此言極是。不過該書的作者沒有意識到，這在時間的縱軸上令人驚歎的奇觀，在空間的橫軸上卻是普遍地顯示於東西方各國的——

領導了法蘭西流亡政府和抵抗運動的戴高樂，戰後幾次出任國家總統；

指揮了南斯拉夫游擊隊的鐵托，戰後把國家的命運牢牢掌握在手中，抵制過斯大林主義的高壓，還領導了不結盟運動；

第 109～110 頁，湖南人民出版社 1988 年 9 月版。

〔註16〕張永傑、程遠忠著《第四代人》第 65 頁，東方出版社 1988 年 8 月版。

握有克里姆林宮之權柄的蘇聯首腦，斯大林、赫魯曉夫、勃列日涅夫、戈爾巴喬夫，都曾經沐浴過二次大戰的炮火；

白宮的主人，從杜魯門、艾森豪威爾、肯尼迪到老布什，都是以二戰英雄的姿態登上權力寶座的。

美國這樣一個年輕的、最活躍最變化多端的國度，卻不能不被經受過戰爭考驗的一代人輪流執政，統治了半個世紀，這足以證明二次大戰對世界歷史的影響之巨大。1992 年克林頓與布什競選美國總統之戰，便被看作是二戰之後出生的年輕人與二戰英雄的較量，在新聞記者筆下，克林頓被稱作「戰後的一代」，「是 20 世紀以來歷屆美國總統中唯一與戰爭無緣的一屆新總統」。

戰爭造就英雄，英雄贏得戰爭。二次大戰結束之後的半個世紀，儘管局部的戰爭和衝突接連不斷，但全球性的、威脅人類根本生存的戰爭畢竟得以避免，二戰之後建立起來的戰略均衡和調節機制，對峙中的緩和，給世界提供了一個從戰爭創傷中恢復、重建和繁榮的機遇，戰爭英雄們便進一步地證明了他們的輝煌。

這就是戰後出生的一代人在 60 年代所面對的局勢。戰爭英雄們的傳奇故事令他們神往不已，他們是看著聽著戰爭往事成長起來的，青少年的英雄崇拜在這樣一個崇拜英雄的時代得以空前地膨脹起來；他們的幾乎是一張白紙的人生閱歷，在英雄們的輝煌業績的映照下，不能不黯然失色，這種反差卻又是加倍地激起了他們的英雄夢。但是，時代對他們卻無法提供張揚自我的舞臺。和平建設時期，需要的是理性和秩序，需要的是循序漸進、按部就班，與光輝的歲月相比，他們面對的現實是如此平庸不堪、如此無法忍受。他們的不滿和夢想，他們的狂熱和躁動，他們的熱血衝動和實現自我的激情，像熱病一樣折磨著他們，尋找著進發的火山口。

然而，二戰結束之後建立起來的社會秩序，在它的運行之中，在 20 年的流光中，也醞釀和積聚了足夠的社會矛盾，西方世界在冷戰鐵幕的後面所推行的反共政策，激起了反彈，青年學生普遍地激進化左傾化，薩特和馬爾庫塞對資本主義發達時代的批判和抨擊，博得了他們的喝彩，成了他們的思想武器。政治局勢的動蕩，越南戰爭的升級，經濟因素的變化，社會矛盾的激化，使他們亢奮起來，充當叛逆的一代。東方的中國，則是由於黨內鬥爭的需要，毛澤東訴諸民眾，親自扶持和接見紅衛兵，把千百萬青少年都發動起來，構成沖毀一切既定秩序的滔天洪水。

　　這樣，就形成了一種悖反現象：這些模仿著戰爭英雄的青少年，正在摧毀戰爭英雄們所創建的事業。這抗議、造反和摧毀之上，又凌駕著理想主義的烏托邦，使投身於其中的人們體味著一種盛大的狂歡氣氛。寫作《文革之子》的梁恒，回憶他在「文革」的 1967 年「五一勞動節」與眾多紅衛兵一起見到毛澤東的情景，雖然時過境遷已經十幾年過去，他已經移民到了美國，卻仍然充滿激情和對每一細節記憶猶新：

　　　　……我像個孩子一樣大叫起來，我一遍又一遍地叫道：「您是我們心中最紅、最紅的紅太陽！」淚水模糊了我的視線，我再也控制不住自己了……這個盛況一結束，大家一起又湧向電報大樓向他們在全國各地的家人報告了這個消息。我等了兩個多小時，才顫抖地寫下了如下的電文：「今晚九點一刻我成了世界上最幸福的人。」我肯定無須多解釋，父親是會理解這幾個字的含義的。那一夜我們整整激動了一夜，談論著這一巨大幸福。〔註17〕

美國一位參加過抗議鬥爭的學者也做過大體相近的回憶。

　　　　這種團結一致、親密無間的情感給許多這類抗議活動帶來了一種節日氣氛；有時，很難將它們區別於那些豐富多彩的聚會和其他的對抗文化慶祝活動，因爲這些活動同樣力圖在一個衝突和分化的時代保持一種烏托邦式大同的理想……我記得在大樓被占期間〔註18〕。有一天我把兩歲的兒子帶到哥大校園來。那是入春後第一個暖日，所有的人都沉浸在一種夢境中。我們坐在草地上，校園顯得比以往任何時候都更加安寧恬靜。兩天以後，騎警將要越過草地追趕學生和旁觀者，把他們逼到圖書館的石牆邊上。但是，短短一瞬間，那種在一個公開社會中開辦一所公開大學〔註19〕，不分等級，各人幹各人的事情的虛幻理想似乎變成了現實。一切都像在公社控制下的巴黎一樣，並且證明像巴黎公社一樣脆弱。60 年代教育人們，烏托邦幻想具有振奮人心的力量，同時又是非理性的。我猜想，60 年代將繼續對曾經最生動地體驗過它們的一整代人的思想產生一種神

〔註17〕梁恒、朱迪思・夏比羅著《文革之子》第 138〜139 頁，彭萍、張曉丹等譯，中國民間文藝出版社 1986 年 1 月版。
〔註18〕指哥倫比亞大學學生佔領校園的時期。
〔註19〕此處譯文似乎有誤，應爲「在開放的社會中開辦一所開放大學」。

秘的吸引力。〔註20〕

同樣的青春期騷動和踏入成人社會之際的恐懼,同樣的浪漫理想和面對現實的憤怒批判,同樣的追求純而又純、要麼全部要麼全無的絕對價值,同樣的在烏托邦之夢幻中體驗那種神秘的群體狂歡的吸引力,只是由於那些負責管教、約束和引導他們的成年社會和統治者採取了不同的態度,後者被鎮壓,前者被利用,這才會在青年學生與社會秩序的各自發展方向上,演化出不同的命運。

一位史學專家這樣寫道,「經歷過那場『史無前例』的浩劫,終生難忘;但是正如毛澤東所說:『感覺到了的東西‧我們不能立即理解它,只有理解了的東西才能更深刻地感覺它。』經歷過『文化大革命』的人們也需要深刻地理解『文化大革命』。況且,我們都不願意:『文革』在中國,『文革學』在國外的現象出現。」〔註21〕末一句話似乎只是順便說出來的,卻也流露出特定的情感。其實,建立和發展「文革學」是智慧和目光的競爭‧提高我們的思維質量,開拓我們的研究視野,方是當務之急。

在結束這一編的時候,我願意引用一位目光敏銳的學者的有關論述,以強化我在前面所闡發的觀點:

> 對於許多當代作家來說,他們本來存在著擴大視境、增加體驗深度的可能性,但他們卻存在著一道感受、體驗的無形的屏障。他們中許多人,從 50 年代到「文革」期間,先後經受了嚴重的挫折、磨難。時間之長,人數之多,在別的國家並不多見。被貶斥、流徙、勞改、監禁,肉體、精神上受到不同程度的折磨、凌辱。這些遭遇,就如巴金所說是很容易使人想起但丁的《神曲》的:

> > 經過我這裡走進苦痛的城,
> > 經過我這裡走進永恒的痛苦。

> 巴金還說,有了諸如「十年浩劫」的經歷後,「我相信會有新的但丁寫出新的《神曲》來。〔註22〕這種期望似乎並不過份,而且,

---

〔註20〕 莫里斯‧迪克斯坦著《伊甸園之門——六十年代美國文化》第 260 頁,方曉光譯,上海外語教育出版社 1985 年 8 月版。

〔註21〕 廖蓋隆《研究「文革」具有很大的現實意義》,《「文化大革命」中的名人之思》代序。

〔註22〕 《隨想錄‧探索》,見《探索集》第 31 頁,人民文學出版社 1981 年版。原注。

還可以說是必然的。但是，並沒有「新的《神曲》」的誕生，至少是
在 80 年代結束時還沒有能見到……在 80 年代，經常能聽到這樣一
種說法：當代許多因各種政治運動、或由政治殃及的藝術原因被拋
入生活底層，受到不公正待遇的作家，他們的不幸已轉化為他們精
神上，創作上難以估量的財富。當然，我們沒有一個人在事前會為
了獲得這種「財富」而甘願自動投入這種深淵。除此之外的另一個
問題是，經受了這種不幸，是不是就一定能獲得精神上的「財富」，
這也很難說，這兩者間並不一定存在必然聯繫。如果這種遭遇結束、
命運得到改善，獲得聲譽上、地位上、物質上的各種補償之後，很
快就使原先虛空、惶惶無著的心靈獲得滿足，原來所有的批判意識
與悲劇精神便會消解而過渡到圓滿心態。甚至有一種可能是，在受
難的時候，也並沒有能具有批判意識與悲劇精神，只不過把全部注
意力放在對被解救的等待上。由此我們相信：一個人的精神高度和
生活質量，並不一定與生活際遇的坎坷程度成正比；如果這種人生
際遇不能轉化為一種深刻的精神體驗，那並不值得特別去驕傲。隨
著個人命運的改善，我們很快又會回覆到那種自以為能洞察一切、
把握一切的心緒中去。〔註23〕

此言深得我心。我想要補充的兩點是，第一，上述這段引文是針對當代作家
的批評，但它對於當代知識分子，哲學家、社會學家、歷史學家、心理學家
等，同樣是很有意義的；第二，非但是那些不具備深刻的批判意識和悲劇精
神的人們無法從歷史的浩劫中超昇起精神的火炬，即便是具有自覺的批判意
識和悲劇精神的人們，仍然需要拓展自己的視界，深化自己的思考，須知對
於十年浩劫和跨度更長的當代歷史的反省，只是剛剛開始，前路正漫漫。

〔註23〕洪子誠《作家的姿態與自我意識》第 197～200 頁，陝西人民教育出版社 1991
年 6 月版。

第三編　十字街頭與象牙之塔——
學者與鬥士的兩難困惑

> 作爲人類的生活與藝術，這是迄今的兩條路。我站在兩路相會
> 而成爲一個廣場的點上，試來一思索，在我所親近的英文學中，無
> 論是雪萊，裴倫，是斯文班，或是梅壘迪斯，哈代，都是帶著社會
> 改造的理想的文明批評家；不單是住在象牙塔裏的。這一點，和法
> 國文學之類不相同。

廚川白村《出了象牙之塔》

上面這段話，是從魯迅先生爲中譯本《出了象牙之塔》寫的後記中摘引出來
的。

　　依照我們所理解的和認可的知識分子的規定性，即「除了獻身於專業工
作以外，同時還必須深切地關懷著國家、社會，以至世界上一切有關公共利
害之事，而且這種關懷又必須是超越於個人（包括個人所屬的小團體）的私
利之上的」[註1]。他們不只是在各自的研究領域裏學術有專攻，還要面對社
會和歷史，發出自己的思考和呼聲。實驗室、書齋和教室，爲學術而學術，
爲藝術而藝術，便通向了象牙之塔；關心社會的變動，注視時代的命運，便
將其引向熙熙攘攘、紅塵滾滾的十字街頭。二者之間的關係，構成了知識分
子的使命和心靈的兩極。

〔註1〕　余英時《士與中國文化》自序。上海人民出版社 1987 年 12 月版。余英時所
　　　　提出的知識分子的定義，得到了較多的贊同，並經常被引證。

　　從理論上講這二者並不足以構成矛盾和衝突，而是互相制衡──知識分子不只是關注於自己的專業發展，還要考察歷史的走向，他不只是要闡釋和改造自然，而且要闡釋和改造社會和人的心靈，對人類的終極關懷，成為他們從事創造性活動的強大動力，他們各自的創造活動，又是最終以造福於人類為目的。然而，在 20 世紀的中國，現實的生存環境曾經強制性地迫使知識分子走出象牙之塔，投身於十字街頭的社會鬥爭，即所謂在救亡與啟蒙的衝突之中不得不去充當民族的鬥士而告別書齋。後來的人為的階級鬥爭和路線鬥爭的一波未平一波又起，一浪更比一浪高，則以否定「白專路線」，以「知識分子勞動化」、「工人階級必須佔領並且永遠領導學校」的諸多口號，以「大革文化命」和新的「焚書坑儒」，摧毀了象牙之塔，把知識分子押到十字街頭示眾。

　　強權面前沒有真理可言。在告別了不容選擇的時代之後，隨著社會生活秩序的復歸於常規，知識分子的自我確認和自覺選擇才又重新成為人們的話題，引起了人們的熱情關注，並且開始了自身缺憾的反省。

　　這一編的內容，就是圍繞這種選擇的困惑及我們的評析而展開。

第七章　難以承受之重和輕

學術遷變與國家興亡

　　李澤厚在論述近百年前產生的第一代中國近現代知識分子的思想情感時指出，儘管他們「已經在政治上、思想上接受了西方的自由、民主和個人主義，但他們的心態並不是西方近現代的個體主義，而仍然是自屈原開始的中國傳統的承續。在中國這一代近現代意義的知識分子身上所體現的，倒正是士大夫傳統光芒的最後耀照。」「如譚嗣同『我自橫刀向天笑，去留肝膽兩崑崙』；秋瑾引古詩作絕筆的『秋風秋雨愁煞人』；黃興弔劉道一的『……我未吞荒恢漢業，君先懸首看吳荒……眼底人才思國士，萬方多難立蒼茫』；寧調元辛亥革命後被殺前的『死如嫉惡當為厲，生不逢時甘作殤，偶倚明窗一凝睇，水光山色劇凄涼』；以及名蓋一時的南社詩人的許多創作……它們所構成的這個世紀初的悲壯的革命進行曲，基本上仍然是中國傳統的士大夫家國興亡責任感和人生世路凄涼感在新時代裏的表現。西方近代文化觀念的洗禮，還只輸入和停步在理知層的意識領域。它們當時主要是企望創造一個民主、共和、強大、獨立的新中國，對人生世事、對人際情感以及各種有意識無意識的心態積澱，仍然是傳統中國的，傳統式的悲憤、哀痛和激昂。」〔註1〕

　　李澤厚是試圖從情感形態與文藝創作的變遷中探討他所區分的自20世紀初以來六代知識分子的心靈歷程的（辛亥一代、五四一代、大革命一代、三八式一代、解放一代、紅衛兵一代），而且自有其才識過人之處。不過，這篇

〔註1〕　李澤厚《二十世紀中國文藝一瞥》，《中國現代思想史論》第211～212頁，東方出版社1987年6月版。

為作者所自稱的「印象草記」，的確有些草率倉促。比如說，他捕捉到了秋瑾、黃興、林覺民等人的抒情方式和抒情內容的傳統文化印記，但他卻斷言這一代人身上體現的是「士大夫傳統光芒的最後耀照」，並以此作為與下一代人的區別。其實，這種「中國傳統的士大夫家國興亡責任感和人生世路凄涼感」，這種「士大夫傳統光芒」，並不只是體現在辛亥一代知識分子身上，而且一直是彌散於 20 世紀的文化氛圍之中，從抗言中國的脊梁和浸潤魏晉風骨的魯迅，到在「十字街頭的塔」裏卜居和隱逸的周作人，從以「周雖舊邦，其命維新」為己任的馮友蘭，到慨歎「既無功業名當世，又乏文章答盛時」的何其芳，從被認定為沈從文的傳人、中國最後一位士大夫的汪曾祺，到在「尋根熱」中引人注目的、標舉傳統文化的阿城與賈平凹，從筆記、小品和閒適散文的興起，到學界對於乾嘉學派的推重，似乎都可以看到傳統文化在 20 世紀進程中的延續和滲透。那種傷時憂國、感懷悲己的心態，不絕如縷，久久縈繞，豈是一次兩次歐風美雨的光顧便可斷然根絕的？

作如上的辨析，是要說明我們的觀點，中國傳統的文化態度和入世精神，一直是延續於 20 世紀知識分子的血脈之中，並且嚴重地影響了他們的學術態度。本世紀中國知識分子的思考重心，一直是建基於中西文化的衝突之上，去思考如何重振中華民族的精神和文化的；這一思考，本來已經是非常複雜而沉重，卻又被民族的生存危機所阻斷──30 年代中期日本帝國主義的大舉入侵，和 60 年代中期爆發的幾乎斷送民族前途的十年浩劫，便是這生存危機的突出表現。社會的劇烈動蕩，必然影響了知識分子的治學態度，正如馮友蘭先生的詩句所云：

　　　　若驚道術多遷變，請向興亡事裏尋。〔註2〕

馮友蘭在這裡指的是新中國成立之後的 30 餘年間在生活經歷和學術生涯上的曲折坎坷，「總起來看，我在解放後所有的經歷是很曲折的，所走過的道路是坎坷的。因之，在哲學和哲學史工作上也有曲折反覆，這就是那些曲折和坎坷在學術思想上的反映」。〔註3〕這些坎坷，既有因為政治上的壓力和陳伯達的點名批判給馮友蘭帶來的精神壓抑和扭曲，也有在批孔運動中為自我保護而順應時勢寫作批孔文章並充當梁效顧問的恥辱，皆見於這晚年回顧、總結平生的《三松堂自序》。在那個年代，說違心話做違心事者眾矣，勇於袒露自

〔註2〕　馮友蘭《三松堂自序》第 311 頁，三聯書店 1984 年 12 月版。
〔註3〕　馮友蘭《三松堂自序》第 311 頁，三聯書店 1984 年 12 月版。

己的劣跡和反省者寥寥，馮友蘭的自白，作為一種思想資料，卻讓我們對國家興亡與學術變遷的關係有了具體的印證。

當然，世間的事物從來就不是單向作用，而是交互影響的。時代風雲，社會動蕩，固然對文人學者造成了極其重要的制約，中國的知識分子，又何嘗不是承繼了傳統士大夫的傳統，以「天下興亡，匹夫有責」自勵（可以對比之於 80 年代初期大學校園中響起的「振興中華」、「從我做起，從現在做起」的口號），以覺世醒民、保衛和張揚人文主義的理想自許（請參照五四時代的啟蒙主義和 80 年代的啟蒙精神），以勇於自我犧牲去進行執著的追求和忘我的奉獻，莫不顯露出傳統文化對現當代知識分子的潛移默化。

這種傳統與現代的緊密聯繫和血脈相通，或許正是中國 20 世紀知識分子的特徵之一。一位華人學者指出，西方學人所刻畫的「知識分子」的基本性格竟和中國的「士」極為相似。孔子所最先揭示的「士志於道」已經規定了「士」是基本價值的維護者；曾參發揮師道，說得更為明白：「士不可以不弘毅，任重而道遠。仁以為己任，不亦重乎？死而後已，不亦遠乎？」這一原始教義對後世的「士」發生了深遠的影響，而且越是在「天下無道」的時代越顯出它的力量。如范仲淹的「士當先天下之憂而憂，後天下之樂而樂」，東林人物的「家事國事天下事，事事關心」，至今還振動現代中國知識分子的心弦。如果據西方的標準，「士」作為一個承擔著文化使命的特殊階層，自始便在中國史上發揮著「知識分子」的功用〔註4〕。與之相比較的，則是西方知識分子總是把他們的發端從文藝復興時代算起，而不會上溯到古希臘時代。傳統對於中國的知識分子，便不能不成為他們的心理原型，治國平天下，永遠是他們最深刻的內心衝動，使他們難於忍受獨守書齋、閉門治學的孤寂和枯寒。

最集中地體現了這種傳統與現實的一脈相承，在治世與治學之間彷徨慨歎的，莫過於被今人視作學界之巨子、治學之典範的現代歷史學家陳寅恪。跨越了新舊中國兩個不同的歷史時期，在「文革」中飽經摧毀然後死去的陳寅恪，近年來忽然成為一個被學人屢屢提及並多加關注的名字。在一些人眼中，他的於動蕩時世之中孜孜於學術、研究魏晉隋唐史的成績斐然，對於經過激流勇進的 80 年代中國學人在思想文化熱潮冷卻之後的選擇是具有啟示性

〔註4〕　余英時《士與中國文化》自序，見該書「自序」第2～3頁。上海人民出版社1987 年 12 月。

的，也與今人對「國學」的重新發現有關；也有人卻是以陳氏的心靈剖析，去詮釋知識分子的宿命，葛兆光的《最是文人不自由》便是專注於後者，在今人所仰慕的學者風範之中，發現了在陳寅恪相交甚篤的吳宓心目中，陳寅恪不止是學富五車的學者，還是一個「深悉中西政治社會之內幕」的孔明臥龍式人物。陳寅恪的政治情結，在國勢阽危的時代與愛國熱情相融而越發強烈。拈出他的詩作，與撰述學術論著時的心情全然不同：

> 「興亡今古鬱孤懷，一放悲歌仰天吼。」
> 「欲著《辯亡》還擱筆，眾生顛倒向誰陳。〔註5〕」
> 「死生家國休回首，淚與湘江一樣流。」
> 「文章存佚關興廢，懷古傷今涕泗連。」
> 「千秋有命存殘稿，六載無端詠舊題。」

葛兆光指出，「他覺得自己有一肚皮經綸，只是無人領會，彷彿他一輩子並沒有把世人敬仰的文字著述當成他的終極理想，而只是當了一種無可奈何的餘事……可能是真的，陳寅恪自己並不覺得他是一個尋章摘句的學人而應當是一個經邦緯國至少是一個『坐而論道』的奇才，只不過時代並沒有給他施展的機緣，所以他只能喟歎『埋名自古是奇才』去做他的書齋學問而無法重圓他祖輩的舊夢，於是他心底平添了三分壓抑、兩分悲涼。其實仔細想來，這種抱負並沒有什麼實在的依據，世事險惡時局多難，知識階層眾人有什麼本事去撫平這跌宕翻滾的惡浪？我不相信陳寅恪這種理智的知識分子不明白『坑灰未冷關東亂，劉項原來不讀書』的故典，可他為什麼還要有這種不切實際的抱負和自尋煩惱的憂鬱？是一個歷史學家『資治』的職業習慣使他難以忘懷現實，還是先祖未竟的政治思想使他時時想贏回家族的光榮？我實在不知道。不過，這可能不止是陳寅恪一個人。中國士大夫『修齊治平』的思想理路、欲合『道統』與『政統』為一的偉大理想，以及近代中國多災多難的情狀，使得每一個文人學人都似乎難逃這種政治情結的纏繞」〔註6〕。

　　這樣，研究的話題就從陳寅恪一人拓展開來，滔滔者，天下皆是，孰能置身其外？從苦吟《紅燭》、《死水》到拍案而起怒斥國民黨特務、從容走向死亡的聞一多，從宣稱「多研究些問題，少談些主義」和「二十年不談政治」到充任國民政府駐美大使的胡適，或者欲從五四時代的勇猛鬥士退卻到苦茶

〔註5〕　陸機作《辯亡論》，總結歷史興亡。
〔註6〕　葛兆光《最是文人不自由》，《讀書》1993 年第 5 期。

庵聽雨齋、欲做隱士而不得、最終歸依於太陽旗和「東亞文化」的周作人，似乎正顯示出這種別無選擇的命運。

最深刻的例證莫過於瞿秋白。《多餘的話》，這在生命的最後時刻所袒露的心跡與絕響中，他把自己投身於政治革命的生涯稱之爲「歷史的誤會」：

> 我在母親自殺家庭離散之後，孑然一身跑到北京，本想能夠考進北大，研究中國文學，將來做個教員度過這一世。甚麼「治國平天下」的大志是沒有的，壞在「讀書種子」愛書本子，愛文藝，不能安分守己的專心於陞官發財。

抱著這樣的初衷，進了北京的俄文專修館，但時代的潮流卻是把他一再地推向潮頭：先是在五四運動中被推舉爲俄文專修館的總代表，成了學生領袖，由「托爾斯泰派的無政府主義者」轉變爲社會主義者，因爲懂俄文，被《晨報》派駐俄國，於那個「新國家」呼吸著新的空氣，並成爲職業革命家，然而，他的「二元人格」，卻是一直地折磨著他的：

> 當我出席政治會議，我就會「就事論事」，拋開我自己的「感覺」，專就我所知道的那一點理論去推斷一個問題，決定一種政策等等。但是，我一直覺得這工作是「替別人做的」。我每次開會或者做文章的時候，都覺得很麻煩，總在急急於結束，好「回到自己那裏去」休息。我每每幻想著：我願意到隨便一個小市鎮上去當一個教員，並不是爲著發展什麼教育，只不過求得一口飽飯罷了。在空餘的時候，讀讀自己所愛讀的書，文藝、小說、詩詞、歌曲之類，這不是很逍遙嗎？〔註7〕

由於政治上的失意和身體上的病患，瞿秋白對於自己的從政生涯描述得或許過於黯淡；但瞿秋白對於文藝的愛好和擅長，卻是毋庸置疑的。他與魯迅的友誼，他寫的《〈魯迅雜感選集〉序言》，他的一些以魯迅名義發表的雜文，都足以爲證。魯迅曾題贈瞿秋白：人生得一知己足矣；斯世當以同懷視之。可見魯迅對他的評價之高。或許，如果瞿秋白不是過多地投身於實際鬥爭，而是像魯迅一樣以筆爲槍，在思想文化戰線上作持久的抗爭，焉知他不會在某些方面趕上甚至超過魯迅呢？然而，歷史的作用力把這位一再辯解自己並無治國平天下的宏偉志向的文人也推向政治的漩渦，何況絕大多數的知識分子潛意識中所具有的強烈政治意識於亂世之中空前地激發出來呢？

〔註 7〕　劉福勤著《心憂書〈多餘的話〉》，上海社會科學院出版社 1989 年 11 月版。

命運之網與悲劇心靈

在《最是文人不自由》的結束，葛兆光寫道：陳寅恪的詩寫下了一代學人的心路歷程，讓我們看到了那個時代知識分子心靈深處，那深處有一種無計排遣的悲哀。「這也許是作繭自縛，也許是自尋煩惱，可是，『入山浮海均非計，悔恨平生識一丁』，但凡人一識字，又有誰能逃脫這命運之網的糾纏和悲劇心靈的籠罩呢？」〔註8〕

在這裡，作者已經把他的感慨由陳氏擴展到諸多學人，正應了蘇軾的那句詩，人生識字憂患始。而且，此文中還滲入了作者自己的情感，這位在 80 年代中期的「文化熱」中連續撰寫《禪宗與中國文化》、《道教與中國文化》而名聲大噪的青年學者，在沉吟陳寅恪的詩行、參味陳氏的命運悲劇的時候，顯然是滲入了自己的體驗，而且把自己也認作那「但凡人一識字，又有誰能逃脫這命運之網的糾纏和悲劇心靈的籠罩」之中的一人。

傳統的政治情結，依然籠罩著當代人的心靈，尤其是當代知識分子的心靈。「文化大革命」就是這種政治情結的集中迸發，千百萬的青年學生做了勇猛衝殺的先鋒。而且，到「四人幫」被粉碎後的一段時間裏，高漲的政治熱情沸騰到了極點，思想解放運動，撥亂反正，知識分子仍然充當了闖入思想禁區、沖決精神羅網的猛士。作為思想前驅和殉道者的張志新、遇羅克的悲壯身世的披露，極大地激發了眾多知識分子的鬥爭熱情，鼓舞他們去奮勇地投入批判極左思潮的戰鬥。

經歷過那個時代的人們都不會忘記文學藝術曾經擁有過的輝煌和榮光。《班主任》和《傷痕》，《於無聲處》和《小草在歌唱》，《將軍，不能這樣做》和《權與法》，《喬廠長上任記》和《人到中年》，《高山下的花環》和《新星》，無不激發巨大的社會反響，贏得了眾多的讀者和觀眾。這樣的情形，不只是空前的，今後也是難以復現的。民眾對文藝的青睞和擁戴，並非是人們對審美活動和藝術欣賞突然產生了巨大的需要，而是文藝作品所蘊含的政治熱情和普泛的社會心理的互相應和。文學藝術往往是社會最敏感的神經，常常能得風氣之先，先於人們的理性把握和捕捉住人們的情感變化和時代的走向，發時代之新聲。在中國這一特定的社會環境下，民眾自由表達的言論渠道並不通暢，無論是十年浩劫給他們造成的沉重創傷，還是他們心底所蘊含的未

〔註8〕 葛兆光《最是文人不自由》，《讀書》1993 年第 5 期。

曾消亡的政治熱情，都難以找到暢所欲言的方式，乃至許多含冤忍悲蒙受不白之冤的人們風塵僕僕四方奔走卻求告無門。人們對現實的感受和憤懣，也無法得以盡情宣泄。正是這樣的前提，才使文學藝術自覺自願地充當人民的代言人的角色，也使人民群眾格外地看重文學藝術，把他們在「文革」中的慘痛遭遇和重重積鬱，都借助於文藝作品而找到傾訴的決口。一位學者在追懷20世紀的文藝行蹤時，仍然聲稱：

> 從文藝史看，則經常有這樣一種現象：一些作品是以其藝術性審美性，裝修著人類心靈千百年；另一些則以其思想性鼓動性，在當代及後世起重要的社會作用。那麼，怎麼辦？追求審美流傳因而追求創作永垂不朽的「小作品」呢？還是面對現實寫些儘管粗拙卻當下能震撼人心的現實作品呢？當然，有兩全其美的偉大作家和偉大作品，包括陀思妥耶夫斯基、托爾斯泰、歌德、莎士比亞、曹雪芹、卡夫卡等等。應該期待中國會出現真正的史詩、悲劇、會出現氣魄宏大、圖景廣闊、具有真正深度的大作品。但是，這又畢竟是可遇而不可求的。如果不能兩全，如何選擇呢？這就要由作家藝術家自己作主了。反正是自己的選擇，自己負責，自己的歷史自己去寫。選擇審美並不劣於或低於選擇其他，「為藝術而藝術」不劣於或低於「為人生而藝術」。但是，反之亦然。世界、人生、文藝的取向本來就應該是多元的。

> 如果是我，大概會選擇後者。這大概因為我從來不想當所謂不朽的人，寫不朽的作品，不想去拿獎金、金牌，只要我的作品有益於當下的人們，那就足夠使我歡喜了。所以在文學愛好上，我也更喜歡現實主義，容易看，又並不失其深刻。〔註9〕

或許是過於匆忙地行文，作者把生前窮困潦倒、無人知曉的曹雪芹和卡夫卡也誤認作是「兩全其美」的作家；不過，更加引起我們注意的，是這種寧可在十字街頭吶喊而不屑於在象牙之塔修煉的執著心態。儘管說「選擇審美並不劣於或低於選擇其他，『為藝術而藝術』不劣於或低於『為人生而藝術』」，但也不過是說說罷了，是為自己的別一種選擇做某些鋪墊的。在作者心中，人生和社會永遠是第一位的，永遠是高於藝術和審美的。

〔註9〕 李澤厚《二十世紀中國文藝一瞥》，《中國現代思想史論》第263～264頁，東方出版社1987年6月版。

這種只要有益於當下的人們而寧可放棄藝術之永恒生命的選擇，使我想到了魯迅。魯迅是最早地意識到現代知識分子的鬥士使命並自覺為之。他寫於 1908 年的早期作品《摩羅詩力說》，在標舉尼采、拜倫、普希金等以隻身而向社會挑戰的叛逆者之後，大聲疾呼曰：「今索諸中國，為精神界之戰士者安在？有作至誠之聲，致吾人於善美剛健者乎？有作溫煦之聲，援吾人出於荒寒者乎？」〔註10〕在 20 世紀 20 年代，他又詠贊「這樣的戰士」──

> 他走進無物之陣，所遇見的都對他一式點頭。他知道這點頭就是敵人的武器，是殺人不見血的武器，許多戰士都在此滅亡，正如炮彈一般，使猛士無所用其力。

> 那些頭上有各種旗幟，繡出各樣好名稱：慈善家，學者，文士，長者，青年，雅人，君子……頭上有各樣外套，繡出各式好花樣：學問，道德，國粹，民意，邏輯，公義，東方文明……

> 但是他舉起了投槍。

> 他們都同聲立了誓來講說，他們的心都在胸膛的中央，和別的偏心的人類兩樣。他們都在胸前放著護心鏡，就為自己也深信心在胸膛中央的事作證。

> 但是他舉起了投槍。〔註11〕

這樣的戰士，面對著無物之陣，面對著形形色色的名目和招牌，毫不妥協地舉起投槍。也許正是因為魯迅曾經深味舊時代的黑暗和苦難，也許正是因為他承襲著時代的和個人的、現實的和心靈的雙重痛苦（譬如他和朱安女士的無愛的婚姻），他對這無物之陣才如此地深惡痛絕，他才會不惜以最惡毒的詛咒去表達他的憤怒，他才會以「時日曷喪，吾偕汝俱亡」的抵死一戰去與仇敵肉搏，他才會宣誓活著永不休戰，死後也決不寬恕。

正是自動地選擇了思想界之戰士的角色，正是以改造國民性為己任，魯迅先生才以筆為匕首和投槍，向著舊世界做殊死的鬥爭，在他的心目中，戰鬥是第一位的，文學的價值必須服從於戰鬥的需要。選擇文學，是因為他看到了從尼采、拜倫到俄羅斯和東歐諸國的詩人作家以文學為便捷的鬥爭手

〔註10〕魯迅《摩羅詩力說》，《魯迅全集》第 1 卷第 100 頁，人民文學出版社 1981 年版。

〔註11〕魯迅《野草‧這樣的戰士》，《魯迅全集》第 2 卷第 214 頁，人民文學出版社 1981 年版。

段；因此，魯迅並沒有將文學視為「經國之大業，不朽之盛事」，不指望它可以「藏之名山，傳之後世」，而寧願它「速朽」，以這「速朽」表明它所抨擊的舊時代的結束。因此，為了思想界鬥爭的需要，他才放棄了小說創作，在大革命失敗後的 10 年間，執著地以雜文為要務；因此，在他知道自己身患重病的時候，他才拒絕了要他到蘇聯養病的邀請，而在頑強的鬥爭中耗盡自己最後的生命；因此，在羅曼羅蘭建議他再寫一部小說並為他提名做諾貝爾文學獎候選人的時候，他才一直保持清醒而漠然的態度（這與 80 年代中期國人的「諾貝爾情結」、「奧斯卡情結」成為鮮明的對照），對自己的選擇無可動搖。雖然我們已經習慣於稱魯迅為中國偉大的思想家和文學家，但我想，魯迅先生的一生，更是「思想界之戰士」的一生。

「思想界之戰士」這是一個非常崇高的榮譽，也是一頂滴血的荊冠。從自命為魯迅的學生的胡風，到 1957 年早春時分挺身而出縱談國是的學人〔註12〕；從寫作《三家村札記》和《燕山夜話》的鄧拓、吳晗、廖沫沙，到被割斷喉管然後押赴刑場的張志新；從因為倡導人道主義而受到壓制和批評的周揚、王若水，到 80 年代末期所勃興一時的「新啟蒙」思潮；從對於市場經濟大潮衝擊下的精神危機的警覺，到對於人文主義的失落所發出的呼號；我們都可以看到貫穿於其中的或隱或顯的演變軌跡。

讓我們再回到今天。作家葉永烈，本來是以寫作科普讀物而名世的，60 年代初期，尚在北京大學化學系讀書的葉永烈，便為當時正在編撰的少年百科全書《十萬個為什麼》撰寫了上百個條目，70 年代末期到 80 年代中期，他先後出版有《小靈通漫遊未來》、《水晶宮的秘密》、《丟了鼻子以後》、《葉永烈科學童話選》等科幻作品。以他的才華和創作經驗而言，正是爐火純青的時候，他卻筆鋒一轉，寫起了紀實文學，而且都是事關中國歷史的重大政治事件的，他寫《江青傳》、《陳伯達傳》、《張春橋傳》、《姚文元傳》、《王洪文傳》，寫《歷史選擇了毛澤東》，也寫幾乎成為歷史禁區的《沉重的1957》。在《沉重的1957》一書的序言中，葉永烈寫道：

> 如今，撩開歷史的迷霧，寫下那些假案、錯案、冤案所造成的
> 悲劇，是為了悲劇在中國不再重演，是為了新一代知識分子不再重
> 遭厄運。正是為了這樣，我長時間地埋頭查閱那些已經發黃的舊報
> 刊，在檔案室裏翻看厚厚的原始材料；我們在病室裏尋訪那些飽受

〔註12〕葉永烈著《沉重的1957》，百花洲文藝出版社，1992年版。

> 冤苦、風燭殘年的長者，我與那些屈死者的遺孀含淚長談，回顧那
> 些早已落下大幕、不堪回首卻又必須直面正視的人間悲劇……
>
> 「凡是忘掉過去的人注定要重蹈覆轍。」我想，這句格言值得
> 我們永遠記取。〔註13〕

科學思維的嚴謹冷靜，讓位於有良知的學者的歷史感悟，科幻王國裏的自由
翱翔，轉換成現實人間的悲愴警醒；冰凍三尺，非一日之寒，焉知對現實政
治的關注和思考在葉永烈的心胸中蘊積了何等長久，方會有今日之一發不可
收拾之勢。

這也就可以理解，爲什麼畢業於清華大學、學理工的中傑英，會轉而歸
依於文學，並寫出《灰色王國的黎明》和《羅浮山血淚祭》這樣批判色彩極
強的劇作和小說，爲什麼先從事體育後習繪畫的馮驥才，會拿起筆來寫作，
從早期的《啊……》、《鋪花的歧路》到《100個人的10年》，政治情懷未曾衰
減，爲什麼《新星》中的主人公、曾經是紅衛兵一代的李向南，在經歷艱難
坎坷之後，依然雄心勃勃地發表自己的政治宣言——

> 其實，政治在人類歷史上可以說既是最骯髒的，也是最崇高的。
> 問題是你搞得是什麼政治！……在歷史上——你可以去看看——真
> 正能驅使千百萬人，一整代一整代最優秀的青年爲之獻身的只有政
> 治！政治畢竟是集中了千百萬人最根本的利益、理想和追求，可以
> 說是集中了人類歷史上最有生機的活力。

政治情懷和社會關注，對於當代知識分子來說，的確是無可逃避的宿命。

搏殺快感與詩人情緒

說實在的，近幾年來，對鬥士與學者之選擇的思索，曾經吸引了我的注
意，並投入很大精力。這一思考的直接原因，是因爲我看到在近些年的文學
現象和文化現象而引起的感觸：

80年代是一個文化思潮和文學新潮此伏彼起、波翻浪湧的時代，也是諸
多中青年理論家批評家脫穎而出的年頭，思想鬥士迭出，文化精英紛起，各
領風騷，盛極一時；從關於「朦朧詩」、「現代派小說」的論戰，到今天方興
未艾的「後現代主義」的張揚，把文壇裝點得熱熱鬧鬧，至少是使各種人士
不至於寂寞，總有或大或小的「熱點」。但是，究其實，形式大於內容的現象

〔註13〕葉永烈著《沉重的1957》自序，百花洲文藝出版社1992年12月版。

是普遍存在的。新進的文學思潮和文化思潮，固然不能排除其政治方面的某些蘊含，但它們所面對的，卻必然是披上文學論爭外衣的政治壁壘。論爭的雙方，一方面是以政治定性方式對文學作出判決，動輒上綱掛線，冠之以「資產階級」、「腐朽沒落」、乃至濫用「自由化」一詞，混淆學術論爭與政治是非的界限，衛護新思潮的人們，則不得不為之進行政治上的開脫和辯解，為其爭取合法存在的起碼條件，而無法對新潮本身作出有深度的理論把握，也使論爭本身無法產生真正的學術成果，在轟轟烈烈、聲勢浩大的現象中，遮掩不住內在的蒼白和貧瘠。

對於具體的個人來說，同樣是激情大於理性，過程大於意義，鬥志過於亢奮卻忽略了學術積澱和文化建設的目的性。以追蹤新潮、扶植後進為己任，精神固然可嘉，但它的結果，一是使人由自覺追蹤新潮轉為被新潮所裹挾，變成缺乏理性思考的慣性運動，似乎一旦執起鬥士的長矛，就只能充當永遠的堂吉訶德；二是由於追蹤新潮追得氣喘吁吁，精疲力竭，乾脆偃旗息鼓，放棄學業；前者以中年一代文藝批評家中較為常見，後者則以 80 年代中期崛起的青年批評家居多。而對新潮的過份關注，唯新是趨，又使人們忽略和失落了許多雖然不那麼熱門但卻是很有價值的研究課題，要麼是追求「顯學」，要麼是「移情別戀」，轉入其他的研究領域作寒窗青燈的學問，似乎當代文壇除了或推波助瀾或激切論戰就別無選擇。

由此，我又一次想到魯迅。在現代作家中，魯迅是最嚴肅也最深刻的，他不只是常常能夠一眼看穿「麒麟皮下的馬腳」，還常常能夠一語中的，以嬉笑怒罵一舉擊中對手的要害。一句「資本家的乏走狗」，使梁實秋無可辯白，一聲「奴隸總管」，置周揚等人難以分說，還有什麼「二醜藝術」，「鳥頭先生」，「敲門磚」，「幫閒文人」，真是所向無敵，莫不披靡；尤其是他遷居上海之後，他在腹背受敵的情況下，索性放棄了文學創作，而專事於雜文，不斷地投入一場又一場的思想論戰和文藝論爭，從大革命失敗前後與創造社、太陽社諸人關於「革命文學」的論爭，到他去世前不久尚在進行的關於「國防文學」與「民族革命戰爭的大眾文學」的論戰，的確是無愧於思想界之戰士的稱譽的。如果說，五四時代的反對封建主義和愚昧麻木的吶喊，為新思想新文化在中國的傳播和生根，功莫大焉，20 年代末期關於「革命文學」的論爭，促使魯迅認真鑽研馬克思主義，清理自己的思想，也有很大作用；那麼，在某些情況下，魯迅也有耽溺於鬥士的激情之中，與那些根本不配與他論爭的對

手們糾纏不放的時候。魯迅說過，最高的輕蔑是無言，甚至連眼珠也不轉過去。但是，在許多場合，魯迅是決不能忍受沉默的。在已經結束的那個把「階級鬥爭」「路線鬥爭」誇張和極化的時代，魯迅的這一精神特徵被人們用現實需要加以強化；在80年代重新張揚「五四」精神、重新認識反對封建主義的思想任務的時候，魯迅的毫不妥協的鬥爭意識同樣受人推重。然而，有見識的學人，卻已經把目光轉向他的《野草》、他的《吶喊》和《彷徨》，去解讀他深邃的心靈，去解讀他充滿矛盾、痛苦和自省的理智與情感的衝突和掙扎。與此同時，對於魯迅等人的歷史地位的再評價，也引起我的思考。論者說：

> 在這個近百年六代知識者的思想旅程中，康有為、魯迅、毛澤東，大概是最重要的三位，無論是就在歷史上所起的作用說，或者就思想自身的敏銳、廣闊、原創性和複雜度說，或者就思想與個性合為一體從而具有獨特的人格特徵說，都如此。也正是這三點的綜合，使他們成為中國近現代思想史上的最大人物。但是，他們還不是世界性的大思想家。〔註14〕

這段話使我很受啟發。但是，我所注重的，倒並非是要不要為魯迅在世界思想史上爭一席之地，而是說，除了像現實發生過的那樣，以忘我的激情去抨擊社會現狀、參與思想論爭，乃至在沒有同等實力的論戰對象的情況下，降低和耗損自己的思想質量，對於魯迅，還有沒有別樣的選擇，除了作在「無物之陣」中不停地搏殺的「這樣的戰士」，還有沒有別一種活法的可能性？

請試言之。

李澤厚在論述魯迅的深刻和獨到時指出，「五四」新文化運動時期的魯迅，從思想角度說，儘管深度遠超眾人，但在基本思想、主張上，卻與當時他的朋友和戰友們大體相同，並無什麼獨特之處。他的後期雜文，儘管在狠揭爛瘡的思想深度和嬉笑怒罵的文學風采上，始終是鶴立雞群，無與倫比，但在思想實質和根本理論上，與瞿秋白、馮雪峰等人也基本相同，並無特殊。魯迅的獨特性在於，他一貫具有的孤獨和悲涼所展示的現代內涵和人生意義，他的由死亡之必然反觀人生所產生的荒謬、怪誕和陰冷感〔註15〕。這未

〔註14〕 如格瓦拉一樣，毛澤東60年代在世界上產生過短暫的政治性的思想影響，但並不具有歷史性的世界意義。原注。這段引文見《中國現代思想史論·後記》，東方出版社1987年6月版。

〔註15〕 李澤厚《胡適、陳獨秀、魯迅》，《中國現代思想史論》第111～116頁，東方出版社1987年6月版。

免有些把魯迅存在主義化了，卻也捕捉到魯迅心靈中的一個重要的側面，提示我們注意《野草》和《孤獨者》等作品的內在蘊含。

　　正因爲如此，我們曾經設想，融尼采、波德萊爾和安德烈夫於一爐，在心靈的、形而上的領域中遨遊，把哲學的思考和文學的形式感合二爲一，深化和拓展《野草》、《吶喊》和《彷徨》中對人類的心靈、知識分子的精神世界更富有啓迪性的內容，是一種可能性。或者，傾其全力注重於文學創作，把他擬想中的反映新舊世紀之交幾代知識分子風貌的長篇小說寫出來，那也會是 20 世紀中國文學的幸事。當然還可以退得更遠，去撰寫一部充滿眞知灼見的中國文學史──今人有言，最有資格撰寫中國文學史的，一是魯迅，二是聞一多；後者已經專治古代文學多年，著作頗豐，前者則有《中國小說史略》和論魏晉文學的演說爲證，惜乎二位大師均未能完成夙願。

　　然而，設想畢竟是設想，遺憾也只能是遺憾。辛亥革命失敗之後，魯迅曾經頹唐，讀佛經，抄古碑，校史籍；「五四」運動退潮之後，魯迅曾經苦悶、彷徨，並把這苦悶和彷徨表露於《野草》、《彷徨》之中；大革命失敗之後，魯迅卻是以空前的熱情和精力從事雜文寫作，以「匕首和投槍」向人世間的不平做殊死的決鬥，生命的能量和鬥爭的激情，得到盡情發揮和宣泄，豈不是人生一大快事！

　　我正是抱著這種惋惜的心情，惋惜中國思想文化的巨星不能升入更高的天空，卻在與那些隕石和浮雲的摩擦撞擊中耗散其可貴的能量，而未能實現更大的創造，抱著往者不可諫，來者猶可追的心情，在一個小範圍的座談會上提出鬥士與學者的命題，感歎鬥士太多、學者太少，卻遭到一片反駁之聲，使我這主張文人學術化者無意之中也充當了一次力排眾議的「鬥士」〔註16〕。在此之前，我也曾在一篇短文中斗膽進言我的導師謝冕，與其耗費許多精力去爲雨後春筍般的青年詩人作鼓吹寫評論，不如從文學潮頭退後一步，去寫作擬議中的 20 世紀中國詩歌史，我以爲，可以充任獎掖和提攜後進者眾，有實力治詩史者寡；坦率地說，在於我，則是更推重後者的，雖然至今爲止，我自己也仍然在不時地撰寫長長短短的評論文字，還常常把文學評論與對社會對歷史的思考雜糅在一起。豈不是以子之矛，攻子之盾，惑矣哉！

　　幫助我闡釋這種困惑的，是以研究周氏兄弟（魯迅和周作人）著稱的錢

〔註16〕1992 年 10 月，中國當代文學國際學術研討會於武漢華中師範大學校園舉行。
　　　　文中所敘的這一小型座談會即是在某日晚間召集的，與會者大多爲青年學人。

理群的一段話：「我們這一代人，是帶著自己的豐富『經歷』闖入學術界的。我們不僅曾在社會最底層經歷了中國社會的大動亂，而且經歷了從狂亂的迷信到清醒的自省的精神大蛻變。這兩個方面的『經歷』都使得我們對中國社會、文化，中國國民性及自我靈魂中根深蒂固的封建主義（特別是其中的封建專制主義），抱有極度的敏感。」「我的學術研究是帶有極強烈的情緒化因素的；我儘管試圖用詳盡的材料佔有來使得這種『情緒化』具有更多的客觀依據，並如前所說，用理解基礎上的描述先於判斷的方法淡化情緒化的主觀，但卻不能根本改變其所必然帶來的利與弊。……說起來，這種『情緒化』也是來源於五四的；無論從什麼意義上，我們都屬於『五四』。我當然知道，這種情緒化的觀照，距離真正的學術研究是相距甚遠的。因此，我欣然接受這樣的批評：我（以及同時代的一些朋友）與其說是作為一個學者，不如說是以詩人的方式去觀照與研究我們的對象的。正因為如此，我一再地聲明，自己不追求永恆的學術價值──『不追求』自然是一種託詞：明知達不到，又何必去追求呢？」〔註17〕這樣的坦誠和自省，和對於感受頗深的封建主義特別是封建專制主義的深惡痛絕，並由此導致研究者的學術活動染有強烈的「情緒化」色彩，所見甚深。當然，作者如是說的時候，同時也蘊含了相當的自信，相信這種有缺憾有局限的研究自有其意義和價值，別人不可替代，「我的上述自我否定與批判，同時也包含著一種有限度的自信與自我肯定」，這恐怕也就是為什麼在做了上述的自我剖析之後，仍然自覺地循其道而前行的緣由吧。

政治化及其局限

然而，在作出如上選擇的時候，並不都是像錢理群那樣毫不猶豫，像李澤厚那樣斷然取捨的；恰恰是被他們所推重的魯迅，曾經在一片文章中透露出某些彷徨：

> ……從一九一八年五月起，《狂人日記》，《孔乙己》，《藥》等，陸續的出現了，算是顯示了「文學革命」的實績，又因那時的認為「表現的深切和格式的特別」，頗激動了一部分青年讀者的心。然而這激動，卻是向來怠慢了紹介歐洲大陸文學的緣故。……此後雖然脫離了外國作家的影響，技巧稍為圓熟，刻畫也稍加深切，如《肥皂》，《離

〔註17〕錢理群《有缺憾的價值》，《讀書》1993 年第 6 期。

婚》等，但一面也減少了熱情，不爲讀者們所注意了。〔註18〕

魯迅率眞地講述了他的《狂人日記》、《藥》等對於歐洲文學的藉重，並從藝術表現力上對自己的《肥皂》、《離婚》等給予更多的肯定；然而，這樣的自我判斷卻未能從社會反響中得到印證：人們希望和關心的，是一個不斷進擊的思想鬥士，而不是一個技法日見成熟的小說家。因此，當魯迅在編選《中國新文學大系・小說二集》並追溯中國現代小說之發展蹤跡，由此而敘及自己的創作時，不能不感到知音難覓的落寞之感。不過，時至今日，仍然很少有人能夠對魯迅的這段話引起關注，引起同感，又如何苛求 20 年代的讀者？

政治化的時代造成了政治化的閱讀心理和社會期待，連個性如此強悍並自覺選擇思想界之戰士的角色的魯迅，都不能不對此發出感喟，雖然是輕微的，但又是令人深思的。

其實，知識分子的政治化，不但是近代以來的「中國特色」之一種，至今仍難以排解，而且，它是所有具於落後地位而又已經向現代化目標努力的國家所共有的社會現象。西方著名政治學家亨廷頓指出，所謂現代化，不只是意指經濟繁榮，而是政治、經濟、文化等的綜合體，發展中國家必須注重自身的政治發展與政治現代化，才能爲變革的成功提供保障。現代化與政治關係最密切的一個方面，是社會動員，「在此過程中，一大堆陳舊的社會、經濟、心理上的信條被侵蝕甚至粉碎，而人們也變得合乎新的社會化和行爲的模式。這意味著人們將從與傳統世界相聯繫的看法、價值觀和希望等方面轉向現代社會所共同的那套觀念。這是文化、教育、交通的發達、大眾傳統媒介的敞開、以及城市化的結果」。〔註19〕這樣的使命，當然是要靠知識分子承擔的。亨廷頓還有一句名言：「在進行現代化的社會裏，革命的知識分子幾乎是一種普遍現象」〔註20〕。日本當代政治學家丸山眞男在研究明治維新時代的啓蒙思想家福澤諭吉的論著中，對這種知識分子政治化的現象作出進一步的論證：

　　……如果用列寧的用語「自然成長性」和「目的意識性」來表
　　述，那麼，相對「後進」的國家的近代化可以稱作「目的意識」的

〔註18〕《中國新文學大系・小說二集》序。引自《魯迅論創作》，上海文藝出版社 1982
　　　　年 10 月版。

〔註19〕亨廷頓著、張岱雲等譯《變動社會的政治秩序》第 37 頁，上海譯文出版社 1989
　　　　年 3 月版。

〔註20〕同上，134 頁。

近代化。這一點，是與相對「先進」的國家的不同之處。比如說，在某種意義上，英國是「自然成長」的近代化的典型。在那裏，近代化並不是目的意識性的。也就是說，不是按照實現近代化的願望去推進近代化的，其近代化是作爲歷史發展的自然結果而出現的。又正因此，反而帶有落後的方面，還殘存著身份制等等。

越是「後進」國，越具有目的意識。因爲在那裏，事先有了近代化的模式，只是以其爲目標來推進近代化。由於是「目的意識性」的，所以當然會帶上較強的意識形態性格，亦即是某種意識形態指導下的近代化。同是在西方，美國獨立革命比英國革命的意識形態性強，法國革命比美國的意識形態性強，其理由也在於此。因此，上述的作爲異質文明傳播者的知識分子的任務，自然也受到「目的意識」的近代化要求的制約。

具體地說，有兩點不僅適用於日本，也適用於亞洲、非洲諸國。第一，是設定國家的目標，爲達此目標而有選擇地實行現代化。其實施當然是政治家的事，但在此選擇的近代化中，知識分子起的作用非常大。或者說，在「後進」國，多數的情況下，知識分子本身就是政治家。第二，是作爲制度和技術的介紹者，從先進國導入制度和技術。這兩個課題是同時面臨的。〔註21〕

意識形態的前導作用，即丸山眞男所言「目的意識性」，以既有的現代化模式改造後進國家的使命，迫使這些國家的知識分子承受著常人難以忍受的重負，既要傳播異質的文明，進行社會動員，又要直接參與現實政治的推進和變革。中國自鴉片戰爭以來一個半世紀的歷史，從林則徐、鄭觀應到康有爲、梁啓超，從魯迅、陳獨秀到馮友蘭、梁漱溟，從50年代的大學生（李澤厚、葉永烈、錢理群）到「紅衛兵」一代（北島、葛兆光），都難以擺脫這一宿命。

這一現象在地球的另一邊得到呼應。80年代中期，拉丁美洲「文學爆炸」的衝擊波席捲中國文壇，結構現實主義和魔幻現實主義的藝術表現力，博爾赫斯的神秘色彩和馬爾克斯的著名句式，在東方古國吸引了眾多的追隨者。更重要的是，同樣屬於發展中國家的拉丁美洲，能夠產生出如此眾多的優秀作家，能夠先後有聶魯達、阿斯圖里亞斯、馬爾克斯、帕斯等人獲得諾貝爾

〔註21〕丸山眞男《幕末維新的知識分子》。丸山眞男著、區建英譯《福澤諭吉與日本近代化》第17頁。學林出版社1992年10月版。

文學獎，似乎也鼓舞著正在爲爭取走向世界的中國作家，印證了經濟不發達國家的文學同樣可以崛起並成爲世界文學的高峰。然而，最重要的也是最容易被人忽略的是，這些聲譽甚高、著述甚豐的拉美作家，幾乎無一不是民族的思想鬥士和傑出的政治活動家。

　　在獨裁政治、軍人政權和頻頻發生政變曾經成爲一種普遍現象的拉丁美洲，知識分子的良知，促使這些作家們投身社會鬥爭，在政治的漩渦中浮沉、漂泊、逃亡、出使，充分顯示出知識分子政治化這一重要規律。而且，他們的政治生涯和他們的文學創作是互相促進的，他們的政治熱情也燃燒在他們的作品之中。阿斯圖里亞斯的《總統先生》，馬爾克斯的《族長的沒落》，卡彭鐵爾的《方法的根源》，都是憤怒鞭撻獨裁統治的；略薩所倡導的「不妥協的文學」、「文學要抗議」，以及他的《綠房子》、《潘達雷翁上尉與勞軍女郎》，其政治批判的色彩也絕不遜色於他對藝術形式的探索。而且，正是民族的歷史和社會的現實，轉化成作家們的表現對象，並以其濃鬱的民族特色和藝術獨創性引人注目，成爲拉美文學最重要的特徵。

　　由此，對於知識分子政治化的某種歷史必然性，我們得到了從理論到事實的闡明，隨之而來的是，對於鬥士與學者、對於十字街頭與象牙之塔的選擇困惑，就轉化爲新的課題，即是否要爲前者而犧牲後者，讓政治化的情愫潛移默化或充分自覺地使學術研究和文學創作發生某些偏移。

　　這就又涉及到傳統的文人心態及其對於現代知識分子的影響。我們常常炫耀中華民族創造了輝煌的古代文明，巨星璀璨，盛極一時。但是，在中國的文化傳統中，從來就缺乏「爲藝術而藝術」、「爲學術而學術」的精神。達則兼濟天下，實現修身齊家治國平天下的抱負，窮則獨善其身，歸隱山林，遊悠田園，詩文也罷，學術也罷，都是干政的重要手段，或排遣憤懣、應酬唱和之作。諸子百家的學說，多係情於天人之間，王術與霸術；研究歷史，是爲帝王提供治亂之鑒；騷人墨客則越來越納入文以載道的軌跡之中，無緣逃脫，與至高無尚的「大道」比較起來，一切都是微不足道的，「朝聞道，夕死可矣」，當然這大道之中也聯繫著個人的功名利祿。於是，揚雄有「雕蟲小技，壯夫不爲」之歎，楊炯有「寧爲百夫長，不做一書生」之詩，班超投筆請纓的故事更是深深地印入後來人的心中。爲我們仰慕不已的偉大詩人白居易，在討論詩與道的關係時說：

　　　　……僕志在兼濟，行在獨善，奉而始終之則爲道，言而發明之

則爲詩。謂之諷諭詩，兼濟之志也；謂之閒適詩，獨善之義也。故
覽僕詩者，知僕之道焉。其餘雜律詩，或誘於一時一物，發於一笑
一吟，率然成章，非平生所尚者，但以親朋合散之際，取其釋恨佐
歡，今銓次之間，未能刪去。他時有爲我編集斯文者，略之可也。
〔註22〕

白居易的心目中，兼濟與獨善之心志的抒發，才可以稱之爲好詩。他對於自
己的詩作分類，煞費苦心，還唯恐他最親密的朋友元稹誤解他的初衷，反覆
訴說，「自拾遺來，凡所遇所感，關於美刺興比者；又自武德至元和，因事立
題，題爲《新樂府》者，共 150 首，謂之諷諭詩。又或退公獨處，或移病閒
居，知足保和，吟玩性情者 100 首，謂之閒適詩。又有事物牽於外，情理動
於內，隨感遇而形於歎詠者 100 首，謂之感傷詩。又有五言、七言、長句、
絕句，自 100 韻至 200 韻者 400 餘首，謂之雜律詩。」然而，他的堅定也導
致了他的困惑：「今僕之詩，人所愛者，悉不過雜律詩與《長恨歌》已下耳。
時之所重，僕之所輕。至於諷諭者，意激而言質；閒適者，思澹而辭迂。以
質合迂，宜人之不愛也。」〔註23〕向皇帝反映民間疾苦和官場腐敗的諷喻詩，
表白自己忠心耿耿矢志不渝的閒適詩，最爲白居易自己所看重，卻不被世人
所稱道，那些因一時一事、一笑一吟而信筆草成的雜律詩，他以爲可以從文
集中刪除的，卻爲時人所愛，幸乎，不幸乎？

　　文以載道的志向，無法取代詩歌自身的規律，可惜，不只是白居易誤入
歧途，後來的人們仍然在蹈其故轍，輕易地扭曲和扼殺自己的學術興趣，並
爲這種犧牲而感到道德上的崇高，或者適應現實的要求，把學術變成急就章、
應時文。

　　譬如說，在學術界和青年學生中頗有影響的李澤厚，在他的《中國現代
思想史論》的「後記」中這樣寫道：

　　　　按照自己原來的計劃，這本書準備最早在 1990 年寫成，由於某
　　些原因，現在提前了。因此，首先我得請讀者們原諒本書是如此單
　　薄和浮泛。但我估計，即使到 1990 年，這本書大概也無法寫得很好，
　　其中原因可以心領神會：這是個太艱難的課題。

〔註22〕白居易《與元九書》，郭紹虞主編《中國歷代文論選》第 2 冊，上海古籍出版
　　　　社 1979 年 11 月版。
〔註23〕白居易《與元九書》，郭紹虞主編《中國歷代文論選》第 2 冊，上海古籍出版
　　　　社 1979 年 11 月版。

李澤厚告白說，「由於幾乎每天 4 小時 5000 字的進行速度，摘引之匆忙，敘述之草簡、結構之鬆散、分析之粗略、文辭之拙劣、思想之浮光掠影，看來比前兩本思想史論更為顯著」。這樣的話，並非是在自謙的意義上講的；無論是出於現實的迫切需要，還是個人的某些原因，每天 4 小時 5000 字的速度，對於從事文學創作都不能不是令人咋舌的。何況是又要不斷地查找資料、整理思路的學術論著，而且是命題如此廣闊、蘊含如此豐厚的論著，既有個案研究，又有學術論戰，既有社會思潮，又有文藝漫筆，既有青年毛澤東，又有現代新儒家，說實在的，這裡的每一個話題，都可以構成一部專著的內容，急匆匆的命筆，只能是徑一周三，語焉不詳，粗疏草率，動輒用斷語和判定支撐起單薄的骨架。

　　另一位從事歷史學研究的學者，在談到他的治學時說，「1978 年至 1979 年春天，我陸陸續續搜集歷史上『萬歲』的資料，考察『萬歲』的來龍去脈，終於寫出了曾產生較大社會影響的《「萬歲」考》，一個真正的有良知的史學家，他的脈搏，應當與時代、人民的脈搏跳動一致，只有這樣才能寫出反映人民心聲，觸動時代敏感神經的作品。作為今人，倘把自己關在象牙塔裡，『遺世獨立』，很可能沒有膽量面對嚴峻的現實，也就不可能率先去打破史學禁區，理直氣壯地面對古人。繼《「萬歲」考》之後，我又陸續地寫了《燒書考》、《吹牛考》、《語錄考》、《說「天地君親師」》等文章，社會反響是好的。……當然，今古一線牽，並不是新的史學方法，更不是我的創造。太史公的『通古今之變』，可以說在邏輯上已經包含了今古一線牽的命題。讀過《史記》及《太史公自序》、《報任安書》的人都能深刻感受到，他倘若不是對今、古兩頭都有深刻的理解，特別是在蠶室中遭受奇恥大辱，他不可能寫出那樣有血有肉，傳誦千秋的史學巨著。一部中國史學發展史足以證明，一個對社會現實冷漠、稀裏糊塗的人是不可能理清楚古代歷史紛繁的脈絡的」〔註 24〕。這樣一種治學態度，在經受過十年浩劫並深受其害、對封建專制主義有刻骨銘心之憎惡的學人來說，是完全可以理解的；問題在於，這種用史料論示現實、「觸動時代敏感神經」的努力，未免過於推重現實的戰鬥性，無形中忽視了學術研究和史學自身的獨立價值，並且因為自己的選擇便排斥象牙之塔和「遺世獨立」的學術精神，並且援引司馬遷著《史記》以支持自己的論證。其實，熱切入世和遺世獨立，並不就是必然相互排斥的，如果說，太史公的《報任

〔註 24〕 王春瑜《今古何妨一線牽》，《光明日報》1993 年 11 月 8 日《史林》專版。

安書》表述了自己慘遭宮刑的痛不欲生的恥辱，那麼，決定《史記》之價值的，不只是他的傷時感懷，更重要的是他的廓大的歷史感和進步的歷史觀，以及他嚴謹的史學精神；就他對時代的超越來說，何嘗不是遺世獨立、卓然不群呢？

遺憾的是，這種密切聯繫現實的、實用性很強的治學態度，卻得到普遍的認同，相反地，對於其他的選擇的可能性，我們既不會加以考慮，也羞於與其為伍。譬如說，當我們講到康德、黑格爾為代表的德國古典哲學時，我們總是要指責他們逃避現實、不敢直接面對現實的鬥爭的，也總是要嘲笑他們刻板枯燥的書齋生活的：「德國資產階級知識分子一方面緊迫地感到矛盾的普遍存在和不可避免，因而很自然地把矛盾的觀點和發展的觀點滲入到他們的哲學和美學中去；另方面，由於他們階級的軟弱性和兩面性，他們又不能夠正確地對待這些矛盾，而是唯心主義地想方設法來調和這些矛盾，迴避這些矛盾，或者是從性質上來改變這些矛盾，」「把現實的矛盾轉化為純粹思維的矛盾，讓矛盾到觀念世界中去充分展開，並在觀念世界中加以克服」。「黑格爾一生，雖然比康德多跑了幾個地方，多轉換過幾個職業，但基本上仍然是讀書、教書和寫作，這差不多是資產階級學者一般共同的經歷，他們離不開的是書，而離得開的是生活、實際和鬥爭。這樣，自然使他們的唯心主義思想易於滋生和發展了」〔註 25〕。這裡所表述的，將矛盾在觀念的世界中去充分展開，並在觀念世界中加以克服，以及因為讀書、教書和寫書而導致的「離不開的是書，而離得開的是生活、實際和鬥爭」，其實正是許多在思想文化領域的創造者所共同的道路；思想文化的創造，固然是以現實生活為基礎的，但它卻可以有兩個維度，一是緊貼現實生活的層面，為投入社會鬥爭的民眾鍛造批判的武器，二是超越於有限的現實，把現實鬥爭的感悟昇華為觀念世界的命題，去做精神領域中的遨遊。前者是法國大革命時代的啟蒙思想家狄德羅、伏爾泰式的，後者是德國古典哲學家康德、黑格爾式的，前者關注現實，後者關注精神，前者訴諸社會鬥爭，後者陷入智性思考，二者各有千秋，而且，就思想史而言，後者的貢獻或許還更大一些。羅素一身兼為哲學家、數學家、散文作家和社會活動家，其現實感極強，「羅素自己認為，他撰寫的哲學史較同類書不同的是，把哲學看成社會生活、政治生活的一個組

〔註 25〕蔣孔陽《德國古典美學》第 11 頁～12 頁、206 頁，商務印書館 1980 年 6 月版。

成部分，因而對於一般歷史的敘述較其他哲學史家爲多」〔註 26〕。然而，當他在談論法國啓蒙主義與德國古典哲學時，對狄德羅、達朗伯和盧梭等人的全部論述加在一起，才與他論康德哲學的篇幅基本相等，而略少於對黑格爾的評述。思想的廣闊和其所佔的地位，後者都大大超過前者〔註 27〕。而且，就思想的現實來說，康德和黑格爾對於當代的影響，要遠遠大於狄德羅和盧梭──80 年代由人的主體性到文學的主體性的討論，分明有著康德的影子；李澤厚著《批判哲學的批判──康德述評》，也曾贏得許多學人的青睞。然而，我們卻對這些事實很少顧及，卻念念不忘一談到康德、黑格爾就先冠之以唯心主義，再視之爲現實中的庸人和儒夫。馬克思和恩格斯在談到德國古典主義哲學的時候，曾經多次地多方面地評價康德和黑格爾，比如說「康德哲學是法國革命的德國理論」，稱黑格爾是哲學奧林匹斯山上的宙斯，但我們通常留在記憶中的，卻是康德如何迂腐，黑格爾如何怯儒，對人物的評論遮掩了對思想的衡估，並把這種書齋學問給以階級定性，與資產階級聯繫起來，從而也就徹底拒絕了爲學術而學術的道路。

學者情懷與形式合理性

　　對中國知識分子問題深有研究的華人學者余英時，針對這種借學術以談政治、爲政治和批判激情而犧牲學術研究的弊端，做了強烈的批評：本世紀以來，多數文化運動的領導人仍然擺脫不了「學而優則仕」的傳統觀念，不能嚴守學術觀念，政治優先於學術思想，學術本身已無獨立自足的意義，而是爲政治服務的事物，自康有爲《新學僞經考》、《孔子改制考》以來，這種偏向越來越顯著。治西學者亦如是。在取捨抑揚之際缺乏眞知灼見（例如對進化論的誤讀），急於改造中國社會。不但與西人「爲知識而知識」的精神完全背道而馳，也與國人一向講究的爲學須分本末人己的傳統大相徑庭〔註 28〕。

　　余英時還引用王安石的一段話，以闡釋爲學須分本末人己，先爲己後爲人的關係，「爲己，學者之本。爲人，學者之末也。是以學者之事，必先爲己，其爲己有餘，而天下之勢可以爲人矣，則不可以不爲人。故學者之學，始不在於爲人，而卒所以能爲人也。今夫始學之時，其道未足以爲己，而其志已

〔註26〕伯蘭特‧羅素《西方的智慧》出版說明，世界知識出版社 1992 年 1 月版。
〔註27〕同上，《啓蒙運動與浪漫主義》一章。
〔註28〕余英時《試論中國文化的重建問題》，《內在超越之路》，中國廣播電視出版社 1993 年版。

在於為人也，則亦可謂謬用其心矣。謬用其心者，雖有志於為人，其能乎哉！」〔註29〕

余英時所言，可謂深刻透闢。康有為借今文學派以為變法維新尋找歷史淵源，章太炎假「紅學」而倡言排滿興漢，「共產主義知識分子」則跳過政治經濟學研究，把馬克思恩格斯的學說簡化為階級鬥爭和無產階級專政，直至80年代後期，從亨廷頓那裏借來「新權威主義」以圓強國之夢，從《河殤》式的文化批判中發掘振興之基，它的確是中國知識分子的一種偏畸心態。

如果說，這種混同了政治與學術的界限、借學術問題以討論思想和主義的心態，在相當大的程度上是由於外部環境的過於動蕩不安、危機不斷，即所謂救亡的迫切性所致，那麼，學人自身也有值得檢討的一面。正如身陷於戰俘營中的薩特所言，即使在最艱難的情況下，人都有選擇的自由。即使世人皆言，山河破碎，時局動蕩之時，學人都不應該自動放棄自己的一張書桌，在真正地認識學術的自身價值的人們心中，它永遠不會失去其光輝。

30年代，正是白色恐怖統治時期，蔡元培在上海發起成立馬克思紀念會。蔡元培並不是馬克思主義者，也不是政治革命家，他所不避時局壓迫而追求的，是對學術的嚴肅態度：「一種思想之產生，一種學術之成立，斷非偶然之奇跡，吾人如能基於純正研究學術之立場，則無論為附和或為反對，但於此種學說，都應切實研究，惟研究乃能附和，亦惟研究乃能反對。蓋真理惟研究乃能愈益接近也。今以反對共產黨之故，遂及於馬克思之思想與學說，則為盲目，為思想上之義和團。」〔註30〕

國難當頭，漂泊之際，錢鍾書撰修《談藝錄》。山河破碎，身世沉浮，不要說治學條件，連必備的書籍都沒有，錢鍾書豈無感時憂國之情懷，「《談藝錄》一卷，雖賞析之作，而實憂患之書也。始屬稿湘西，甫就其半。養疴返滬，行篋以隨。人事叢脞，未遑附益。既而海水群飛，淞濱魚爛。予侍親率眷，兵罅偷生。如危幕之燕巢，同枯槐之蟻聚。憂天將壓，避地無之，雖欲出門西向笑而不敢。銷愁舒憤，述往思來。託無能之詞，遣有涯之日。」〔註31〕研修學術，只是寄託無以排解的憤懣情懷，連本書的命名，都是動了一番

〔註29〕王安石《臨川先生文集‧68卷楊墨》，同上書。
〔註30〕蔡尚思《蔡元培學術思想傳記》，轉引自吳方《世紀風鈴》第192頁，人民文學出版社1992年7月版。
〔註31〕錢鍾書《談藝錄》序，第1頁，中華書局1984年版。

心思，有所寄託的，「余身丁劫亂，賦命不辰。國破堪依，家亡靡託。迷方著處，賃屋以居。先人敝廬，故家喬木，皆如意園神樓，望而莫接。少陵所謂：『我生無根蒂，配爾亦茫茫』，每爲感愴。因徑攘徐禎卿書名，不加標別。非不加也，無可加者。亦以見化鶴空歸，瞻烏爰止，蘭眞無土，桂不留人。立錐之地，蓋頭之茅，皆非吾有。知者識言外有哀江南在，而非自比『昭代嬋娟子』也。」〔註32〕錢鍾書自己是懷著兵亂之後的庾信寫作《哀江南賦》的心態而命筆的，不只是身體失去寓所，靈魂都無處樓居，只有借論詩談藝以寄情。擴展開來，在民族危亡、文化危機之際，錢鍾書是要把民族文化的傳承作爲自己的使命的，「苟六義之未亡，或六丁所勿取；麓藏閣置，以待貞元。時日曷喪，清河可俟。古人固傳心不死，老我而捫舌猶存」〔註33〕。然而，他一旦進入該書的寫作狀態，嚴謹的治學，廣博的徵引，冷靜而審慎的運思，便佔據他的全部身心，論江西詩派，考長吉用字，辨唐宋詩風，察分合之樂，莫不持重有加，乃成傳世之作。

　　還有沈從文，他在50年代以降受到不公正的待遇，難以繼續寫作；他轉而從事古代服飾和文物的研究，在極爲困難的情況下，寫成《中國絲綢圖案》、《唐宋銅鏡》、《戰國漆器》等專著，被人傳爲美談。

　　更早一些年代，當充滿創造激情的郭沫若發表《女神》，熱烈歡呼「新鮮的太陽」上升的時候，他又在很短的時間內一口氣寫了42首情詩。郁達夫建議予以公開發表，並在《瓶》的附記中闡明公開發表的理由：

> 　　我想詩人的社會化也不要緊，不一定要在詩裏有手槍、炸彈。連寫幾百個「革命」、「革命」的字樣，才能配得上稱眞正的革命詩。把你眞正的感情，無掩飾地吐露出來，把你的同火山似的熱情噴發出來，使讀你的詩的人，也一樣的可以和你悲啼喜笑，才是詩人的天職。革命事業的勃發，也貴在有這一點熱情。……南歐的丹農雪奧作純粹抒情詩時，是象牙塔裏的夢者；挺身入世，可以作飛艇的戰士。中古有一位但丁，逐放在外，不妨對古代的專制施以熱烈的攻擊，然而作抒情詩時，正應該望理想中的皮阿曲利斯而拜望。〔註34〕

〔註32〕同上。
〔註33〕同上。
〔註34〕轉引自謝冕《共和國的星光》第231～232頁，春風文藝出版社1983年6月版。

郁達夫的這段話，70 年之後重新讀到，仍然感到它對於我們的啟示作用。在經過近百年的將政治和意識形態空前強化、急於將知識分子的一切活動都納入民族興亡之軌道的非常時期之後，我們今天又一次面臨著大轉變的時代，一個社會生活由政治上的劇烈衝突和較量轉向以經濟建設為中心的時代，一個逐步地常規化的、與世界的經濟秩序和生活步調接軌的時代。一方面，我們感到了市場經濟和商業化時代對人文精神的衝擊和消解，並取代政治因素而成為對學術活動的最大壓力，另一方面我們又不能不看到，市場經濟給社會注入新的活力，也給學人們提供了新的機會，政治與經濟的兩極之間，畢竟有了比先前遠為廣闊的舞臺。

不失時機地調整自己的心態，重新評價和確立學術活動的獨立價值，成為學人的當務之急。並非偶然地，它也引起了人們的注意，並引發了學者情懷和形式合理性的話題。同樣屬於「紅衛兵」和知青一代，同樣在 70 年代末期進入高等學府、趕上了接受大學教育的末班車，畢業後又同樣地從事學術研究，陳平原和吳方，分別以他們的《學者的人間情懷》和《世紀風鈴》揭示了他們的有關思考──如今，這一代學人和他們的同輩，在社會生活的各個方面和學術活動的領域，都是承前啟後的、挑大梁的一代人，是跨世紀的橋梁，他們的思索和選擇，不只是個人性的，也不僅是代表了同代人，如果作樂觀的估計，這也許會開始扭轉學界的偏畸而開創新的學風也未可知。

有趣的是，陳平原和吳方，一是研究中國現代文學的教授，曾經與錢理群等人一道提出「二十世紀中國文學」的命題並引起熱烈反響，一是追蹤研究當代文學新潮的名家，以其敏銳而持重的文筆見長；可以說，他們都是提出和研究「熱門話題」的──在文學研究領域，五四新文學的研究與新潮文學的追蹤，在相當一段時間裏都是轟轟烈烈、引人注目的「顯學」，也由此而推出一批又一批後來的學人，各領風騷。然而，正當人們對他們普遍看好之際，他們卻先後抽身而退，反而去坐冷板凳，做苦學問，把目光轉向世紀之交的一代學人和藝術嬗變，乃至上溯到乾嘉學派。我想，正是因為經歷了轟轟烈烈和熱熱鬧鬧，在與現實與政治最密切的領域中浸淫多年而有所感觸，並且感觸頗深，才使他們自覺地反省自己的學術道路，反省本世紀以來學人的治學生涯，欲以求正其弊端，並由此上溯到本世紀初年，從康有為梁啟超開始，討論中國現代知識分子面對現實政治與學術研究、面對十字街頭與象牙之塔的困惑和岐誤。

在《學者的人間情懷》〔註 35〕一文中，陳平原直率地提出了學者自身的非學術傾向。他把學者分爲從政、議政和述學三種趨向，從政者爲官宦，奔仕途，議政者作輿論宣傳，說短論長，述學者則以治學爲終身選擇。陳平原所關注和批評的，都是後者。陳平原指出，政治家要求學術爲政治服務，尚可以理解，但學者也對「脫離政治」的學術不大熱心，即便從事純學術研究也都頗有負罪感。梁啓超在《清代學術概論》中提倡「爲學術而學術」的學者人格，但他自己就有悖於這一點。在政治與學術之間徘徊，並非只是受制於啓蒙與救亡的衝突，更深深植根於中國的學術傳統。除卻事功的「出世與入世」，道德的「器識與文章」，還有著述的「經世致用與雕蟲小技」。直到本世紀的新一代知識分子，都要屢屢批判自己的專業思想，如丁文江 30 年代的名言，「治世之能臣，亂世之飯桶」。人們的思維依然一如傳統文人，以能否經國判斷學術之有用無用。陳平原坦言說：

> ……我們已經習慣於批評家脫離實際閉門讀書，可我還是認定這一百年中國學術發展的最大障礙是沒有人願意並且能夠「脫離實際」、「閉門讀書」。這一點中外學者的命運不大一樣。在已經充分專業化的西方社會，知識分子追求學術的文化批判功能；而在中國，肯定專業化趨勢，嚴格區分政治與學術，才有可能擺脫「借學術談政治」的困境。

> 我也承認，在 20 世紀中國，談論「爲學術而學術」近乎奢侈。可「難得」並非不可能不可取。我贊成有一批學者「不問政治」，埋頭從事自己感興趣的專業研究，其學術成果才可能支撐起整個相對貧弱的思想文化界。學術以治學爲第一天職，可以介入，也可以不介入現實政治論爭。應該提倡這麼一種觀念：允許並尊重那些鑽進象牙塔裏的純粹書生的選擇。

陳平原不只是大聲疾呼，而且是身體力行。1993 年，他和幾位同人執編新創辦的《學人》學刊，對陳寅恪、王國維等近代的大學者極爲尊崇，推崇備至。在《學人》開篇中便已高張辦刊宗旨，「治學不只是求知與職業，更體現一種人生選擇，一種價值追求。陳寅恪爲清華大學撰王觀堂先生紀念碑，實際上標示出一種理想的學術境界：『先生之著述，或有時而不章。先生之學說，或有時而可

〔註 35〕陳平原《學者的人間情懷》，載《讀書》1993 年第 5 期。

商。惟此獨立之精神、自由之思想，歷千萬祀，與天壤而同久，共三光而永光。』」
〔註36〕這種極度虔敬極為莊嚴的語式，正反映出他們在諸大師的崇高形象中找
到了精神所寄、志趣所存的憩居之地。他們標舉王國維和陳寅恪，標舉近代國
學，猶如一位論者所言：近代國學可謂中國學術迄今所有的最強大的樣板傳統，
因而，學術失範總是在這一領域中被最早敏感到。似乎正是基於這一特定的專
業語境，《學人》才會倡導研究中國尤其是近代中國的學術史，主張通過親手觸
摸那一學術傳統，在潛移默化中確立良好的學術規範。〔註37〕

　　然而，張揚學術至尚、為學術而學術的人，固然是從本世紀以來的學人
干政心切而又事與願違，學劍不成書誤了的尷尬和學術傳統的崩坍而立論明
志的，但其自身卻無法完全超脫紅塵、六根清淨，正像王國維和陳寅恪當年
都不曾真正地鑽進象牙塔，卻每每吟詠出濟蒼生復河清的襟抱一樣。為了克
服這一矛盾，陳平原提出了以學者的「人間情懷」替代知識分子的「社會責
任」和「社會良心」，把時下為人們所認同的、由余英時所表述的關於知識分
子的定義加以修正。余英時援引西方學術界的一般理解說，「所謂『知識分
子』，除了獻身於專業工作以外，同時還必須深切地關懷著國家、社會，以至
世界上一切有關公共利害之事，而且這種關懷又必須是超越於個人（包括個
人所屬的小團體）的私利之上的」〔註38〕。在陳平原看來，由於國情和學術
環境的不同，西人強調後者，我們則應該強化前者；而且，把公共利害的關
懷作為理性的規定，未免強人所難，中國現代知識分子正是在這樣的重負下
步履艱難，因此，應該把這種不容討論的設定轉換為發自內心的道德情感的
需要，是個人的事務而非層屬必然。讀書人並不是為社會「立法」、「明言」，
而是「應學會在社會生活中作為普通人憑良知和道德『表態』」。換言之，並
非「社會的良心」，而只是個人的情志，進退抑揚，全由個人自主，而不必牽
念其他，不必顧及社會期待。

　　這樣的轉換，對於深為政治激情和社會重負所累的人們來說，多了一些
從容，多了幾分迴旋餘地；但是，它更多的是一種權宜之計，而非根本解決。
社會關懷過於沉重，使學人不堪重負，希望取得逃避和喘息之所；一旦驚魂

〔註36〕《學人》，江蘇文藝出版社出版。轉引自程農《浮出海面》，《讀書》1994年第
　　　　2期。
〔註37〕《學人》，江蘇文藝出版社出版。轉引自程農《浮出海面》，《讀書》1994年第
　　　　2期。
〔註38〕余英時《士與中國文化》自序，上海人民出版社1987年12月版。

甫定，歸於平靜，社會風雲的召喚又會在心中發出回響，迫使他們去逃避生命中不可承受之輕。無論是稱之為「社會良心」還是代之以「人間情懷」。學者是注定要在政治、社會和學術之間永遠地陷入無窮反覆的顧盼和悖反之中的。何況，志於學的人們，也因其從事的專業不同而與時代和社會各有其不同的聯繫。不知陳平原是否把選取對近代學術史和國學大師的研究視為清醒地劃分學術與政治之界限的策略之一，可以肯定的是，與之相比，研究中國現代文學，顯然無法如此輕易地將其與現實政治區分得清清楚楚，井水不犯河水。不論是「六經注我」，還是「我注六經」，抑或二者兼而有之，人們總是帶著對現實政治和社會生活的思考去談論魯迅、胡適、茅盾、郁達夫們的，反過來，對五四新文化運動與新文學的重新發現，又推動了人們對當代中國社會的有關認識。就以陳平原等人提出的「二十世紀中國文學」的內涵而言，其突出的正是一個民族為爭取獨立和富強、為擺脫傳統束縛而走向現代化的悲涼慷慨的情感和心態。

因此，堅持學業專攻和信守人間情懷，就並非能如陳平原想的那樣涇渭分明。一位論者有針對性地指出，國學語式與實證語式（二者的區分大體為傳統的文史哲等與現代社會科學之分），在處理學術與現實關懷的問題上難易有別。「前者因其特定的專業性質，比較容易迴避學術與現實的纏繞，保持自主性。而社會科學的性質決定了它必得與現實社會『交互作用』。因而這裡就不應該論什麼淡化現實關懷，而應關注以什麼方式去關懷的問題。由於學科性質即是對社會、經濟和政治結構的探究和分析，社會科學意識形態化的危險是時時存在的。就大陸而言，緩解這一危險，保持學術自主性的根本途徑乃是努力建設強大的學理基礎。學科自身的概念框架愈厚重，內在理路愈堅強，自然就愈容易保持自身的自主邏輯，而不會輕易滑入按某種『社會需要』塑造自身的邪路。胡適之先生早已譏諷過學人的『目的熱』，但那是與『方法盲』同在才應予以拒斥的。如果學術框架足夠豐滿，那麼『目的熱』也就難以扭曲學理自身的應有思路了。否則，鑒於社會科學的性質，即使耳提面命地要求學人們『價值中立』，恐怕也難以奏效。」〔註39〕同樣是看到以政治代學術、社會科學意識形態化的危害，上述引文的作者與陳平原所倡導的劃分學術研究與社會關懷的界限不同，他更強調建構強大的學理基礎，依照學術研究的規則去做學問，使學術自身發展壯大起來，足以抵禦外來干預。

〔註39〕程農《浮出海面》，《讀書》1994 年第 2 期。

這樣，由問題的提出，到問題的剖析，我們已經邁進了一大步，由知識分子的做什麼進入怎麼做的範圍。這便是我所推崇的吳方所提出的對形式合理性的充分重視。

吳方的文集《世紀風鈴》有一個副題，《文化人素描》。他和陳平原們一樣稱引王國維、陳寅恪、蔡元培、顧頡剛以及他筆下的那一群近現代文化人物，但他的旨趣，不是要皈依到國學門下，而是對現實有所寄託，「這意義大小不敢說，卻總還關繫於中國近現代的文化思想史、學術史，或者文學史，私心以為現在或許還有些人對此有興趣」〔註 40〕。他不只是看到這些近現代大文人的學術成就，也並不僅僅把他們歸為象牙塔中人，而是時時捕捉到他們憂國傷世、壯懷激烈的情懷，以及二者所引起的內心衝突和悲劇性格；但吳方並不著急把二者分得清清爽爽，而是強調他們的「執與不執」，在充滿矛盾嘈雜的心態下，一旦進入研究領域，便恪守學術規則，依客觀規律行事，即他從這些大家治學中總括出來的「形式合理性」和「內在理路」。

他論王國維的內心矛盾，在他人概括的理想與現實、個性與社會之間的緊張和對立（葉嘉瑩語）之外，獨標出形式合理性與價值合理性的對立（《白髮書生寂寞心》）。

他稱讚蔡元培，一則曰於國勢危亡令人翻思振作之機，蔡氏是「把握到歷史之內在理路的一個」（《昨夜啓明之星辰》），二則曰蔡先生非常重視思想和學術發展、教育發展的形式，「形式亦即合理的存在形式」（《墨餘隨筆》）。

他在述及周作人與陳獨秀關於宗教問題的公開論戰時指出，思想文化演進有其規則，規則後面「隱含一種重視形式合理性的文化態度（《墨餘隨筆》）。

那麼，何謂「形式合理性」？

這是一個從西方學者那裏借取來的概念，而被吳方引入學術活動領域。他引述說，「借用馬克斯·韋伯的分析，社會合理性行動中含有上述兩種需要分別討論的合理性行動因素（即前引形式合理性與價值合理性——引者）。如果把價值主要理解為主觀欲求、意願、信念、意向，那麼，一、形式合理性行動就是排除價值判斷或價值中立的行動（問『是怎樣的』）；二、價值合理性行動則是引入價值判斷的行動（問『應該如何』）。進而言之，一、形式合理性行動往往經過理性的程序去達到預期目的，符合人們理性思維的常態，導致行為方式的『常規化』，因而有與傳統主義實質趨近的一面；二、價值合

〔註40〕吳方《世紀風鈴·後記》，人民文學出版社 1992 年 7 月版。

理性行動往往把追求的目標視爲某種特定的價值，行動者往往爲不計後果的情緒、信仰、理想所驅使，這些行動大都具有『非常態』甚至革命的性質，因而與情感行動有親和關係。〔註41〕顯然，在歷史壓力下，近代迄至五四以來的中國思想學術，不能不帶有較濃的價值合理性色彩和張揚情感的背景，一方面大爲顯示突破傳統的力量，另一方面因而忽略形式合理性的建設，使『有序』的現代化進程步履維艱。同時『全盤西化』與『全面固守傳統』兩個極端，在這一點上竟然是一病所繫。」〔註42〕從被視作勢不兩立、絕然相反的「西化論」與「國粹派」的對抗中，揭出其背後共同的價值合理性和情感色彩，可謂慧眼獨具，切中要害。

何謂「內在理路」？大體是形式合理性的另一種表述，即內在的發展演變的有序可循的規定性。總結戊戌之變，蔡元培獨獨從教育和啓蒙入手，指出康黨失敗之因，不先培養革新人材，而欲以少數人弋取政權，並由此而終身投入教育和學術活動，不狂不躁，寧靜致遠，是把握住了歷史的內在理路。嚴復的人生道路，常被描述爲從啓蒙到復古，循著一個思想家運思的內在理路，吳方把握住其內在的一貫性：

> 其實，從青年到老年，嚴復的思想性格是一貫的。如果說有從超前到滯後，從啓蒙到復古的悲哀，原因可能更多在於這個人與時代生活的關係。好像時代的「帆」畢竟要把岸邊的樹拋在後面，儘管可能是駛向歷史的未知之海。也許，那已經超出了一個冥想者的有限視野。在新與舊之間、本土與域外之間、理想與現實之間，傳統人格心理的變與不變之間，一方面嚴復是個溝通者、成功者（譯介新學的主要意義在於此），另一方面，他又是脫節者、失敗者（其幻滅多在於此）。這種因襲了歷史的內在矛盾與選擇困惑的狀態，正是一個現代思想探索者的形象，形象映現了處在歷史夾縫中的良知、文化意識的典型困境。〔註43〕

正是循著這看似平淡無奇、實則極爲不易的知人論世之內在理路，對人們的不同的文化選擇皆給以同等權利，強調按照運作規律，在多元與撞擊、歧分與論爭中發展思想文化，吳方對近現代的文化名人，大多是那些蒙受誤解和

〔註41〕蘇國勳《韋伯思想引論》。吳方原注。
〔註42〕《世紀風鈴·白髮書生寂寞心》。
〔註43〕《世紀風鈴·鐵馬丁當入夢來》。

指斥、被視作落伍或滑坡的人們，給以公允而剴切的評判，並以他們對文化和學術的自身價值的追求而反撥多年來彌漫於學界的「意志導向」、「實用理性導向」和感情色彩。雖有風雲變色，仍需按內在運作規則去從事專業研究，要循著形式合理性的原則前行，把方法論的意義從目的論的從屬地位解脫出來，此之謂也。

然而，在讚賞吳方的對「形式合理性」的推重的時候，卻也不能不指出，其一，爲了某種考慮，他所選取的文化人，弘一法師，王國維，蔡元培，嚴復，梁啓超，章太炎……直至辜鴻銘、林語堂，固然不乏時代大潮中的弄潮者，更多的，卻是處於入世與治學之邊際性人物，以此來討論「形式合理性」，既顯得視界偏窄，又有互相循環論證之嫌。其二，吳方似乎於林毓生所倡導的「傳統的創造性轉化」影響較深，以「唯此爲大」的心態去討論激進與保守、突變與漸變，雖然在今日是一種時尚，卻同樣有以偏蓋全之虞。

實在地說來，在進而成爲十字街頭的吶喊者和退而成爲象牙之塔的苦行僧之間，知識分子是永遠彷徨於其地，隨著時移世易而不斷地調整自己、又永遠地陷於困惑和緊張之中，並且以此爲內在推動力驅使自己或狂歌猛進或踽踽獨行。對「形式合理性」與「價值合理性」，也總是在不斷的選擇之中；應該如吳方所屢屢言及的那樣，執而不執，入而不入，進行不斷的調整，又陷入不斷的困惑，如是反覆，而又按照各自領域的終遠目標和現實需要而取捨。

選擇了走向十字街頭的鬥士，又難免由領導潮流變成被潮流所裹挾，欲進不能，欲退不得。魯迅在充任思想鬥士之後，回想他的醫學老師藤野先生，不免有負疚之感，「我常常想，他的對於我的熱心的希望，不倦的教誨，小而言之，是爲中國……大而言之，是爲學術」（《藤野先生》）。指點江山、搏浪中流爲終生樂事的毛澤東，不只是有「爲了打鬼，借助鍾馗」之歎，在與斯諾談話時，還眞誠表示在所謂「四個偉大」中只想選擇「導師」，只願爲人之師。此中眞意，頗值吟味。

與之相映的是，躲入象牙之塔者，多有不得已而爲之的苦衷和鎖在深閨人未識的落寞，又忍不住要打開窗戶，聽街頭的喧鬧，聞大海的濤聲。錢鍾書在著《談藝錄》的時候，不忘反覆表白「憂患」之情；1957 年，他的《宋詩選注》脫稿之後，賦詩云，「晨書暝寫細評論，詩律傷嚴敢市恩。碧海掣鯨閒此手，祇教疏鑿別清渾。」而且，不只是在外力所迫使得自命有寫作才能

並爲《圍城》所證明的錢鍾書由藝術創造轉向學術書齋時生此感歎，前溯至嚴復，這樣的開時代風氣的人物，在暮年之時，亦吟詩自歎，「四條廣路夾高樓，孤憤情懷總似秋……辛苦著書成底用，豎儒空白五分頭。」這裡的「四條廣路夾高樓」，不正是我們在這一章中討論的十字街頭與象牙之塔的又一種表述嗎？